위기의 도시
퍼펙트

글 헬레나 더건

아일랜드의 신비로운 중세 도시 킬케니에서 태어난 어린이 책 작가이자 그래픽 디자이너이며 삽화가예요. 최근 작가에게는 새로운 일들이 많이 생겼답니다. 어느 날 아침 그녀의 차앞에 절뚝절뚝 걸으며 나타난 강아지를 새로운 가족으로 맞이했어요. 그리고 부모님의 농장 헛간에서 결혼식을 올렸고 예쁜 아기도 낳았어요. 그녀는 가족과 어울려 사는 데 차츰 적응해 가면서 새로운 추억을 차곡차곡 쌓아 가고 있어요.

옮김 이민희

충실하게 듣고 능숙하게 전달하는 사람이 되고 싶은 번역가입니다. 늘 가장 좋은 해석을 꿈꿉니다. 옮긴 책으로 『나의 망할 소행성』, 『라스트 베어』, 『프런트 데스크』 등이 있습니다.

위기의 도시

퍼펙트

초판 1쇄 발행 2026년 3월 20일
글 헬레나 더건 | **그림** 칼 제임스 마운트포드 | **옮김** 이민희
발행 이마주 | **등록** 2014년 5월 12일 제396-2510020140000073호
내용 및 구입 문의 02-6956-0931 | **이메일** imazu7850@naver.com
제조국명 대한민국 | **사용연령** 8세 이상 | **주의사항** 날카로운 책장이나 모서리에 주의하세요.
ISBN 979-11-89044-89-3 43840

위기의 도시
퍼펙트

헬레나 더건 지음 | 이민희 옮김

이마주

차례

1. 유진 브라운 박사는 딸 바이올렛과 함께 퍼펙트에 도착한다.

2. 아처 형제는 마을의 근간을 뒤흔들 비밀을 숨기고 있다.

3. 바이올렛은 둥근 테 안경을 건네받고 보이와 중간 지대를 보게 된다.

4. 중간 지대에 사는 보이와 보육원 아이들은 바이올렛의 진실 찾기를 돕는다.

5. 아처 형제는 차와 특수 안경을 이용해 퍼펙트 주민들을 조종한다.

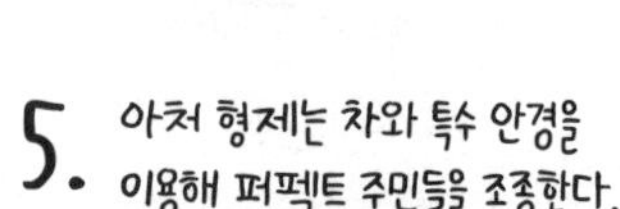

6. 왓처들은 아처 형제를 위해 퍼펙트를 감시하고 주민들의 상상력을 훔친다.

7.

빼앗긴 상상력은 병에 담겨 아처 형제의 안경점에 은밀히 보관되어 있다.

8.

바이올렛은 아처 형제가 눈동자풀을 재배하는 비밀 장소, 유령 주택 단지를 우연히 발견한다.

9. 보이의 엄마 마쿨라 아처는 유령 주택 단지의 어느 방에 갇혀 있다.

10.

윌리엄 아처는 상상력을 되돌리는 기계, 상상력 복원기를 발명한다.

11.

퍼펙트 사람들과 중간 지대 사람들은 힘을 합쳐 아처 형제와 왓처들에게 맞선다.

12. 마침내 퍼펙트와 중간 지대를 가르던 장벽이 무너진다.

타운에 오신 것을 환영합니다! 이제 우리의 이야기가 시작됩니다.

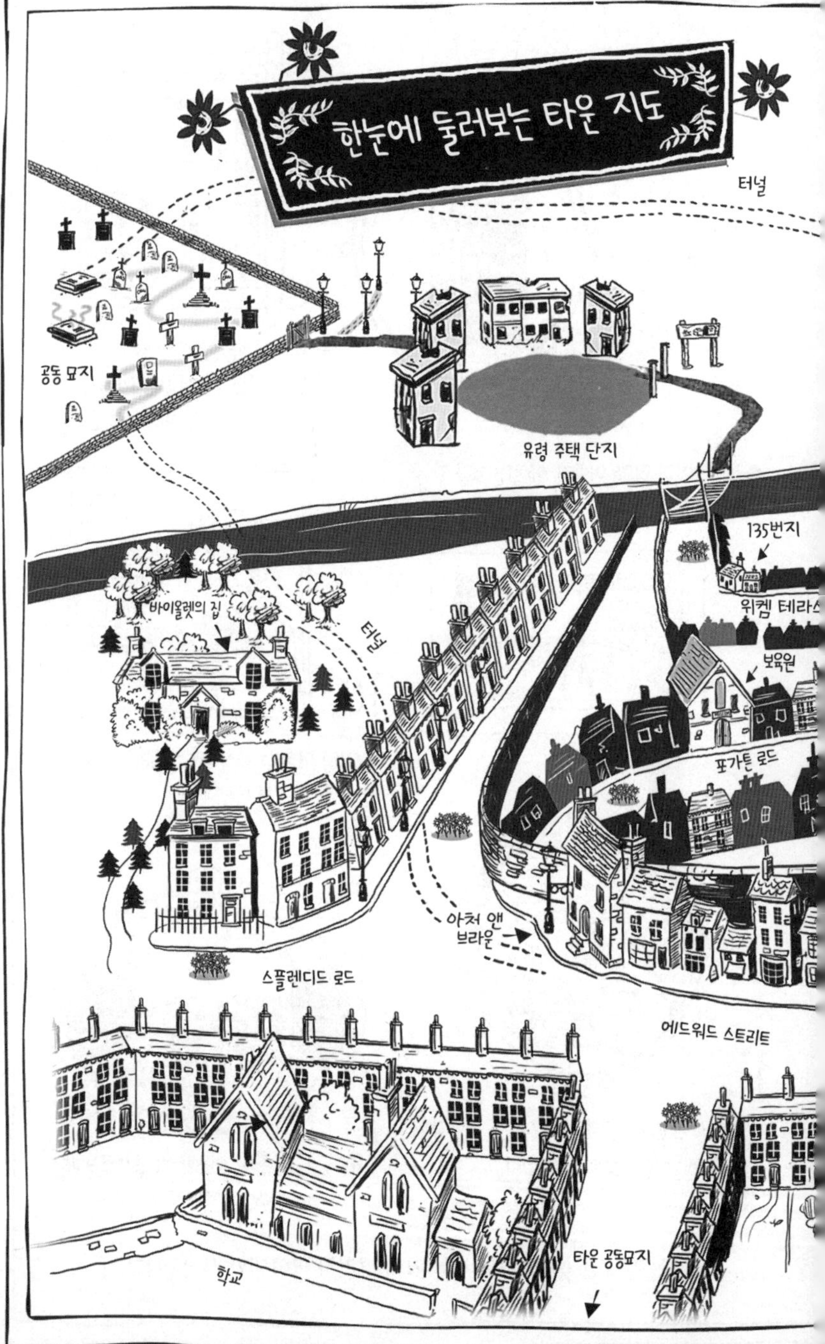

한눈에 둘러보는 타운 지도
터널
공동 묘지
유령 주택 단지
135번지
위켐 테라스
바이올렛의 집
터널
보육원
포가튼 로드
아처 앤 브라운
스플렌디드 로드
에드워드 스트리트
학교
타운 공동묘지

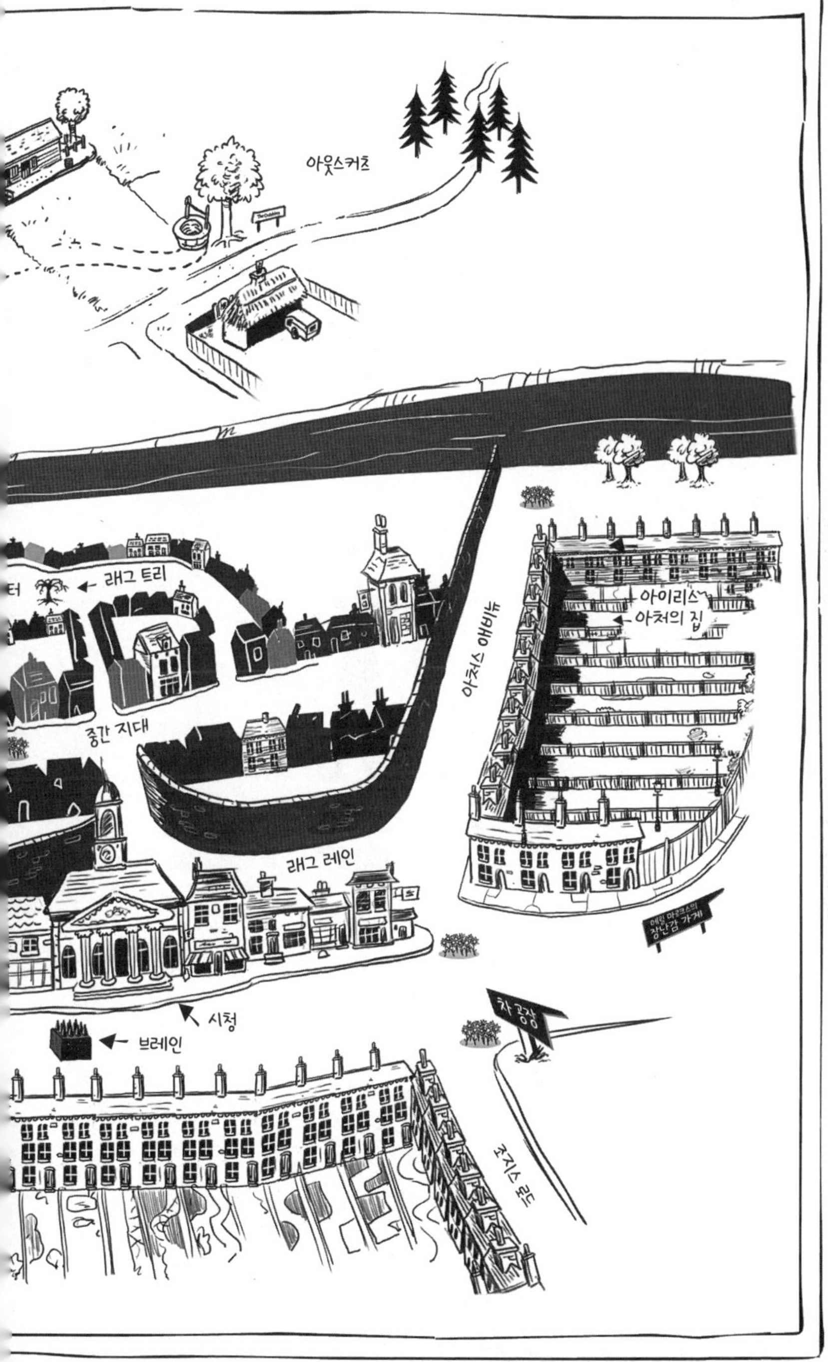

아웃스커츠
래그 트리
터
중간 지대
아구리스 애비뉴
아이리스 아처의 집
래그 레인
메릴 마크스의 장난감 가게
시청
차 공장
브레인
켄지스 런

CHAPTER 1

집

"마치 우리가 모두를 엿보는 것 같아, 보이." 바이올렛이 눈앞에 펼쳐진 작은 화면들을 바라보며 말했다. 바이올렛은 '브레인' 안에 앉아 있었다.

브레인은 윌리엄 아처의 최신 발명품이었다. 사실 아주 최신이라고 할 순 없었다. 퍼펙트가 무너진 직후에 만들어졌으니 거의 1년은 된 셈이었다. 곁에서 보면 그냥 정원 창고만 한 크기의 검은 상자 같았다. 양옆에 검은 셔터가 있어서, 수리가 필요할 때 걷어 올려 비좁은 내부에 쉽게 접근할 수 있었다. 평평한 지붕에는 검은색과 빨간색 원뿔 모양 장치들이 빼곡했다.

브레인은 에드워드 스트리트의 시청 계단 근처에 자리 잡고 있었다. 윌리엄 말로는 시청이 타운의 중심이라서 브레인이 모든 눈동자풀 화단들로부터 신호를 받기에 가장 좋은 위치라고 했다.

퍼펙트가 무너진 뒤, 윌리엄 아처는 타운 곳곳에 눈동자풀 화단을 조성했다. 눈동자풀은 감시자 역할을 했다. "타운 보안 시스템이야." 윌리엄이 처음 아이디어를 제안하며 한 말이었다. 눈동자풀은 살아 있는 눈으로서 자신이 본 장면들을 브레인에 신호로 전송했고, 브레인은 그 신호들을 영상으로 변환했다.

보이도 화면들을 바라봤다. "그건 우리가 정말 엿보고 있어서 그런 거 아닐까, 바이올렛?" 보이가 놀리듯 말했다.

"내 말이 무슨 뜻인지 알잖아!"

"솔직히 타운에서 우리가 뭐 대단한 걸 보겠어? 여기선 아무도 재밌는 일을 안 해. 우리가 보면 안 될 만한 건 더더욱. 근데 네 말이 맞을 수도 있겠다, 바이올렛……. 무디 선생님이 빨래 너는 거나 블룸 아저씨가 잡초 뽑는 걸 보면 어떡해?" 보이가 능글거렸다. "어쨌든 눈동자풀이 맨날 사람들 염탐하는데, 그건 괜찮다며!"

"그건 이유가 있어서잖아. 혹시라도 에드워드가 돌아올까 봐 감시하는 거지."

"그래서 우리가 지금 눈동자풀을 고치려는 거잖아. 고장 나면 에드워드를 감시할 수 없으니까."

"그래서 대체 뭐가 문제인데?"

"아빠 말로는 요즘 눈동자풀이 좀 이상하게 군대. 지붕에 있는 간상체랑 원추체는 이미 고쳤으니까, 그게 제대로 작동하는지만 확인하고 싶은가 봐. 전자기 신호가……;"

"보이, 하나도 못 알아듣겠거든. 그냥 쉽게 말해 줘!"

"네가 나만큼 똑똑하지 않다는 걸 깜빡했네." 보이가 약을 올렸다.

"그렇게 믿고 싶다면 굳이 말리지 않을게." 바이올렛이 짜증 섞인 목소리로 말했다. "그래서 너희 아빠가 우리한테 시킨 일이 정확히 뭐야?"

"화면들이 전부 제대로 나오는지 살펴 달래. 빈 화면이나 깜빡이는 화면이 없는지 확인하면 돼."

바이올렛이 의자에서 벌떡 일어나 걸음을 옮겼다. 브레인 내부 중앙에는 수많은 작은 화면이 거대한 거미의 눈처럼 다닥다닥 모여 있었다. 그 주위로 화면들을 살펴볼 수 있는 좁은 통로가 나 있었다.

"각 화면은 타운 곳곳의 화단에 있는 눈동자풀과 연결되어 있어." 보이가 설명을 이어 갔다. "화면 위쪽 구석에 뜬 번호를 보면 어느 화단인지 알 수 있어. 문제 있는 화면이 보이면 번호를 적어 둬.”

“여기는 다 괜찮아 보이는데.” 한 작은 화면으로 해치트가 정육점 밖에서 코를 후비는 모습을 보자 바이올렛은 속이 울렁거렸다. “사람들 몰래 훔쳐보는 거, 기분 이상하지 않아?”

“오, 장난감 가게 진열장에 새 기차가 들어왔네.” 보이가 자기 앞 화면에 눈을 바짝 대고 흥분한 듯 말했다.

“남자애들은 왜 기차처럼 지루한 걸 좋아할까?” 바이올렛이 고개를 저으며 한숨을 쉬었다.

“그럼 여자애들은 왜…… 수다처럼 지루한 걸 좋아할까?” 보이가 능글맞게 받아쳤다.

“문제 있니?” 윌리엄 아처가 정문으로 수염 난 얼굴을 내밀며 물었다.

“없어요, 아빠. 아까 조정한 게 효과가 있었나 봐요.”

“그렇다면 다행이다.” 윌리엄이 아들 보이의 헝클어진 머리를 빗어 넘기며 미소 지었다. “적어도 빈센트 크룩드가 날 좀 그만 괴롭히겠지.”

“위원회 회의는 끝났어요?” 바이올렛이 물었다.

“그래, 네 아빠도 곧 올 거다, 바이올렛. 잠깐 빈센트와 ‘몇 마디 나누고' 있더라."

"이번엔 무슨 일로요?" 바이올렛이 물었다. 아빠는 크룩드와 몇 마디 나누는 일이 잦았고 엄마 말로는 좋은 말이 오간 적이 없었다. 아빠는 의견 차이라고 불렀지만, 바이올렛은 그게 그냥 그 사람이 싫다는 뜻이라는 걸 알고 있었다. 바이올렛도 어느 정도 공감했다. 크룩드가 아들 코너와 조금이라도 닮았다면 바이올렛도 그를 싫어할 게 분명했다.

"별일 아니란다, 바이올렛. 빈센트가 최근 문제들 때문에 눈동자 풀의 보안 수준에 의문을 제기했어. 네 아빠가 다 괜찮다고 설득하는 중이었고." 윌리엄이 미소 지었다.

"딸, 갈 준비됐니?" 바이올렛 아빠가 벌게진 얼굴로 문간에 들어섰다.

"빈센트 설득했어?" 윌리엄이 물었다.

"못 했어. 하지만 시도할 만했지." 유진이 대답했다. "그 친구는 대체 뭐가 문제인지 모르겠어. 도통 정이 안 가. 눈동자풀이 제대로 작동하지 않으면 타운에서 안전하지 않을 거라더군. 강도가 어쩌고 저쩌고하면서."

"타운에 강도라니?" 윌리엄이 웃었다. "다음엔 또 무슨 소리를 할지 궁금하네!"

"어쨌든 일요일 밤이니 가서 일찍 자야지, 바이올렛. 엄마가 슬슬 걱정할 거야." 유진이 다시 에드워드 스트리트로 나서며 말했다.

"아빠, 조금만 더 있다 가면 안 돼요?" 바이올렛이 보이를 보며 애원했다.

"안 돼, 내일 학교 가야지. 수업 시간에 졸면 무디 선생님이 안 좋아하실걸."

"어차피 무디 선생님은 우리가 뭘 해도 안 좋아해요, 아빠!"

"가자, 바이올렛." 유진이 딸의 어깨를 다정하게 감싸며 말했다.

바이올렛은 한숨을 내쉬고 윌리엄과 보이에게 작별 인사를 한 뒤, 아빠와 함께 타운의 조용한 거리를 걷기 시작했다.

엄마가 요리 수업에 가는 저녁마다 아빠는 바이올렛을 위원회 회의에 데려갔다. 위원회는 퍼펙트가 무너진 뒤 타운을 운영하기 위해 만들어진 조직으로, 열 명으로 이뤄져 있었다. 아빠는 그게 민주주의라고 했다. 그건 타운의 모든 결정이 투표로 공정하게 정해진다는 뜻이었다. 회의는 지루했고, 오늘 밤처럼 브레인을 돕는 게 아니라면 보통 바이올렛은 어른들이 떠드는 소리를 두 시간 동안 앉아서 들어야 했다. 하지만 아빠와 함께 집에 돌아가는 길은 언제나 즐거웠다. 타운의 밤하늘은 대개 맑았고, 유진 브라운은 딸에게 별들을 가리키며 이름을 맞춰 보라곤 했다. 수없이 반복해서 이젠 모든 별을 외웠지만, 바이올렛은 일부러 한 번씩 헷갈리는 척했다. 아빠가 지식을 뽐낼 기회를 아주 좋아한다고 엄마가 귀띔해 줬기 때문이다.

"저기 북두칠성이다." 집에 가까워졌을 때 유진이 손을 뻗어 하늘을 가리켰다.

아빠의 손가락을 눈으로 따라가던 순간, 앞 덤불에서 뭔가가 튀어나왔다. 바이올렛은 펄쩍 놀라 아빠 발을 밟을 뻔했다.

"괜찮아. 그냥 새일 뿐이야. 이 시간에 돌아다니다니 좀 이상하지만." 아빠가 하늘을 올려다보며 안심시켰다.

바이올렛은 숨을 고르며 자갈 진입로를 걸어 올라갔다.

"아빠, 정말 눈동자풀이 작동을 멈춰도 타운이 안전할까요?"

"딸, 타운은 내가 지내 본 곳 중에서도 손꼽히게 안전한 곳이야. 어쩌면 세상에서 제일 안전한 곳일지도 몰라. 감시하는 눈도 필요 없을 만큼. 그건 윌리엄의 개인적인 열정에 가까워. 나쁜 일에 쓰였던 걸 좋은 일에 쓰고 싶은 마음일 거야."

"하지만 에드워드 아처는요? 그 사람이 다시 돌아와서 우리 상상력을 빼앗으려 하면 어떡해요?"

"안 돌아올 거야. 이미 사라진 지 오래인걸."

유진 브라운이 현관문을 열고 안으로 들어서자 따스한 빛이 마당으로 쏟아져 나왔다. 바이올렛은 돌계단에 잠시 멈춰 서서 맑고 어두운 밤을 바라보았다.

아처 형제의 지배 아래 퍼펙트라 불리던 시절에는 이곳이 정말 싫었다. 하지만 이제, 타운은 정말로 집처럼 느껴졌다.

CHAPTER 2

고장 난 브레인

심장이 쿵쾅거렸다. 바이올렛은 아처 쌍둥이 중 땅딸막한 에드워드 아처의 뒤를 쫓고 있었다. 그는 비틀거리며 가로등을 지나 언덕을 올랐다.

시야가 뿌옇게 흐려졌다. 마치 눈가에 안개가 낀 것 같았다.

묘지 입구의 철문을 밀어 열자 삐걱거리는 소리에 온몸에 소름이 돋았다.

길 양옆으로 비석들이 늘어서 있었다. 칠흑 같은 어둠 속에 에드워드가 보이지 않았다. 바이올렛은 비석 뒤에 몸을 숨겼다.

"에드워드 아처, 여기 있는 거 알아!" 바이올렛이 외쳤다.

에드워드의 웃음소리가 사방에서 메아리쳤다. 이마에 땀이 송골송골 맺혔다.

갑자기 어느 무덤 뒤에서 한 그림자가 튀어나왔다. 바이올렛은 쫓아가려다 땅바닥에 넘어지며 손바닥에 피가 났다.

드르륵, 돌이 갈리는 듯한 소리가 울려 퍼지자 숨이 턱 막혔다.

바이올렛은 일어나서 무덤으로 달려갔다. 그는 온데간데없었다. '어디로 간 걸까?' 에드워드 아처를 놓칠 수는 없었다.

바이올렛은 묘석에 새겨진 글자를 읽으려고 이끼를 문질러 털어냈다. 그때 하늘에서 커다란 검은 새 한 마리가 쏜살같이 내려왔다. 날카로운 발톱을 활짝 펼친 채.

바이올렛은 얼굴을 가리며 몸을 웅크렸다. 새의 날개가 머리 위 공기를 후려쳤다. 비명이 밤을 꿰뚫었다.

"바이올렛, 바이올렛, 바이올렛." 멀리서 목소리가 들려왔다.

눈을 뜨자 가슴이 벌렁거렸다. '여긴 어디지?' 익숙한 천장 조명이 보이자 안도감이 밀려왔다.

또 그 꿈을 꾼 거였다. 에드워드가 사라지는 꿈. 하지만 이번엔 조금 달랐다. 새한테 공격을 받았다.

"바이올렛, 바이올렛……."

누가 자신을 부르고 있었다. 바이올렛은 벌떡 일어났다. 창문 쪽에서 뭔가 달그락거리는 소리가 났다.

조심스럽게 침대를 벗어나 창문으로 가서 커튼을 살짝 열었다.

커다란 달이 은은하게 밤을 밝혔다.

아래 자갈 마당에 자전거에 올라탄 그림자가 보였다. 보이였다. '지금 저기서 뭐 하는 거지?'

자전거는 새것이었다. 보이의 부모님인 윌리엄과 마큘라 아처가 이른 생일 선물로 사 준 것이었다. 물론 그들에게는 그런 구실조차 필요 없었다. 오랫동안 잃어버렸던 아들을 되찾은 뒤로, 아이리스 할머니를 포함한 아처 가족은 툭하면 보이에게 선물을 안기곤 했다. 바이올렛은 가끔 자신도 보육원에서 자라다 가족을 찾았으면 좋았겠다고 생각했다. 그랬다면 적어도 생일마다 보들보들한 잠옷이나 분홍 슬리퍼 말고 더 멋진 선물을 받을 수 있을 테니까.

"이 늦은 시각에 왜 우리 집 마당에 서 있어? 우리 몇 시간 전에 봤잖아." 바이올렛이 창문을 열고 속삭였다.

"툴툴거리지 마, 바이올렛! 늦은 시각 아니거든." 보이의 입에서 하얀 입김이 퍼졌다. "이른 시각이지. 곧 해 뜰 거야!"

“똑같은 말이잖아. 나 자고 있었단 말이야! 아직도 밤낮이 뒤바뀐 중간 지대 생활에서 못 벗어난 거야? 정상적인 사람들은 보통 밤에 잔다고.”

“정상은 지루해. 자, 어서 나와. 아빠가 우릴 찾아!”

“이번엔 또 왜? 나중에 하면 안 돼?”

“질문은 그만하고, 빨리!”

바이올렛은 투덜거리며 옷을 챙겨 입었다. 최대한 조용히 방을 나와 계단을 내려갔다. 그러고는 현관문을 열고 돌계단으로 나섰다.

“왜 이렇게 오래 걸려? 가자!” 보이가 어깨너머로 외치며 빠르게 진입로를 내려갔다.

‘남자애들이란, 기다려 주는 법이 없다니까!’ 바이올렛은 씩씩거리며 벽에 세워 둔 자전거를 끌어냈다. 크리스마스 선물로 받은 것이었다.

‘대체 무슨 일이길래 잠까지 깨우지?’

막 진입로를 빠져나가려는데 커다란 검은 새가 나무에서 튀어나와 눈앞을 쌩 지나갔다.

바이올렛은 핸들을 급히 꺾으며 비명을 질렀다.

“넌 정말 겁이 너무 많아!” 앞쪽 벤치 옆에서 기다리던 보이가 놀렸다.

“아니거든.” 바이올렛이 숨을 고르며 헐떡였다.

“그냥 새일 뿐이잖아.”

“알아.” 바이올렛은 다시 페달을 밟았다. “그냥…… 또 그 꿈을 꿨거든. 이번엔 에드워드뿐만 아니라 새도 나왔어. 그래서 놀랐을 뿐이야.”

“말했잖아, 우린 두 번 다시 아처 형제에게 당하지 않을 거라고.” 보이가 옆에서 나란히 페달을 밟으며 말했다. “이젠 그런 꿈 안 꿔도 돼.”

“일부러 꾸는 게 아니야. 그리고 한참 동안 안 꿨어. 아마 집에 오면서 아빠랑 에드워드 얘기를 해서 그런 것 같아. 그때도 새가 튀어나와서 놀랐거든. 그뿐이야. 잘 때 머릿속에서 일어나는 일을 내가 통제할 수는 없잖아, 안 그래?”

“넌 자나 깨나 네 머릿속을 통제 못 하잖아, 바이올렛!” 보이가 놀렸다. “어쨌든, 아빠가 브레인으로 바로 오래. ASAP.”

“ASAP가 무슨 뜻이야?” 바이올렛이 보이를 뒤따르며 숨을 몰아쉬었다.

“최대한 빨리!” 보이가 대답하며 스플렌디드 로드로 급하게 꺾었다. 하마터면 눈동자풀 화단에 부딪힐 뻔했다.

"그럼 그냥 그렇게 말하면 안 돼?" 바이올렛이 웃음을 터뜨렸다. 둘은 한때 아처 형제의 안경점이었던 곳을 쌩하니 지나쳤다.

아처 형제의 고품격 안경점은 한때 퍼펙트의 심장부로서 에드워드와 조지가 자신들의 왕국을 일구던 본거지였다. 퍼펙트가 무너진 뒤 바이올렛의 아빠와 윌리엄 아처가 그 자리에 공동 안경점을 열었고, 이제는 '아처 앤 브라운'으로 불리고 있었다.

아처 앤 브라운은 사람들에게 안경을 판매하고 시력을 교정해 주는 곳이기도 했지만, 특별한 공간도 갖추고 있었다. 그곳에서 안과 의사인 바이올렛의 아빠는 시각 장애인들이 다시 볼 수 있도록 돕는 실험을 했다. 퍼펙트가 무너진 뒤로 그는 연구에 몰두했고, 덕분에 눈 관련 잡지인 〈아이 스파이〉에 논문이 자주 실렸다. 바이올렛의 엄마 로즈는 남편을 매우 자랑스러워하며 그 야심찬 계획을 모두에게 들려주었다.

바이올렛과 보이는 브레인에 이르러 브레이크를 잡았다.

윌리엄 아처가 혼잣말을 중얼거리며 브레인의 한쪽 셔터를 걷어 올리고 있었다. 수백 개의 작은 화면들이 드러났다. "원추체도 확인했고, 배선도 확인했는데…… 대체 뭐가 문제지? 이쪽도 몇 개가 꺼져 있네." 그가 혀를 차며 화면을 톡톡 쳤다. 바이올렛과 보이를 못 본 눈치였다. "도통 이해가 안 되네!"

"흠, 아빠." 보이가 헛기침을 했다.

"오, 왔구나!" 윌리엄이 휙 돌아보며 말했다. "바이올렛, 이렇게 또 금방 다시 불러서 미안하구나. 자, 어서 가서 동트기 전에 돌아 와 주렴. 이 녀석이 또 말썽인 걸 온 동네 사람들이 알게 하고 싶지 않아. 그럼 진짜로 크룩드가 우릴 못살게 굴 거야. 회의 끝나고 다 제대로 작동한다고 말했거든."

"우리가 뭘 하면 되는데요, 아빠?" 보이가 물었다. "아직 아무 설 명도 못 들었는데요."

"아차, 내 정신 좀 봐."

윌리엄이 성큼 다가와 어색하게 바이올렛에게 악수를 청했다. 윌 리엄 아처는 늘 아이를 어른처럼 대했고, 그래서 바이올렛은 그를 무척 좋아했다.

"자다 말고 도와주러 와서 고맙다, 바이올렛. 이번에도 네 도움이 필요해. 아까 분명 고친 줄 알았는데, 이번에도 화면 몇 개가 꺼져 서 다시 켜지질 않아. 너희가 자전거를 타고 눈동자풀 화단들을 오 가며 확인해 주면, 정확히 뭐가 문제인지 파악해서 고칠 수 있을 것 같아. 우리 셋은 훌륭한 팀이거든. 이런 시간에 불러내서 미안하지만 타운에 불안을 주고 싶지 않아. 특히 빈센트가 위원회에 의문을 제기한 뒤라서 말이야. 괜찮지?"

"우리가 뭘 확인해야 하는데요, 아빠?" 보이가 아빠의 두서없는 말을 정리하려고 애쓰며 물었다.

"헐거워진 송신기나 전선, 뿌연 렌즈, 오염, 그런 것들 말이야. 여기 배선은 내가 다시 확인할게. 이제 둘이 꼭 붙어 다녀라. 이제 거리를 어슬렁거리는 왓처들은 없지만 바이올렛을 혼자 어둠 속에서 돌아다니게 했다간 로즈와 유진이 싫어할 거야."

"아무도 모를 거예요, 윌리엄 아저씨." 바이올렛이 미소 지었다.

"그래도 꼭 같이 다니렴. 너희 둘 다 충분히 제 앞가림할 수 있다는 거 알지만, 나도 조금이나마 책임감 있게 굴어야지." 윌리엄이 미소 지었다. "포가튼 로드, 장터, 출렁다리 근처 화단만 확인해 주렴. 거기가 문제를 일으키는 곳들이야. 전부 괜찮아 보이는지 확인하고 바로 돌아와 줘."

보이가 고개를 끄덕이고 자전거를 아처스 애비뉴 쪽으로 돌렸다.

"이거 가져가." 윌리엄이 바닥에서 검은 직사각형 기기를 집어 들어 보이에게 건넸다. "이상한 점이 보이면 바로 알려 줘. 말끝에 꼭

오버를 붙이고. 그래야 네가 말을 끝냈는지 알 수 있으니까.”

“알겠어요, 아빠.” 보이가 바이올렛만 볼 수 있게 눈알을 굴렸다.

“아저씨가 뭘 준 거야?” 바이올렛이 거리를 따라 페달을 밟으며 물었다.

“무전기. 아빠가 최근에 한 쌍 만들었어. 내가 일을 도울 때마다 나랑 연락하려고. 진짜 유용해, 특히 멀리 있는 눈동자풀을 점검할 때 말이야.”

“나도 하나 갖고 싶다.” 바이올렛이 보이의 손에서 무전기를 낚아 채 뒷주머니에 쏙 집어넣고는 페달을 박차며 질주했다. “어디 따라 잡아 봐!”

바이올렛은 좌회전으로 아처스 애비뉴로 들어선 뒤, 다시 왼쪽으로 급히 꺾어 래그 레인으로 접어들었다. 뒤에서 보이가 쫓아오는 소리가 들렸다. 보이가 자라온 동네, 중간 지대로 가는 길이었다.

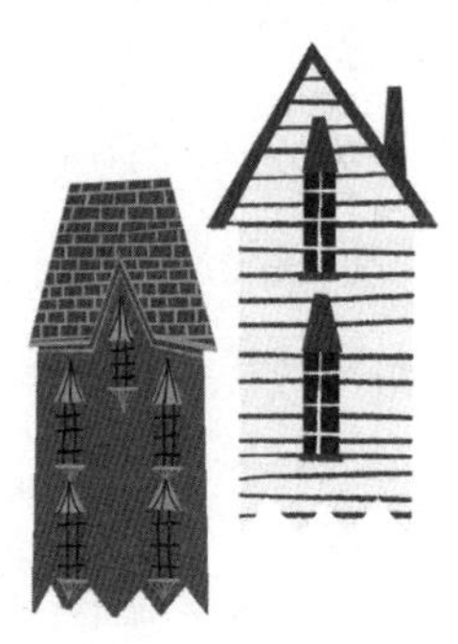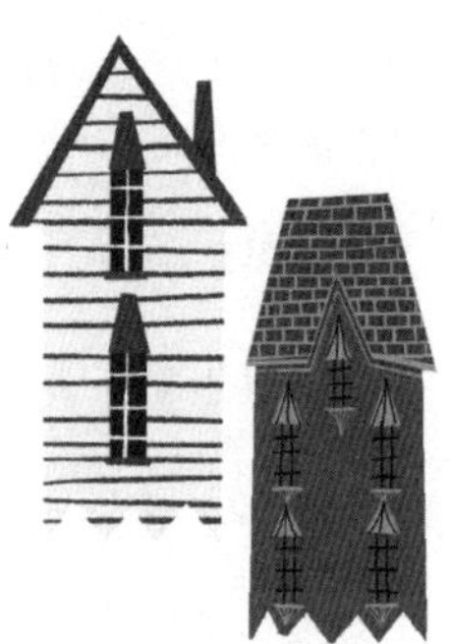

CHAPTER 3

눈 깜짝할 사이

타운이 퍼펙트라 불리며 아처 형제의 지배를 받던 시절, 중간 지대는 에드워드와 조지가 구상한 완벽한 질서에서 벗어난 이들을 가두는 감옥이었다. 그곳의 주민들은 추방지였고, 여전히 퍼펙트에 남아 있던 가족들은 그들이 존재했다는 기억마저 빼앗겼다.

퍼펙트가 몰락할 때 조지 아처는 붙잡혀 시청의 시계탑에 갇혔고, 아처 형제를 위해 퍼펙트를 지키던 왓처들은 시청 지하실에 갇혔다. 도망친 에드워드는 유령 저택 옆 묘지에서 종적을 감췄다.

마을의 서로 다른 편에 살던 중간 지대 사람들과 퍼펙트 사람들은 마침내 하나가 되었다. 중간 지대로 통하던 문은 통합을 기념하며 허물어졌고, 길과 건물들은 새롭게 단장되었다.

포가튼 로드는 더 이상 방치된 거리가 아니었다. 상당수의 건물이 이미 복구되었다. 장터는 여전히 일주일에 한 번 사람들이 모여 물건을 팔고 소식을 나누는 활기찬 장소로 남아 있었다.

사탕 가게를 지나며 바이올렛은 입맛을 다셨다. 몇 달 전에 문을 연 그곳은 이제 타운에서 가장 인기 있는 가게 중 하나였다.

옛 보육원에 가까워지자 보이가 자전거를 끼익 멈췄다.

그곳에 살던 아이들은 모두 퍼펙트 시절 자신의 존재를 잊었던 가족의 품으로 돌아갔다. 보육원 건물은 그대로 남아, 타운의 어두운 역사를 간직한 전시관으로 탈바꿈했다.

윌리엄은 언젠가 바이올렛에게 말했다. 이 전시관이 존재하는 이유는 사람들이 퍼펙트 시절을 절대 잊지 않게 하기 위해서라고. 바이올렛은 그 말이 이해되지 않았다. 사람들은 퍼펙트에서 벌어진 끔찍한 일들을 잊고 싶어 했으니까. 적어도 엄마는 그랬다. 로즈는 바이올렛이 그 이야기를 꺼낼 때마다 속상해했다. 하지만 윌리엄은 이렇게 설명했다. 과거는 때로 고통스럽지만, 같은 고통을 다시 겪지 않으려면 반드시 기억해야 한다고. "사람들은 쉽게 잊지, 바이올렛. 우리가 잊어버리면 같은 일이 또 벌어질 거야."

"여긴 괜찮아 보이는데." 보이의 말에 바이올렛은 퍼뜩 정신을 차렸다. 보이는 포가튼 로드에서 점검해야 할 첫 번째 눈동자풀 화단을 살피고 있었다.

화단은 검붉은 진흙으로 쌓은 타원형 둔덕으로, 길이는 2미터쯤 되었다. 가장자리는 흰색으로 칠한 포석을 둘렀고, 무릎 높이의 눈동자풀이 줄지어 심겨 있었다. 각 화단 옆에는 작은 혈액 탱크가 놓여 있었다. 정육점 주인 해치트가 매주 공급하는 피가 식물들의 영양분이 되었다.

바이올렛은 자전거를 옆으로 눕혀 두고 화단 가까이 다가갔다.

근처 풀의 붉은 줄기가 진흙 속에서 양분을 빨아들이며 꿈틀거렸다. 반투명한 피부 같은 꽃잎은 활짝 펼쳐져 있었고, 중앙의 눈알이 보이의 모든 움직임을 놓치지 않겠다는 듯 따라 움직였다.

"조심해, 얘네들 화나게 하면 안 돼." 바이올렛이 친구에게 경고했다.

눈동자풀이 마지막으로 비명을 지르던 때가 기억났다. 에드워드 아처가 사라진 바로 그 밤이었다. 그 소리는 섬뜩하게 귀에 맴돌았고, 두 번 다시 듣고 싶지 않았다.

"이것들, 진짜 소름 끼쳐." 바이올렛은 자신을 노려보는 핏발 선

눈알을 똑바로 마주한 채 중얼거렸다.

"그래도 이것들 덕분에 다들 안전한 거잖아." 보이는 허리를 숙여 화단 사이를 조심스럽게 오가며 말했다.

"뭐, 내가 보기엔 아무 문제도 없는데." 잠시 후 바이올렛이 바지에 묻은 먼지를 털며 말했다.

"와, 진짜 열심히 찾았네!" 보이가 고개를 들며 능글맞게 웃었다.

"그래, 적어도 너만큼은 열심히 찾았어."

"난 아직 확인 안 끝났거든?"

"그냥 가자, 제발. 더는 이 징그러운 눈알들 가까이서 못 보겠어!"

보이가 웃으며 벌떡 일어나 자전거를 잡았다. "알았어, 알았어. 다 괜찮아 보이긴 해. 근데 난 네가 아무것도 안 무서워하는 줄 알았는데!"

"무서워하는 거 아니야." 바이올렛이 발끈했다. "그냥 보기 싫은 거지!"

보이가 무언가 말하려다 말고 주위를 둘러봤다. "뭔가 익숙하지 않아?"

바이올렛은 자전거에 올라타며 어깨를 으쓱했다. "뭐가 익숙해?"

"이 고요함이랑, 텅 빈 거리."

“아니, 왜?”

“우리가 퍼펙트를 몰래 돌아다니던 때 말이야, 왓처들과 우리만 있을 때. 꼭 그때 같지 않아?”

“아, 그러네. 별로 기억하고 싶지 않지만.”

“그렇게 나쁘지만은 않았어.” 보이가 페달을 밟으며 말했다. “가끔은 스릴 있었잖아! 지금 타운은 너무 평범해.”

“평범한 게 뭐 어때서! 위험한 게 그리워?” 바이올렛이 당황한 얼굴로 물었다.

“아니, 그렇다기보단, 가끔은 모험이 그리워. 나쁜 짓 하는 것도.”

“나쁜 짓? 무슨 소리야?”

“진짜 나쁜 짓이 아니라, 그냥 허락되지 않았던 것들 말이야. 담을 넘어 퍼펙트로 들어가거나 왓처들을 속이거나. 지금은 모든 게 너무 안전하기만 해.”

“안전한 게 좋은 거 아니야?” 바이올렛이 자전거를 몰아 따라붙으며 물었다.

“좋긴 한데, 가끔은 따분해!” 보이가 뒤돌아 외치며 장터로 이어지는 골목 안으로 사라졌다.

“너만큼 따분할까?” 바이올렛이 좁은 골목에서 보이를 쌩 지나치며 놀렸다.

보이는 몸을 잔뜩 숙여 바이올렛을 쫓아 달렸고, 둘은 장터 한복판의 래그 트리(소원을 빌며 천 조각을 매다는 민속 신앙의 나무 — 옮긴이 주) 근처에서 끼익 멈춰 서다가 거의 넘어질 뻔했다.

"내가 이겼어!" 바이올렛이 헐떡이며 두 손을 번쩍 들었다.

"아냐, 내가 이겼어! 난 항상 이겨. 그게 규칙이거든!" 보이가 웃으며 자전거에서 폴짝 내리더니 골 세리머니하듯 두 팔을 펼치고 뛰어다녔다.

"그런 규칙이 어딨어!"

"있어, 여기."

"그냥 네가 지어낸 거잖아!" 바이올렛이 보이의 어깨를 툭 치며 반박했다.

"규칙은 규칙이야, 바이올렛." 보이가 다음 눈동자풀 화단으로 걸어가며 놀리듯 말했다.

바이올렛이 막 대꾸하려는 순간, 보이가 심각한 표정으로 뒤돌아섰다.

"아빠를 불러야겠어. 무전기 줘."

"왜? 무슨 일이야? 뭐가 문제야?" 바이올렛이 서둘러 무전기를 건네주며 물었다.

화단 한가운데가 텅 비어 있었다. 누가 눈동자풀들을 뿌리째 뽑아간 듯했다.

"간밤에 그것들이 비명을 질러대서 깜짝 놀랐다." 뒤에서 낯선 목소리가 들려왔다. "아침에 네 아버지한테 말하려고 했는데, 너희 둘이 여기 있으니 수고를 덜었구나."

바이올렛이 돌아보았다. 장터 가장자리 집 2층 창문에서 한 노인이 몸을 반쯤 내밀고 있었다.

"몇 시쯤이었어요?" 보이가 물었다. "혹시 누구 보셨어요?"

"꽤 늦었을 때지. 자정은 넘었을 거야." 노인이 대답했다. "끔찍한 소리였어. 고양이들 싸우는 소리보다 심했지. 하지만 사람은 못 봤어. 너무 어두웠거든."

보이가 무전기에 대고 아빠를 부르더니 바이올렛을 돌아봤다. "대답이 없어. 일단 다음 화단을 확인하는 게 낫겠어."

둘은 자전거에 올라타 위켐 테라스를 따라 달렸다. 보이의 집을 지나 출렁다리 쪽으로 가서, 윌리엄이 마지막으로 점검하라고 한 화단에 도착했다.

"여기도 똑같아. 눈동자풀 몇 포기가 사라졌어." 보이가 불안한 눈빛으로 헐떡이며 말했다.

보이가 다시 무전기를 켰다. 바람이 낙엽을 스치는 듯한 바스락거림만이 전파를 타고 흘러나왔다.

"아빠, 누군가 눈동자풀을 훔쳐 가고 있어요. 오버." 보이가 말했다. "아빠, 아빠?"

지직거리는 잡음이 새벽 공기 속으로 흩어졌다.

"뭘 하고 있는 거야." 보이가 무전기를 주머니에 쑤셔 넣으며 투덜거렸다. "바이올렛, 빨리 돌아가야겠어!"

CHAPTER 4

유치한 속임수

해가 막 타운 위로 떠오르고 있었다. 보이와 바이올렛은 에드워드 스트리트로 꺾어 들자마자 맹렬히 페달을 밟아 브레인에 도착했다. 윌리엄 아처는 화면에 거의 코를 박다시피 한 채 다이얼을 만지작거리고 있었다.

"어떻게 됐니?" 윌리엄이 고개를 들며 물었다. "뭔가 찾았어?"

"어떤 할아버지 말로는 어젯밤에 눈동자풀들이 비명을 질렀대요. 장터 화단이랑 출렁다리 쪽 화단에서 몇 포기가 없어졌어요." 보이가 헐떡이며 말했다.

윌리엄은 혼란스러운 표정이었다. "없어지다니, 대체 그게 무슨 소리니?"

"사라졌다고요, 아빠. 누가 뽑아서 가져간 것 같아요." 보이가 말했다.

"오, 이런. 그 화단들 전부?" 윌리엄이 머리를 긁으며 물었다.

"아니요, 일부만요." 바이올렛이 대답했다.

"누군가 풀을 가져갔다면 다른 풀들이 봤을 텐데, 왜 기록에 안 남았지? 이상하네, 정말 이상해……."

윌리엄 아처는 성큼성큼 걸어 다니며 중얼거렸다.

"위원회에 알려야겠어. 아마 누가 장난친 거겠지. 하지만 눈동자 풀로 장난치는 건 곤란한데. 워낙 예민한 식물이니까."

"예민하다고요? 역겹다는 게 더 맞는 말 같은데요." 바이올렛이 중얼거렸다.

"크룩드가 알면 난리겠군! 바이올렛, 유진한테 조금 있다가 들러서 상황을 설명하겠다고 전해 줄래?"

"대체 누가 그랬을까요, 아빠?" 보이가 물었다.

"모르겠다. 하지만 분명 누군가의 장난질일 거야." 윌리엄이 보이를 똑바로 바라봤다. "이 얘긴 엄마 앞에서는 꺼내지 말자. 적어도 더 알아내기 전까진. 엄마도 신경 쓸 일이 많으니까."

보이가 고개를 끄덕였다.

“바이올렛 데려다줘도 돼요?”

“그래, 그러고 바로 집에 오너라.” 윌리엄이 어깨너머로 대답했다.

보이는 다시 고개를 끄덕이고는 에드워드 스트리트를 따라 먼저 출발했다.

“나 혼자서도 집에 갈 수 있어, 보이.” 바이올렛이 따라붙으며 말했다.

“알아. 그냥 아직 돌아가기 싫어서!” 보이가 씩 웃으며 훌쩍 앞서 나갔다.

“너희 엄마 얘기는 뭐야?” 바이올렛이 다시 따라잡으며 물었다.

“무슨 얘기?”

해가 시청 시계탑 뒤로 쑥 올라왔다. 둘은 에드워드 스트리트와 스플렌디드 로드가 만나는 모퉁이에 자리한 아처 앤 브라운 앞을 지나쳤다.

“아까 너희 아빠가 엄마한테는 얘기하지 말자고 했잖아. 엄마도 신경 쓸 게 많다고?”

보이는 대답하지 않았다. 평소와 달리 어딘가 슬퍼 보였다.

“무슨 일 있어?” 바이올렛이 이번에는 걱정스럽게 물었다.

“아니…… 글쎄, 사실 잘 모르겠어.”

“나한테 말해도 돼. 난 네 절친이잖아.”

“알아, 바이올렛. 그냥…… 요즘 엄마가 좀 이상해. 자꾸 말없이 외출하고, 항상 그늘져 보여. 같이 있어도 딴생각만 하는 것 같고.”

“아빠한테 물어봤어?”

“응, 근데 좀 어색하게 대답하더라. 아처 형제가 가둬 뒀던 그 작은 방에서 아직 완전히 벗어나지 못한 거라고. 난 그 말이 잘 안 믿겨. 내가 모르는 다른 일이 있는 거 같아. 가끔 둘이서 속삭이는 소리를 들었거든. 어른들은 왜 그렇게 자기들끼리만 속닥거리는지 모르겠어.”

“맞아. 애들은 귀가 없는 줄 아나 봐!” 바이올렛이 한숨을 쉬었다. “어쩌면 그냥 스트레스 때문인지도 몰라. 어른들은 늘 스트레스 받잖아. 감기 같은 건가 봐.”

“스트레스가 감기 같을 리는 없잖아!” 보이가 웃음을 터뜨렸다.

“그래도 너희 아빠 말이 맞을 수도 있어.” 바이올렛이 말을 이었다. “나도 잠깐 본 게 다지만, 그 방에서 10년 넘게 살았다면 정말 힘들었을 거야. 네 엄마는 하루 종일 책상에 앉아 편지 쓰는 것밖에 할 수 없었잖아.”

바이올렛은 마큘라 아처의 방을 떠올렸다. 유령 주택 단지의 폐허 같은 집과 전혀 어울리지 않는 고풍스러운 방이었다. 붉은 카펫, 짙은 원목 가구, 자유를 그린 듯 생동감 넘치는 그림 액자들. 그리고 마큘라가 남편과 아들에게 쓴 수백 통의 편지 중 한 통을 엿보았던 기억까지.

"엄마는 그 시절 얘기를 절대 안 해." 보이가 한숨을 쉬었다.

"우리 엄마는 나쁜 일일수록 꼭 얘기해야 한댔어. 안 그러면 머릿속에 갇혀서 더 나빠진다고. 처음엔 별거 아니었던 일도 정말 끔찍한 일이 돼 버린다고."

"네 머릿속에 갇힌 것들이 안쓰럽다!" 보이가 장난스럽게 말했다.

"웃기네!" 바이올렛이 피식 웃으며 집 앞에서 멈춰 섰다.

"난 이제 간다, 학교에서 보자." 보이가 말했다.

"저기, 보이!" 친구가 막 떠나려고 할 때 바이올렛이 불렀다.

"어?"

"너희 엄마 괜찮아질 거야. 알지? 우리 엄마도 상상력을 빼앗기고 퍼펙트에서 아처 형제의 꼭두각시처럼 살았는데, 지금은 멀쩡해. 부모님들은 결국 다 괜찮아져. 그냥 걱정하는 걸 좋아할 뿐이야."

"고마워, 바이올렛." 보이가 미소 지어 보였다.

바이올렛은 보이가 모퉁이를 돌아 사라질 때까지 지켜본 뒤, 자전거를 끌고 자갈길을 지나 집 옆에 세웠다. 돌계단을 막 오르려는 순간, 천둥이 우르릉 쳤다.

깜짝 놀라 심장이 벌렁거렸다. 하늘에 구름이 몰려들고 있었다.

퍼펙트에서는 늘 해가 쨍쨍했다. 적어도 사람들은 그렇게 믿었다. 아처 형제가 몰락한 뒤로 날씨를 포함해 많은 것이 정상으로 돌아왔다. 타운의 날씨는 대체로 온화했고, 가끔 소나기가 내렸다. 하지만 바이올렛은 이곳에서 천둥소리를 들어 본 적이 없었다. 거의 잊고 있던 소리였다.

"바이올렛, 벌써 일어났니?" 안으로 들어서자 복도 끝의 어스름 속에서 아빠가 물었다.

"천둥소리 들었어요, 아빠?" 바이올렛이 눈을 크게 뜨고 물었다.

"무슨 소리가 나긴 하더라. 내 배에서 난 소리가 아니라서 다행이구나!" 유진 브라운이 미소 지었다. "밖에서 뭐 했니?"

"보이가 불렀어요."

"이 시간에?"

"네, 윌리엄 아저씨가 도와달라고 해서요. 눈동자풀에 문제가 생겼거든요."

"어젯밤에 고친 거 아니었나?"

바이올렛은 아빠와 함께 부엌 식탁에 앉아 자초지종을 전했다. 얼마 지나지 않아 윌리엄 아처가 문을 두드렸다.

"아저씨, 눈동자풀 소식 있어요?" 윌리엄이 부엌으로 성큼성큼 들어오자 바이올렛이 물었다.

"아니, 바이올렛. 브레인 메모리에 저장된 영상을 다시 확인했는데, 아무 기록도 없었어. 다른 풀들도 아무 이상을 못 잡아냈고. 정말 이상해. 마치 누군가 신호를 방해하고 있는 것 같아."

"바이올렛한테 무슨 일인지 들었어." 유진이 친구를 올려다보며 말했다. "앉아. 차 한잔 줄게."

퍼펙트가 무너진 뒤 한동안 타운에서는 차가 인기를 끌지 못했다. 아처 형제가 차에 독을 타 모두의 눈을 멀게 했던 일 때문이었다. 그러다 유진과 윌리엄이 차 공장을 다시 열자는 아이디어를 냈다. 그들은 이를 공동체 화합 프로젝트라고 불렀다. 중간 지대와 퍼펙트에 따로 살았던 사람들이 함께 일하며 서로가 그리 다르지 않다는 사실을 알게 하자는 취지라고 바이올렛의 아빠는 설명했다. 타운 초창기에는 사람들 사이에 미묘한 의심이 남아 있었다.

공장은 에드워드가 사라진 지 한 달 뒤 다시 문을 열었다. 상당한 시간과 노력이 필요했지만, 점차 사람들은 서로를, 그리고 차 공장을 다시 신뢰하기 시작했다.

이제 새로 나온 차, 유니티(Unitea, 통합을 뜻하는 Unity와 발음이 같다.– 옮긴이 주)는 모든 식탁에서 사랑받았다. 유진은 특히 보라색 포장지에 적힌 '타운을 하나로'라는 문구를 자랑스러워했다. 조지스 로드에 있는 공장 정문 위에도 그 문구가 당당히 새겨져 있었다.

바이올렛도 차가 돌아와서 기뻤다. 아처 형제가 썼던 카멜레온풀로 만들어져서 무엇이든 원하는 맛을 낼 수 있으면서도, 눈을 멀게 하는 성분은 빠져서 시력을 잃을 걱정이 없었다.

"고마워, 유진." 윌리엄이 걱정스러운 표정으로 앉으며 말했다. "무슨 일인지 도통 모르겠어. 타운 사람 중 누가 뭘 훔쳐 갈 리가 없잖아? 특히 그 식물들을 말이야. 분명 누군가 장난을 친 걸 거야."

"아무도 못 봤대?"

"이튼 씨가 식물들의 비명을 듣고 밖을 내다봤대. 하지만 누구였든 이미 사라진 뒤였다네. 다른 사람 몇몇도 소리는 들었지만 범인은 못 봤어. 한 사람은 비명이 들렸을 때 보이를 봤다고 했는데, 시간을 착각한 게 분명해. 보이와 바이올렛은 눈동자풀이 사라진 뒤에야 그쪽에 갔으니까."

"정말 이상하네." 유진이 고개를 저으며 말했다. "분명 빈센트 크룩드가 오늘 저녁 회의에서 난리 칠 거야. 물론 이런 상황이니 위원회를 소집해야겠지."

"내가 학교에서 알아볼 수도 있어요, 아빠." 바이올렛이 신이 나서 말했다. 뭔가 조사하러 나서는 일이 그리웠다. "아이들이 한 짓일지도 모르잖아요. 재밌다고 생각해서요."

"괜찮다, 우리가 알아낼 거야. 혹시 그게……." 유진이 갑자기 말을 멈추고 시계를 확인했다.

"딸, 학교 갈 준비해야지. 안 그러면 또 늦는다."

"하지만 나도 남아서 듣고 싶은데!"

"바이올렛!" 아빠의 목소리가 단호해졌다.

바이올렛은 꾸물꾸물 식탁에서 일어나 부엌을 나섰다. 유진이 뒤에서 문을 닫았다. 그러자마자 바이올렛은 조심스럽게 크림색 나무 문에 귀를 갖다 댔다.

"바이올렛이 에드워드에 대한 악몽을 꾸고 있어. 한동안 안 꾸더니 어젯밤에 또 잠꼬대하는 걸 들었어." 문 너머에서 유진이 말했다. "애 앞에서는 그 얘기를 하고 싶지 않았어."

"에드워드?" 윌리엄이 물었다.

"그래. 혹시 돌아온 게 아닐까?"

"바이올렛 브라운!" 엄마의 목소리가 복도를 따라 울려 퍼졌다.

부엌문이 안쪽으로 벌컥 열리며 바이올렛은 중심을 잃고 휘청거렸다.

"바이올렛!" 유진이 외쳤다. 실망한 표정이었다. 바이올렛은 아빠가 그런 눈으로 자신을 바라보는 게 싫었다. "엿듣는 버릇 고치라고 했지! 어서 학교 갈 준비해."

"하지만 아빠, 에드워드가 돌아왔다면 나도 알아야 하잖아요! 나한테 비밀로 할 순 없어요."

"그는 돌아오지 않았어, 얘야. 그냥 가정한 것뿐이야."

"내 형은 안 돌아와. 그가 한 짓이 아니야, 바이올렛." 윌리엄이 일어서서 문으로 다가왔다. "에드워드는 눈동자풀을 훔칠 필요가 없어. 애초에 그가 발명했으니까."

유진이 헛기침을 했다. "완전히 그가 발명한 건 아니지만……."

눈동자풀은 끔찍한 의도로 탄생했지만, 바이올렛의 아빠는 여전히 그것의 개발에 기여했던 일을 조금은 자랑스러워했다. 아빠는 좋은 것을 나쁜 사람들이 나쁜 용도로 사용했을 뿐이라고 말했다.

윌리엄은 고개를 끄덕이곤 바이올렛을 진지하게 내려다봤다. "그리고 내 형이 정말 돌아온다면, 제일 먼저 너희한테 알려 줄 거다. 너희는 내 형들을 물리치고 이 마을을 구했잖아. 전에 말했듯이, 우리는 한 팀이야."

"네, 고마워요." 바이올렛이 뿌듯하게 미소 지으며 말했다.

바이올렛은 교복으로 갈아입고 부모님과 윌리엄에게 인사한 뒤 현관문을 나섰다. 그러고는 자전거에 올라타서 거리로 나섰다.

구름 사이로 해가 얼굴을 내밀었다. 바이올렛은 학교를 향해 힘껏 페달을 밟았다.

CHAPTER 5

거짓말들

바이올렛은 가로수길을 쭉 따라 내려가 왼쪽으로 꺾어 스플렌디드 로드를 타고 타운 중심부로 향했다. 해치트가 정육점 문 앞을 쓸고 있었다. 바이올렛이 손을 흔들자 그가 다정하게 손을 마주 흔들어 주었다. 바이올렛은 에드워드 스트리트에 접어들자마자 오른쪽으로 틀어 학교로 향했다.

요즘 타운 사람들은 모두 친절했다. 퍼펙트 시절과 달리 진짜 마음에서 우러나오는 친절이었다.

바이올렛은 학교 벽에 자전거를 세우고 입구로 향했다.

"자물쇠 달아야 할걸." 뒤에서 누군가 말했다.

돌아보니 비어트리스 프림이었다. 학교에서, 아니 적어도 같은 반에서 제일 정이 안 가는 여자애였다.

"타운에서는 아무도 자전거에 자물쇠 안 달아." 바이올렛이 무시하듯 말했다.

"이제는 달아야 할걸. 소식 못 들었어?" 빨간 머리의 비어트리스가 마치 엄청난 비밀이라도 전하듯이 목소리를 낮췄다. "어젯밤에 루시 론이 집밖에 세워 둔 자전거를 도둑맞았대. 학교 정문에서 루시 엄마가 우리 엄마한테 말했어. 루시는 너무 속상해서 오늘 학교도 못 왔대!"

"진짜?" 바이올렛은 놀라서 대꾸했다. 그렇다면 어젯밤에 사라진 건 눈동자풀만이 아니었다. 타운에서 도둑질 얘기를 듣는 건 처음이었다.

바이올렛 아빠는 타운이 세상에서 가장 안전한 곳 중 하나라고 했다. 모두가 아처 형제 말을 무조건 따르던 퍼펙트식 안전이 아니라 진짜 안전. 퍼펙트가 무너진 뒤로 사람들 대부분이 서로를 새로이 존중하게 되었다고 유진 브라운은 말했다.

"어쩌면 누가 루시 자전거를 잠깐 빌렸나 봐. 나중에 다시 갖다 줄 거야." 바이올렛이 말했다.

"그럴 줄 알았지." 비어트리스가 비죽 웃었다.

"그게 무슨 말이야?"

"넌 걔 절친이잖아. 당연히 감싸 주겠지."

"무슨 소리야?" 바이올렛이 약간 짜증이 나서 물었다.

비어트리스가 미소 지으며 뒤로 물러섰다.

"루시가 어젯밤에 보이가 가져가는 걸 봤대. 그 역겨운 눈동자풀이 사라진 시각이랑 딱 맞아떨어져. 소리가 들려서 창밖을 내다봤는데, 분명히 보이였대!"

"그럴 리 없어." 바이올렛이 깜짝 놀라 말했다. "나 어젯밤에 보이랑 같이 있었어. 자전거를 훔치다니. 비어트리스, 앞으로는 함부로 말하지 마. 제대로 알지도 못하면서."

"루시한테 직접 물어봐." 비어트리스가 머리카락을 휙 날리며 돌아서서 학교 안으로 사라졌다.

'어떻게 보이한테 자전거를 훔쳤다는 누명을 씌울 수 있을까?' 보이가 들으면 얼마나 황당해할지 뻔했다. 아무리 비어트리스가 원래부터 밉상이긴 해도 그런 말을 지어내는 건 도가 지나쳤다.

바이올렛이 교실에 들어섰을 때, 모두 이미 자리에 앉아 있었다.

"브라운 양, 와 줘서 고맙구나!" 무디 선생님이 전혀 고맙지 않은 어조로 말했다.

바이올렛은 꾸벅 고개 숙이고 보이의 옆자리로 비집고 들어가 앉았다.

"아까 비어트리스가 나한테 뭐라고 했는지 알아?" 바이올렛이 속삭였다.

"바이올렛 브라운." 무디 선생님의 지적이 날아왔다. "수업 시간은 무슨 시간?"

"수업에만 집중하는 시간입니다." 바이올렛이 우물쭈물 말하자 보이가 웃음을 참으려 애썼다.

"너희 둘, 따로 앉혀야겠구나!" 무디 선생님이 다시 노려보며 경고했다.

선생님은 모두에게 숙제를 꺼내라고 한 뒤, 칠판에 답을 써 가며 채점을 시작했다.

"피파가 돌아온 뒤로 좀 더 다정해지실 줄 알았는데." 바이올렛이 고개를 저으며 속삭였다. "저분이 우리 엄마였으면, 난 다시 중간 지대로 돌아가고 싶었을 거야!"

무디 선생님의 딸 피파는 오래전 중간 지대로 추방됐다가 퍼펙트가 무너지며 가족과 재회했다. 바이올렛은 무디 선생님이 딸을 끌어안고 우는 모습을 직접 봤다. 그 뒤로 선생님이 조금 좋아졌는데, 학교생활이 다시 시작되자 그 마음은 금세 사라졌다.

"피파 말로는 무디 선생님 원래 저랬대. 그래도 속은 부드럽다더라." 보이가 속삭였다

"그럼 겉은 돌로 만들어졌나 봐!"

보이가 또 웃음을 참았다.

"그래서, 비어트리스가 뭐랬는데?" 조금 뒤 보이가 물었다.

바이올렛이 빨간 머리 소녀 쪽을 넌지시 본 뒤 고개를 숙여 속삭였다. "루시 론이 어젯밤에 네가 자기 자전거 훔치는 걸 봤대."

"뭐라고?" 보이의 눈이 튀어나올 듯 커졌다.

"내 말이." 바이올렛이 고개를 끄덕였다. "루시가 그런 말을 했다니 나도 믿기지 않아."

"근데 비어트리스는 왜 그런 말을 한 거지? 루시가 진짜 자전거를 도난당한 거야?" 보이가 물었다.

"비어트리스 말로는 그렇대. 타운에서 도둑질이라니 이상하지 않아? 눈동자풀도 그렇고."

"루시는 포가튼 로드에 살지?" 보이가 물었다.

"응, 중간 지대에 살던 아빠 집으로 옮긴 것 같아." 바이올렛이 대

답했다.

"그럼 눈동자풀 화단 근처네. 혹시 눈동자풀 훔친 사람이 루시 자전거도 가져간 거 아닐까?"

"대체 누가 왜 그런 짓을 하겠어?" 바이올렛이 물었다.

"빨리 도망치려고 그랬겠지!"

"내 말은 그게 아니라, 애초에 타운 사람이 왜 남의 물건을 훔치겠냐는 거야. 다들 서로 아는 사이인데, 누가 훔친 자전거를 뻔뻔하게 타고 다니겠어?"

"그건 그렇네. 근데 루시는 왜 내가 가져갔다고 말한 거지?" 보이가 중얼거렸다.

"너희 둘, 경고는 충분히 했다." 무디 선생님이 돌아보며 말했다. "바이올렛, 이리 와서 앉아라."

선생님이 자기 앞 책상을 가리켰다. 바이올렛은 달아오른 얼굴로 책을 챙겨 무디 선생님의 커다란 코 바로 아래 앉았다. 그 모습을 보며 보이는 웃음을 참느라 애썼다.

더는 이야기를 나눌 수 없게 되자, 둘은 점심시간을 제외하고는 조용히 수업만 들어야 했다. 입이 근질거려 견디기 힘들어질 즈음에야 수업 종료를 알리는 종이 울렸다.

보이가 자리에서 벌떡 일어나 가방을 어깨에 둘러멨다. "가자!"

"어디 가는데?" 바이올렛이 가방을 싸며 물었다.

"루시네 집. 루시가 뭘 봤는지 직접 물어보고 싶어. 눈동자풀에 무슨 일이 있었는지 알아내는 데 도움이 될지도 몰라."

"좋아." 바이올렛은 신이 나서 보이를 따라나섰다. "다시 모험 시작이네!"

"진정해, 바이올렛. 그냥 물어보러 가는 것뿐이잖아."

"알아, 그래도 어쨌든 또 다른 미스터리를 푸는 거잖아. 옛날처럼!"

"넌 정말이지 너무 쉽게 흥분한다니까."

둘은 자전거를 타고 에드워드 스트리트를 따라가다 래그 레인으로 꺾어 포가튼 로드까지 달렸다.

바이올렛은 퍼펙트 시절, 낡고 허름했던 중간 지대의 건물들을 떠올렸다. 하지만 루시네 집은(비록 그때 루시가 살지는 않았지만) 늘 단정해 보였다. 루시의 아빠 래리 론이 손재주가 뛰어난 목수였기 때문이다.

론은 혼자 중간 지대에 갇혀 있었고, 루시와 가족들은 그가 존재했다는 사실조차 잊은 채 퍼펙트에서 살았다. 론은 시간을 허투루

보내지 않고 남은 자재로 집을 손봤다. 천 조각을 이어 붙인 커튼과 전등갓, 심지어 낡은 양동이에 다리를 달아 만든 부엌 의자까지, 온갖 아름다운 생활용품을 만들었다.

퍼펙트의 양지와 음지가 합쳐져 타운이 되자, 루시 가족은 그의 집으로 이사했고, 론은 장터에 가게를 열어 독특한 창작품들을 팔았다. 바이올렛 엄마 로즈 브라운은 그의 단골손님 중 한 명이었다.

바이올렛과 보이는 루시네 집 앞에서 자전거를 멈췄다.

자전거를 벽에 세워 두고, 둘은 보라색 문을 똑똑 두드렸다. 론 부인이 문을 열었다.

"아, 분명 오해일 줄 알았어, 보이." 론 부인이 한숨을 쉬었다. "안 그래도 루시한테 네가 자전거가 필요해서 잠깐 빌려 갔고, 곧 돌려줄 거라고 말했거든."

"어……." 보이가 눈을 크게 뜨고 바이올렛을 돌아봤다. "제가 가져가지 않았어요. 그래서 온 거예요. 루시가 뭘 봤는지 물어보고 싶어서요."

그때 루시가 복도로 나왔다.

"안녕, 보이." 루시가 굳은 얼굴로 인사했다.

"안녕, 루시." 보이가 대답했다. "자전거 얘기 들었어. 우리가 도와줄 수 있을까 싶어서 왔어. 눈동자풀도 화단에서 도난당했거든. 혹시 같은 사람이 한 짓이 아닐까 해서. 몇 가지 물어봐도 될까?"

"너 맞잖아." 루시가 단호하게 말했다.

보이는 고개를 저었다. "나 네 자전거 안 가져갔어, 루시." 보이의 목 아래쪽이 붉게 물들기 시작했다.

"내가 봤는데……."

"어디서 봤는데?" 바이올렛이 물었다.

"앞마당에서. 내 자전거는 브레이크를 잡으면 끼익 소리가 나거든. 아빠한테 고쳐 달라고 하려던 참이었어. 그 소리가 들려서 창문으로 달려갔더니, 네가 있었어."

"나 아니야." 보이가 다시 말했다. 울긋불긋한 기운이 이제 볼까지 번졌다.

"너 맞아, 보이. 내가 봤다고! 네 이름을 불렀더니 돌아서서 나를 똑바로 쳐다봤어."

"밖이 어둡지 않았어?" 바이올렛이 물었다.

"우리 딸이 보지도 않고 그런 말을 할 리 없잖니, 보이." 루시의 엄마가 끼어들었다. "널 의심하려는 건 아니야. 네 말도 진심처럼 들려. 하지만 우리 애는 거짓말을 안 하거든."

루시는 얼굴을 붉히며 엄마 뒤로 숨었다.

“저도 거짓말 안 해요, 론 부인.” 보이가 말했다.

“이러고 있어 봐야 소용없겠네.” 론 부인은 딸이 훌쩍이기 시작하자 문을 살짝 닫으며 말했다. “윌리엄하고 이야기를 해 봐야겠구나. 무슨 일이 있었는지 기억나면 자전거를 돌려주고 사과하는 거로 충분해. 우리는 그냥 이 문제를 좋게 해결하고 싶을 뿐이야. 보이, 네가 나쁜 아이가 아니라는 건 알아. 실수는 누구나 하니까.”

“하지만 저는 진짜 아닌데…….”

론 부인이 억지로 미소 지었다.

“네 엄마 아빠와 얘기해 보마, 보이. 아까 말했듯이, 뭔가 떠오르면 다시 오렴.”

보라색 현관문이 닫혔다.

“도대체 뭐가 어떻게 된 거야?” 바이올렛은 보이의 벌게진 얼굴을 보며 물었다.

“모르겠어.” 보이가 고개를 저었다. “난 루시 자전거 안 가져갔어, 바이올렛.”

“나도 알아, 보이. 근데 이상해. 루시가 거짓말할 것 같지는 않은데…….”

“그게 무슨 뜻이야?”

“아니, 그냥…….”

“루시는 거짓말 안 하니까, 내가 거짓말쟁이라는 거야?”

“아니, 보이, 그런 뜻이 아니야.”

“미안해, 바이올렛.” 보이가 다시 자전거를 집어 들며 말했다. “그냥 짜증 나서 그래. 루시가 어떻게 내가 자기 자전거를 가져갔다고 그렇게 확신할 수 있지?”

“너무 걱정 마. 우리 집에 가서 저녁 먹을래? 같이 생각해 보자. 어쩌면 루시가 너랑 비슷하게 생긴 사람을 본 걸 수도 있잖아. 바비 브로더릭이라든지.”

“바비 브로더릭은 나랑 안 닮았는데.” 보이가 고개를 저었다.

“그래, 근데 키랑 머리 색깔이 비슷하잖아. 어쩌면 밤이라서 착각했을지도 몰라. 그리고 바비라면 왠지 루시의 자전거를 가져갈 것도 같기도 하고.”

바비 브로더릭은 학교 일진 중 하나였다. 그 애가 자전거를 훔쳤다고 해도 그다지 놀라울 것 같지 않았다.

“우리도 함부로 남을 의심하면 안 되잖아, 바이올렛!” 보이가 고개를 저었다. “어쨌든 난 집에 가 봐야겠어. 론 부인이 엄마 아빠한테 말할 텐데, 그 전에 내가 먼저 얘기하고 싶어. 요즘 상태로는 엄마가 어떻게 반응할지 모르겠어.”

“괜찮을 거야. 네가 한 짓이 아니잖아.” 바이올렛이 자전거를 세워 들며 말했다. “우리 아빠가 그랬어. 진실은 언젠가 반드시 드러난다고. 내일 보자!”

“그래.” 보이는 바이올렛을 쳐다보지도 않고 곧장 페달을 밟아 위켐 테라스로 향했다.

타운을 가로질러 돌아오는 동안 바이올렛의 머릿속은 복잡했다.

루시 론은 정말로 보이가 자기 자전거를 훔쳤다고 믿는 것 같았다. 한 학년 위라 그리 친하지는 않아도 루시는 늘 착하고 정직해 보였다. 적어도 지금까지는 그렇게 생각했다. 하지만 보이 역시 절대 거짓말할 애가 아니었다. ‘도대체 어떻게 된 일일까?’

바이올렛은 당장 아빠에게 물어보고 싶었지만, 아빠는 퇴근하자마자 위원회 회의에 간다고 엄마가 말했다.

“오늘 회의는 아주 길 거야.” 로즈가 한숨을 쉬며 베이컨과 감자, 양배추가 담긴 접시를 딸 앞에 내려놓았다. “빈센트 크룩드가 눈동자풀이랑 루시 론 자전거 도난 사건 때문에 난리거든.”

“엄마도 그 얘기 들었어요?” 바이올렛이 물었다. 입맛이 싹 사라지는 듯했다.

"그럼, 오늘 타운 전체가 그 얘기뿐이더라."

"루시는 자전거를 훔쳐 간 사람이 보이라고 주장해요. 근데 보이는 안 그랬어요, 엄마." 바이올렛이 포크로 음식을 이리저리 뒤적거리며 말했다.

"아마 너무 속상해서 누군가를 탓하고 싶은 거겠……,"

"그렇다고 보이를 탓하면 안 되잖아요!" 바이올렛이 엄마 말을 끊었다.

"알아, 애야. 하지만 걱정 마. 곧 다 해결될 거야."

바이올렛은 한동안 먹는 둥 마는 둥 하다가 식탁에서 일어나 방으로 올라갔다.

창가 자리에 앉아 마당 쪽을 내다보며 아빠를 기다렸지만, 엄마 말이 맞았다. 밤이 깊어졌는데도 아빠는 돌아오지 않았다.

머릿속이 뒤죽박죽인 채, 바이올렛은 침대에 누워 뒤숭숭한 잠에 빠져들었다.

CHAPTER 6

새 친구들

"어젯밤 회의는 어떻게 됐어요?"

다음 날 아침 부엌 식탁에서 부모님과 마주 앉자마자 바이올렛이 물었다. "윌리엄 아저씨가 눈동자풀에 대해 뭔가 알아냈어요?"

"아니, 안타깝게도 아직." 아빠가 고개를 저었다.

"그런데 이번엔 자전거까지 없어졌잖아." 로즈가 말했다. 포크에서 스크램블드에그가 뚝 떨어졌다. "정말 이상해. 타운은 어디보다도 안전한 곳인데. 누가 그런 짓을 했을지 상상도……;"

"루시는 보이라고 했어요, 아빠." 바이올렛이 엄마 말을 끊었다. "어제 루시네 집에 갔었는데, 정말 확신하는 것 같았어요."

"루시네 집에 갔었다는 말은 안 했잖니." 엄마가 혀를 찼다. "아이고, 바이올렛. 론 가족을 그렇게 괴롭히면 안 되지. 그런 일은 어른들에게 맡기렴."

"네가 그 집에 갔었다는 얘긴 들었다, 바이올렛." 아빠가 말했다. 약간 짜증 섞인 말투였다.

"누구한테요?" 바이올렛이 물었다.

"루시 엄마, 릴리 론이 어젯밤 회의에 왔었어." 유진이 고개를 들며 말했다. "보이에 대한 민원을 제기했고, 위원회에서 도난 사건을 조사해 달라고 요청했어."

"하지만 보이는 안 그랬어요, 아빠. 보이도 그 얘기 듣고 나만큼 놀랐어요. 그래서 거기 간 거예요. 루시한테 물어보려고요!"

"알아, 바이올렛. 하지만 곧 모두 잠잠해질 거야. 눈동자풀이 다시 제대로 작동하면 이런 일로 논란이 생기지도 않겠지. 어쨌든 이 문제는 이제 위원회에서 처리할 몫이고, 보이가 걱정할 일은 없을 거야."

"보이한테 가 볼 거예요?" 바이올렛이 숟가락을 입에 가져가다 말고 물었다.

"그래야지. 다시 말하지만, 보이는 걱정 안 해도 될 거야."

"당연하죠." 바이올렛이 시리얼을 마저 먹고 도시락을 챙겨 나갈 준비를 했다.

"바이올렛!" 서둘러 문을 나서려는데 엄마가 불렀다.

"네?"

"엄마가 널 잘 알아서 하는 말인데, 론 가족이랑 눈동자풀 일은 그냥 내버려 둬. 위원회에서 다 알아낼 거야. 너나 보이가 나설 필요 없어."

"하지만 엄마, 사람들이 보이를……,"

"두말 안 한다."

바이올렛은 말없이 현관문을 닫았다. 엄마한테 말대꾸하는 건 좋은 생각이 아니었고, 그렇다고 거짓말을 할 수도 없었다. 방과 후에 보이와 함께 조사하러 갈 작정이니 아무 말도 하지 않는 편이 나았다. 엄밀히 따지면 거짓말은 아니니까.

✳ ✳ ✳

바이올렛이 학교에 도착했을 때 보이는 이미 자리에 앉아 있었다.

"눈동자풀 소식 있어?" 바이올렛이 옆자리에 앉으며 물었다.

"없어." 보이가 고개를 저었다. 어딘가 평소보다 멀게 느껴졌다.

"너 괜찮아?"

"아무것도 아니야." 보이가 대답하는 순간 연필 하나가 날아와 등을 툭 치고 떨어졌다.

"방금 누구야?" 바이올렛이 자리에서 홱 돌아앉았다.

"내 연필 돌려줘, 아처." 교실 뒷줄에서 코너 크룩드가 웃으며 말했다. "훔쳐 가지 말고!"

"그만해!" 바이올렛이 노려보며 말했다.

빈센트 크룩드의 아들 코너는 바비 브로더릭의 절친이자 역시 일진이었다. 다만 코너는 은밀한 부류였다. 어른들 앞에서는 늘 웃으며 예의 바르게 굴어 눈 밖에 나지 않는 유형이었다.

보이가 바이올렛의 팔을 잡았다. "내버려 둬, 바이올렛. 네가 나서지 않아도 돼."

"그래도, 너한테 안 좋은 소릴 하잖아……."

"내버려 두라니까. 코너는 내가 알아서 할게." 보이가 씩 웃었다. "나 보육원 출신인 거 잊었어?"

바이올렛은 코너의 비웃음을 무시하고 다시 앞으로 돌아앉았다.

"루시 자전거에 대해 뭔가 더 알아낸 거 있어?"

"없어." 보이가 고개를 저었다. "근데 루시 엄마가 어젯밤 위원회 회의에서 민원을 넣었대. 아빠가 많이 속상해하더라."

"너 때문에?" 바이올렛이 물었다.

"아니, 본인 때문에. 눈동자풀이 제대로 작동했으면 이런 일은 없었을 거라면서. 어쨌든 괜찮을 거야, 바이올렛. 그냥 사람들이 사실이 아닌 말을 하는 게 싫을 뿐이야."

"알아." 바이올렛이 한숨을 쉬었다. 그때 무디 선생님이 교실로 들어왔다.

"수학 교과서 꺼냅시다, 여러분." 선생님이 파란색 펜슬 스커트를 정돈하며 말했다.

바이올렛과 보이는 남은 일과를 조용히 보냈다. 보이는 농담할 기분이 아닌 듯했고, 바이올렛은 문제를 해결할 방법을 찾느라 머리를 쥐어짰다.

"이렇게 하자." 하교 시간이 가까워지자 바이올렛이 속삭였다. "장터에 있는 집들 문을 전부 두드려 보는 거야. 윌리엄 아저씨는 몇 사람하고만 얘기했잖아. 분명 뭔가를 본 사람이 있을 거야."

"이미 누군가가 아빠한테 눈동자풀이 사라진 시각에 장터에서 날 봤다고 했어. 우리가 그러면 문제만 더 커질 거야."

"네가 안 했다면 그럴 리 없잖아."

"안 했다면? 고맙다, 바이올렛!"

"아, 그런 뜻 아니었어. 알잖아."

"어차피 상관없어." 보이가 고개를 저었다. "오늘은 바로 집에 가야 해."

"왜? 오래 안 걸릴 거야. 끝나고 집에 가면 되잖아."

"안 돼." 보이가 딱 잘라 말했다.

"알았어." 바이올렛이 풀이 죽은 목소리로 대답했다. "그럼 내일 보자."

보이는 망설임 없이 가방을 어깨에 메고 교실에서 뛰어나갔다.

"또 자전거 훔치러 가나 봐." 비어트리스가 바이올렛의 책상 앞을 지나가며 빙글 웃었다.

바이올렛은 대꾸하지 않았다. 보이에게 조금 짜증이 났다. '도와주려 했을 뿐인데……'

'아니야.' 바이올렛은 스스로를 꾸짖었다. 보이는 사람들이 거짓 험담을 퍼뜨려서 속상해하고 있었다. 같은 상황이었다면 자신도 분명 속상했을 터였다.

'어쩌면 혼자서도 도울 수 있지 않을까?' 보이 없이 혼자 장터에 가서 물어보는 게 오히려 나을지도 몰랐다.

바이올렛은 가방을 챙기며 머릿속에서 엄마의 목소리를 밀어냈다. 지금 보이에게는 자신의 도움이 필요했다. 보이가 루시의 자전거 도난 사건과 아무 상관이 없다는 걸 모두에게 증명해야 했다.

학교를 나와 에드워드 스트리트로 접어든 뒤, 래그 레인을 거쳐 포가튼 로드로 향했다. 장터에 거의 다다랐을 때, 바이올렛은 급히 브레이크를 잡았다.

광장 저편에서 보이가 위켐 테라스 쪽으로 가고 있었다.

혼자가 아니었다. 자전거를 끌고 코너 크룩드와 나란히 걷고 있었다.

바이올렛은 자기 눈을 의심했다. '저 둘이 같이 뭐 하는 거지?'

바이올렛은 자전거를 몰고 아슬아슬하게 장터를 가로질러 위켐 테라스 끝 모퉁이를 돌았다. 보이와 코너는 보이네 집인 135번지를 그냥 지나쳐 타운 끝자락의 출렁다리를 향해 걸어가고 있었다.

둘은 웃고 있었다. 하지만 바이올렛은 보이가 코너를 좋아하지 않는다고 확신했다. 특히 오늘 교실에서 있었던 일 이후로는 더더욱.

'보이가 코너는 자기가 알아서 하겠다고 했으니, 어쩌면 그 말대로 하는 중인지도……?' 하지만 뭔가 석연치 않았다. 보이를 부르려던 바로 그때, 보이가 출렁다리 아래로 몸을 숙이더니 또 다른 자전거를 끌어냈다.

보라색 프레임에 안장과 타이어는 흰색이었다. 코너가 웃으며 보이와 하이파이브를 하더니 곧장 핸들을 잡아 자전거에 올라탔다. 그러고는 둘이 나란히 출렁다리를 건너 강 반대편, 유령 주택 단지 쪽으로 향했다.

바이올렛의 배 속 깊은 곳이 찌르르했다. '보이는 왜 집에 가야 한다고 거짓말을 한 걸까? 그리고 코너에게 건넨 그 자전거는 누구 거지?' 바이올렛은 의심을 떨쳐내듯 고개를 세차게 저었다. 루시의 자전거일 리 없었다.

바이올렛은 둘을 따라가기로 했다. 어쩌면 이 모든 일에는 합당한 이유가 있을지도 몰랐다.

'어쩌면 코너가 눈동자풀에 대해 뭔가 알고 있나? 그래서 보이를 돕고 있고, 보이는 그 사실을 나에게 숨긴 걸까? 왜냐하면…….' 글쎄, 왜 숨겼는지는 바이올렛도 알 수 없었다. 둘 사이에는 비밀이 없었다. 적어도 바이올렛이 아는 한에서는.

바이올렛은 출렁다리에 올라 페달을 밟았다. 퍼펙트가 무너진 뒤 복원된 다리는 이제 세차게 흐르는 강물 위로 당당히 놓여 있었다. 고급스러운 은색과 파란색으로 칠해진 철제 기둥 사이로, 강철 로프와 나무판자들이 길게 이어져 있었다.

하지만 강 건너편은 아무것도 새로 복구되지 않은 채였다. 적어도 아직은 그랬다. 아무도 유령 주택 단지와 반쯤 지어지다 만 폐가들 근처에는 얼씬도 하지 않았다. 그곳으로 이어지는 아스팔트 도로는 구멍 하나 메워지지 않았다. 바이올렛이 아빠에게 듣기론 위원회가 여전히 그 구역을 어떻게 할지 논의 중이라고 했다. 거의 1년이 지났으나 결정된 것은 아무것도 없었다. 에드워드 아처가 폐가들 너머 언덕에 자리한 오래된 공동묘지에서 사라진 지도 어느덧 1년이 흘렀다.

아무도 그곳에 가까이 가려 하지 않는 이유는 분명했다. 유령이 나온다는 소문, 그리고 그곳에 발을 들이는 사람을 덮치는 섬뜩한 공포 때문이었다.

바이올렛은 깊게 숨을 들이마시고 아스팔트 도로를 지나 유령 주택 단지 입구 기둥 옆, 광고판 아래에서 멈춰 섰다. 단란한 가족이 그려진 광고판은 마지막으로 봤을 때보다 더 바래 있었다. 남편의 치아는 새까맣게 변했고 아내의 피부는 축축한 초록빛을 띠었다. 아이들은 거의 지워진 상태였다.

바이올렛은 최대한 살며시 자전거를 땅에 눕혔다. 단지 안을 살펴보려는 순간, 커다란 검은 새 한 마리가 날아 내려와 바로 옆 돌기둥 위에 앉았다.

최근에 꾼 악몽이 떠올라 몸이 부르르 떨렸다.

새가 고개를 틀어 바이올렛을 응시했다. 검은 구슬 같은 눈이 마치 속을 꿰뚫어 보는 듯했다. 날개를 펼치자 윤기 나는 깃털 사이로 푸른빛이 어른거렸다. 새는 검은 부리를 벌리고 까악 울었다. 쓸쓸한 메아리가 단지 전체에 울려 퍼졌다.

바이올렛은 가슴이 벌렁거렸다. '여기 다시 오지 말았어야 했나?'

훠이, 하고 손짓을 해 봤지만 새는 꼼짝도 하지 않았다. 손이 닿을 만큼 가까이 있는데도 눈 하나 깜빡하지 않았다. 바이올렛이 전혀 두렵지 않은 모양이었다. 다시 손을 뻗자, 그제야 새는 날개를 펴고 하늘로 날아올랐다.

바이올렛은 새의 비행을 눈으로 좇았다. 새는 한때 눈동자풀이 자라던 단지 안 녹지를 지나, 건물 잔해와 반쯤 지어진 집들 위로 날아갔다.

보이나 코너는 어디에도 보이지 않았다.

하늘이 점점 어두워졌다. 구름이 더욱 짙게 깔리며 낮게 떠 있던 해를 가렸다.

날이 저물어 가고 있었다. '이제 집에 돌아가야 하나?'

그때 웬 움직임이 눈에 들어왔다. 바이올렛은 들킬까 봐 그 자리에 우뚝 굳었다. 두 소년이 한 폐가에서 튀어나와 묘지를 향해 언덕길을 달려 올라가고 있었다.

심장이 두근거렸다. '둘이 진짜 뭐 하는 거지?'

보이와 코너는 아주 즐겁다는 듯 웃고 떠들었다. 그 모습을 보자 바이올렛의 가슴 한구석이 욱신거렸다. 둘은 곧 지평선 너머로 사라졌다. 혼자 유령 주택 단지에 온 것도 싫었는데, 묘지에는 더더욱 가고 싶지 않았다. 생각만 해도 속이 울렁거렸다.

마음이 상한 채, 바이올렛은 집으로 돌아가기로 했다. 몰래 지켜보는 건 옳지 않은 일처럼 느껴졌다.

어쩌면 정말 별거 아닌 이유가 있을지도 몰랐다. 내일 학교에서 보이에게 직접 물어봐야겠다고 생각했다.

바이올렛은 다시 자전거를 타고 타운으로 돌아갔다. 포가튼 로드로 막 접어드는데, 저 멀리 집 앞에 서 있는 루시가 눈에 들어왔다.

"저기!" 바이올렛이 힘껏 페달질 하며 불렀다.

루시는 일부러 못 들은 척했다.

"루시!" 이번엔 더 크게 외쳤다.

끼익 소리를 내며 자전거를 멈춰 세우자 루시가 그제야 돌아보며 알은체했다. "아, 바이올렛. 나 부른 거야?"

"자전거에 대해 하나만 물어볼게." 바이올렛이 숨을 몰아쉬며 말했다.

루시는 말없이 고개를 끄덕였다.

"그게 있잖아, 그 자전거, 무슨 색이야?"

물어보는 것조차 꺼림칙했다. 보이를 배신하는 기분이 들었다.

"보라색. 안장이랑 바퀴는 하얀색. 네가 걔 친구인 거 알지만, 내가 본 건 분명 보이였어!" 루시가 퉁명스럽게 말하고는 서둘러 집 안으로 들어가 버렸다.

바이올렛은 다시 자전거를 몰았다. 속이 뒤집힐 것 같았다. 보이가 다리 밑에서 꺼내 코너에게 건넨 자전거가 바로 그 색이었다. '보이가 정말 루시의 자전거를 훔친 걸까? 어쩌면 코너가 시켜서 그랬을지도 모른다. 하지만 어떻게, 왜?' 바이올렛이 알기로 보이는 누가 시킨다고 나쁜 일을 할 아이가 아니었다.

집에 도착했을 때 부모님은 부엌 식탁에 앉아 있었다. 바이올렛의 머릿속은 여전히 뒤죽박죽이었다.

"무슨 일이니?" 엄마가 식탁에서 고개를 들며 물었다. "괜찮아?

속상해 보이는데."

"괜찮아요!" 바이올렛이 식탁 의자에 털썩 앉으며 말했다.

사실 자신이 어떤 기분인지도 잘 알 수 없었다. 오늘 본 일들은 도무지 이해가 되지 않았다. 하지만 부모님에게 말할 수는 없었다. 아직은 아니었다. 보이와 먼저 얘기하는 게 우선이었다.

저녁 메뉴는 또 베이컨과 감자, 양배추였다. '세상에 먹을 게 얼마나 많은데 누가, 왜 양배추를 발명한 걸까?' 어쨌든 지금은 아무것도 먹고 싶지 않았다. 오늘 하루에 벌어진 일들만으로도 속이 벅찼다. 바이올렛은 접시 위 음식을 괜히 이리저리 뒤적였다.

아빠는 〈타운 트리뷴〉을 읽고 있었다. 아처 형제가 몰락한 뒤 로버트 블롯이 창간한 지역 신문이었다. 바이올렛 엄마는 로버트 블롯을 '뭐든지 아는척 하는 남자'라고 불렀다.

"이 기사 정말 웃기네." 아빠가 말했다.

1면에 반쯤 빈 눈동자풀 화단 사진 위로 '우리 눈앞에서 사라지는 중'이라는 검은 글씨가 큼직하게 박혀 있었다.

"신문에서 뭐래요, 아빠?" 바이올렛은 정말 궁금하기도 하고, 잠시라도 다른 생각을 할 수 있는 틈이 반가워서 물었다.

"눈동자풀 실종 관련 기사야. 타운에 도난 사건이 유행병처럼 번지고 있다나. 루시 론 양의 자전거 얘기도 나와. 유행병이라니, 좀 과하지."

"유행병이라고요?"

"아, 그냥 블롯이 요즘 타운에 도난 사건이 많아서 큰 문제라도 생긴 것처럼 과장하는 거야."

"정말로 요즘 도난 사건이 많아요?"

"아니!" 엄마가 딱 잘라 말했다. "로버트는 항상 모든 걸 부풀려서 써. 평범한 기사 쓰는 게 지루한가 봐. 최근에 일어난 일들이 블롯한테는 아주 흥미진진한 모양이야."

"그래, 책임감 있는 언론이라고 보긴 어렵지. 윌리엄이 이 기사를 싫어하겠는데."

"왜요, 아빠?"

"블롯은 보이가 연루됐다고 생각하는 모양이야. 보이가 눈동자풀과 루시의 자전거를 가져갔다고 암시하고 있어. 정말 말도 안 되는 소리지."

"아." 바이올렛이 입안의 감자를 간신히 삼켰다.

"보이가 도둑이라고?" 로즈가 헛웃음을 터뜨렸다. "황당하네. 그 애가 뭐하러 자기 아빠한테서 그 끔찍한 식물들을 훔치겠어? 타운에 도둑이 있다는 생각 자체가 말이 안 돼. 분명 질 나쁜 장난이겠지. 범인들이 곧 자수할 거야.”

“그랬으면 좋겠어요.” 바이올렛이 한숨을 쉬었다.

부모님이 다시 이야기를 나누는 사이, 바이올렛은 조용히 식탁에서 빠져나와 남은 음식을 몰래 쓰레기통에 버렸다.

“괜찮니, 바이올렛? 안색이 좀 안 좋은데.” 로즈가 자리에서 일어나 딸의 이마에 손을 얹으며 물었다.

“괜찮아요.” 바이올렛은 엄마의 손을 살짝 밀어냈다. “숙제가 많아서 그래요.”

부엌을 나서자 부모님의 낮은 목소리가 들렸다. 자기 이야기를 하는 게 분명했다. 바이올렛은 위층 방으로 올라가 그대로 침대에 몸을 던졌다.

‘보이가 도둑에다 거짓말쟁이라고?’ 그렇게 생각하자 다시금 속이 메스꺼워졌다.

CHAPTER 7

더 많은 거짓말

다음 날 아침, 바이올렛은 퀭한 눈으로 학교로 향했다. 밤새 잠을 설친 탓에 누구보다 먼저 도착해 수업 종을 기다리고 있었다.

보이도 평소보다 일찍 도착했다. 다가오는 보이를 보자 바이올렛은 저도 모르게 몸이 굳었다. 그때 하늘에서 천둥이 우르릉 울렸다. 고개를 들어보니 구름이 짙게 드리워 해가 거의 보이지 않았다.

"그렇게 찡그리다간 그 얼굴로 굳어 버린다?" 보이가 옆 벤치에 앉으며 놀렸다.

막상 보이를 눈앞에서 보자 할 말이 떠오르지 않았다. 전날 오후의 일을 밤새 침대에 누워 곱씹었지만, 어떻게 말을 꺼내야 할지는 여전히 감이 잡히지 않았다.

"코너는?" 바이올렛은 불쑥 튀어나온 말에 스스로도 놀랐다.

"누구?" 보이가 미간을 찌푸렸다.

"코너 크룩드!"

"걔를 왜 나한테 물어?"

"어제 오후에 너희 둘이 같이 있는 거 봤어. 유령 주택 단지까지 따라갔거든."

보이가 피식 웃었다. "재밌네, 바이올렛. 속을 뻔했잖아!"

"뭘 속아? 내가 봤다니까. 루시 자전거에 대해 사람들한테 물어보러 장터에 갔었어. 넌 집에 가야 한다고 같이 안 갔잖아. 그런데 네가 코너랑 위쳄 테라스를 지나가는 거 봤어. 그래서 따라간 거야. 인사하려고 했는데……."

바이올렛이 말꼬리를 흐렸다.

"했는데 뭐?" 보이가 눈을 가늘게 좁혔다. 목덜미가 붉어졌다.

"그게……."

"바이올렛!"

"네가 루시 자전거를 코너한테 건네주는 거 봤어!"

이번엔 보이의 표정이 싹 달라졌다. "그만해, 바이올렛. 이상한 농담에 맞장구칠 기분 아니야."

"보이!" 바이올렛이 답답해서 목소리를 높였다. "농담 아니야. 내가 봤다고. 어제 수업 시간에 코너는 네가 알아서 하겠다고 했잖아. 그런 거였다면 뭘 어떻게 했는지 그냥 말해 줘."

"난 정말 바로 집에 갔어." 보이는 자리에서 벌떡 일어났다. "너 대체 왜 이래?"

"나? 모른 척 그만해, 보이. 너랑 코너가 같이 있는 거 봤다니까! 정말 나한테 말 못 할 일이야? 나도 도울 수 있어. 코너가 너한테 루시 자전거 훔치라고 한 거야?"

"내가 코너 크룩드를 위해 뭘 훔쳤다고? 바이올렛, 대체 무슨 소리야?"

"보이, 제발." 바이올렛은 점점 화가 났다. "나 네 절친이잖아."

"나도 그런 줄 알았어." 보이가 차갑게 쏘아붙였다. 바이올렛을 바라보는 얼굴이 붉게 달아올라 있었다.

그때 종이 울렸다. 무디 선생님이 정문 앞에 나타나 학생들을 불러들였다. 바이올렛은 얼른 일어섰다. 눈물 맺힌 눈으로 보이를 보지 않으려고 애쓰며 혼자 교실로 향했다.

"안녕, 바이올렛! 숙제는 다했어?" 비어트리스가 따라붙으며 물었다.

"아, 안녕, 비어트리스." 바이올렛은 억지로 미소 지었다.

아이들이 떠들며 교실 안으로 들어가는 동안, 보이는 벤치에 그대로 앉아 있었다.

"안녕하세요, 여러분." 무디 선생님이 평소보다 더 찡그린 얼굴로 엄하게 말했다.

"안녕하세요, 선생님." 모두가 대답했다.

보이는 뒤늦게 교실로 들어와 바이올렛 옆자리에 앉았다. 하지만 바이올렛을 보지는 않았다.

"늦었구나, 보이!" 무디 선생님이 말했다.

"죄송합니다." 보이는 고개를 숙이며 중얼거렸다.

무디 선생님이 이쪽을 쏘아보자 바이올렛은 얼른 시선을 피했다.

평소 같았으면 보이와 농담을 주고받았을 텐데, 오늘은 분위기가 어색하기만 했다. 보이에게 이렇게까지 무슨 말을 해야 할지 모르겠는 건 처음이었다.

"안타까운 소식이 하나 있어요, 여러분. 코너 크룩드가 어제 방과 후에 집에 돌아오지 않았다고 합니다. 부모님께서 몹시 걱정하고 계시죠."

바이올렛은 움찔했다.

슬쩍 옆을 보니, 보이는 연필을 연필깎이 날에 대고 비틀고 있었다. 부스러기가 책상 위에 자그맣게 쌓여 갔다.

"어제 학교 끝난 뒤 코너가 어디로 갔는지 아는 사람 있나요?" 무디 선생님이 학생 한 명 한 명을 똑바로 바라보며 물었다.

선생님의 시선이 스치자 바이올렛은 얼굴에 열이 확 올랐다. '뭔가 말해야 할까?' 말해야 하는 사람은 보이인데, 보이는 가만히 연필 부스러기를 바닥으로 털어 낼 뿐이었다.

'왜 입을 다물고 있는 거지?'

"아무도 없어?" 무디 선생님이 다시 물었다. "너희 중 몇몇은 코너와 친하잖니. 누구든 뭔가 아는 게 있으면 말해 주렴. 혼내지 않을 거야. 부모님은 그저 코너를 찾기 바랄 뿐이야."

코너에게도 친구들은 있었다. 하지만 보이는 그중 하나가 아니었다. 코너의 친구들은 바비 브로더릭 같은 다른 일진들이었다. 바이올렛은 연필 끝으로 지우개를 찔러대며 다시 한번 보이를 흘끗 봤다.

'왜 아무 말도 하지 않는 걸까? 왜 자꾸 나를 이런 난처한 상황에 몰아넣는 걸까?' 그래도 보이는 여전히 바이올렛의 친구였다. 친구를 고자질할 수는 없었다.

아빠는 언제나 정직해야 한다고 말했지만, 바이올렛은 지금 전혀 정직하지 못했다. 무디 선생님의 날카로운 시선이 다시금 교실을 훑자, 바이올렛은 눈을 내리깔았다.

교실 안에는 팽팽한 긴장감이 감돌았다.

바이올렛은 마치 무대 조명 아래 앉아 있는 기분이었다. 열기가 목에서 뺨으로 치밀어 올랐다. 무디 선생님이 이상한 낌새를 눈치 챌까 봐 조마조마했다.

선생님은 아이들을 하나하나 훑어보았다. 여기저기서 불편하게 꿈지럭대는 소리만 들릴 뿐 교실은 조용했다. 보이는 단 한 번도 고개를 들지 않았다. 얼굴이 다시 벌겋게 달아올라 있었다.

"잠시 생각할 시간을 줄게요." 무디 선생님이 말했다. "혹시 하고 싶은 말이 있는 사람은 나중에 나에게 개인적으로 오세요. 혼내지는 않을 거예요."

'퍽이나 안 혼내겠지.' 바이올렛은 무디 선생님이 자신을 래그 트리에 거꾸로 매달아 놓는 장면을 상상했다.

바이올렛은 창밖으로 시선을 돌렸다. 학교 마당 벤치 위에 커다란 검은 새 한 마리가 앉아 있었다. 구슬 같은 눈이 마치 자기를 똑바로 바라보는 듯했다. 바이올렛은 부르르 몸을 떨었다. 요즘 따라 어딜 가나 검은 새가 눈에 띄었다.

"바이올렛, 너 혹시 아는 거 있어?" 비어트리스가 책상 너머로 속삭였다.

"아니." 첫 번째 거짓말이었다. 적어도 무디 선생님에게 거짓말을 한 건 아니었다. 아무 말도 하지 않았을 뿐이다. 비어트리스는 보이를 본 척 만 척하고 앞으로 돌아앉았다.

점심시간이 가까워지자 모든 대화에 의심이 스며들었다. 온 학교가 코너에게 무슨 일이 일어났는지 추측하느라 바빴다. 보이는 교실을 나설 때도 바이올렛에게 말을 걸지 않았고, 쉬는 시간 내내 잭을 비롯한 다른 아이들하고만 어울렸다.

잭 역시 중간 지대 출신으로, 보육원에서 보이와 가장 친했던 친구였다. 퍼펙트가 무너진 뒤 가족과 다시 만나 지금은 조지스 로드에 있는 차 공장 근처 집에서 살고 있었다. 학교에서는 바이올렛과 보이보다 한두 학년 위였다.

바이올렛은 벤치에 혼자 앉아 도시락을 먹었다.

"어제 코너가 학교에서 떠나는 건 봤어." 비어트리스가 땅바닥에 둘러앉은 여자애들에게 말했다. "근데 어디로 갔는지는 못 봤어."

바이올렛은 무리 쪽으로 슬금슬금 다가갔다.

"혼자였어?" 바이올렛이 은근슬쩍 끼어들며 물었다.

"어, 혼자였던 것 같아⋯⋯." 비어트리스가 말을 흐리다 다시 이었다. "아, 아니다. 혼자는 아니었어. 사실 바비가 옆에 있었어."

아이들 모두 헛숨을 들이켰다. 그때 마침 바비 브로더릭이 작은 금발 아이를 밀치고 지나가는 모습이 보였다.

바비는 코너의 절친이었다. 코너가 바비와 함께 있었다면 훨씬 그럴듯했겠지만, 어제 바이올렛이 본 건 바비가 아니었다.

"바비가 코너를 죽인 거면 어째!" 한 여자애가 숨을 몰아쉬었다.

"바비는 우리 집 고양이도 걷어찬 적이 있어!" 다른 아이가 울먹였다.

아이들은 흥분해서 바비 브로더릭이 저지른 온갖 나쁜 일들을 쏟아 내기 시작했다.

"바비는 코너랑 같이 있지 않았어." 또 다른 아이가 소문을 끊어 냈다. "어젯밤에 우리 집에 있었거든. 엄마랑 같이 왔어. 우리 엄마 초대로."

그러자 누군가 또 다른 폭탄 같은 주장을 던졌고, 무리는 다시 떠들썩해졌다.

바이올렛은 돌아앉았다. 비어트리스 무리와 어울리는 건 혼자 있는 것보다 더 괴로웠다.

보이 쪽을 바라봤다. 보이는 이제 혼자 도시락을 먹고 있었고, 다른 아이들은 운동장에서 축구를 하고 있었다.

바이올렛은 자리에서 일어나 교정을 가로질렀다. 괜히 미리 눈이 마주치지 않도록 조심하며 다가갔다.

"앉아도 돼? 바이올렛은 보이 앞에 서서 물었다.

"맘대로." 보이는 고개도 들지 않은 채 중얼거렸다.

둘은 잠시 말없이 앉아 있었다. 바이올렛은 더 이상 참을 수가 없었다.

"왜 무디 선생님한테 코너 얘기 안 했어? 혼나는 것도 아닌데."

"말할 게 없으니까." 보이는 황당하다는 듯 대꾸했다.

"나 정말 너 봤다니까!"

"네가 잘못 봤겠지, 바이올렛. 나 어제 코너랑 같이 안 있었다고!"

"네가 아니면 그럼 누구였는데?"

"내가 어떻게 알아? 날 봤다고 한 건 너잖아!"

"무슨 일이 있었어? 코너가 다쳤어? 루시 자전거랑 관련 있는 거야?"

"무슨 소리야, 미쳤어? 날 안 믿는 건 네 마음이야. 하지만 내가 하지도 않은 일을 나한테 뒤집어씌우지는 마!"

보이는 갑자기 자리에서 벌떡 일어나더니, 말없이 바이올렛을 내려다봤다.

바이올렛은 보이가 진실을 말해 주길 간절히 바라며 기다렸다.

하지만 보이는 고개를 내저으며 입꼬리를 비죽 올리더니 축구하는 친구들 쪽으로 걸어가 버렸다. 아무 일도 없었던 것처럼 구는 모습에 바이올렛은 당황했다. '어떻게 저렇게 뻔뻔할 수가 있지?'

바이올렛은 주위를 둘러봤다. 혹시 누가 둘의 실랑이를 봤을까 봐 걱정됐다. 그때 비어트리스와 눈이 마주쳤다. 빨간 머리 소녀는 재빨리 고개를 돌렸다.

종이 울리며 점심시간이 끝났다. 바이올렛은 벤치에서 일어나 다른 학생들과 함께 안으로 들어갔다.

남은 하루 동안 바이올렛은 보이에게 말을 걸지 않았다. 무디 선생님이 다시 코너 얘기를 꺼내며 마지막으로 본 게 언제였는지 곰곰이 생각해 보라고 했을 때조차도.

수업이 끝나자 바이올렛은 혼자 자전거를 몰고 집으로 향했다.

하늘을 뒤덮은 짙은 구름이 금방이라도 비를 쏟아 낼 것 같았다. 낮게 걸린 해는 구름 사이로 겨우 조금 비쳐서, 집을 향해 페달을 밟는 동안 타운 거리는 평소보다 훨씬 어둑했다.

이제 가로등 기둥마다 코너 크룩드의 실종 전단이 붙어 있었다. 사진 속 코너는 말끔한 검은 정장 차림에, 평소 헝클어진 머리를 한 쪽으로 가지런히 빗어 넘긴 모습이었다. 이마 정중앙에 곱슬머리 한 올만 남아 있었다. 늘 짓던 거만한 미소가 없으니 몰라볼 만큼 순진무구해 보였다.

CHAPTER 8

수군거림

다음 날 아침, 바이올렛은 전날보다 더 지친 상태로 일어났다. 또 잠을 설쳤다. 보이와의 다툼이 머릿속에서 계속 되풀이됐다. 멍한 얼굴로 교복을 챙겨 입고 계단을 터벅터벅 내려갔다. 부엌 식탁에 앉아 있는 아빠도 눈에 띄게 피곤해 보였다.

"아빠, 괜찮아요?" 바이올렛은 냉장고에서 우유를 꺼내며 물었다.

"괜찮아." 아빠는 딴생각에 잠긴 표정으로 말했다. "위원회에서 오늘 휴교를 결정했어." 유진이 가라앉은 목소리로 말을 이었다. "코너를 찾는 데 모두의 도움이 필요하거든."

"아, 네." 바이올렛의 배 속이 꼬여들었다. 이 모든 게 꿈이었으면 좋겠지만, 코너는 여전히 실종 상태였고 어째서인지 보이가 그 일에 얽혀 있었다.

"안타까운 상황이지만 마음을 굳게 먹어야 해." 아빠가 한숨을 쉬었다. "오늘은 강 건너편 유령 주택 단지를 수색할 거야."

"유령 주택 단지요?" 바이올렛은 침착한 목소리를 유지하려 애썼다. "왜 그쪽을 수색하는데요?"

"빈센트 크룩드가 제보를 받았대. 그래서 어젯밤에 수색대가 먼저 다녀왔지. 낡은 집 한 채에서 몇 가지 단서가 나왔어." 아빠가 바이올렛을 똑바로 바라보며 말을 이었다. "이제 수색 범위를 넓혀야 해."

"아." 바이올렛은 숨이 턱 막혔다.

시선을 피한 채 식빵을 토스터에 넣었다.

"괜찮니, 딸?" 아빠가 물었다.

"아, 네. 괜찮아요." 말끝이 살짝 흔들렸다.

"혹시 뭐라도 아는 거 있으면 말해 주렴, 바이올렛. 코너 부모님이 몹시 걱정하고 있거든."

"알아요, 아빠. 근데 저는 아는 게 없어요, 정말이에요." 바이올렛은 토스터만 뚫어지게 바라봤다. 아빠에게 거짓말했다는 사실이 마음을 짓눌렀다.

마침 토스터에서 연기 한 줄기와 함께 빵이 튀어 올랐다. 바이올렛은 바싹 구워진 식빵에 냉큼 버터를 바르고 접시에 얹은 뒤, 그대로 방으로 올라갔다. 아빠가 최신판 〈타운 트리뷴〉을 읽으며 투덜거리는 소리가 들렸다.

바이올렛은 방 창가에 앉아 아침을 먹으며 점점 어두워지는 구름을 지켜봤다. 요즘 들어 하루도 빠짐없이 폭풍우를 예고하는 하늘이었다. 타운에서 폭풍우를 겪은 적은 한 번도 없는데.

검은 새가 또 있었다. 자갈 마당 건너편 나뭇가지 위에. 마치 자신을 똑바로 보고 있는 것만 같았다. '설마 같은 새일 리는 없겠지?'

바이올렛은 눈을 가늘게 뜨고 새를 유심히 살폈다. '하늘을 맴도는 다른 검은 새들과 구별될 만한 특징이 있을까?'

"바이올렛! 코너 찾으러 갈 거니? 우린 거의 준비됐어!" 아래층에서 엄마가 외쳤다.

"가요!" 바이올렛은 황급히 옷을 갈아입었다.

계단을 성큼성큼 내려가자, 엄마와 아빠는 이미 현관에서 기다리고 있었다.

"코트를 챙겨야 할까?" 로즈가 창밖을 보며 중얼거렸다. "하늘이 이렇게 찌푸린 건 처음 봐. 일기 예보에서는 뭐래, 여보?"

"비 온다는 말은 없던데." 아빠가 대답했다. "그래도 폭풍이 올 것 같긴 해."

"혹시 모르니까 재킷 챙겨. 이런, 내가 날씨 걱정만 하고 있네, 크룩드 부부는 지금 애가 타서 제정신이 아닐 텐데. 그 심정이 어떨지 상상도 안 가." 로즈가 딸의 어깨를 보호하듯 감싸안으며 말했다.

"자, 다들 준비됐지?" 유진이 애써 미소 지으며 잿빛으로 가라앉은 밖을 향해 현관문을 열었다. 돌계단을 내려가 자갈 마당에 막 들어섰을 때 유진이 고개를 들며 중얼거렸다. "이상하네, 정말."

"뭐가?" 로즈가 물었다.

"미친 소리처럼 들리겠지만, 저 새가 우릴 따라다니는 것 같은 기분이 들어. 며칠째 저 자리에 앉아 있는 걸 봤거든. 혹시 못 봤어?" 아빠가 마당 건너편을 가리키며 물었다.

검은 새는 아까 바이올렛이 창문에서 지켜볼 때와 똑같은 자리에 앉아 있었다.

"저건 무슨 새예요, 아빠?" 바이올렛이 물었다.

"까마귀 같구나." 아빠가 대답했다. "까마귀에 관한 이야기는 정말 많아. 사람들을 묘하게 끌어당기는 구석이 있나 봐. 난 좀 무섭게 생겼다고 생각하지만 말이야. 덩치도 크고, 눈은 아주 작고 새까맣잖아. 민담에서는 불길한 징조로 나오기도 하고."

"불길한 징조라고?" 엄마가 씩 웃었다. "브라운 박사님, 과학자 맞으세요?"

"그냥 바이올렛 질문에 답한 것뿐이야, 로즈!"

"징조가 뭐예요, 아빠?"

"앞으로 일어날 일을 알려 주는 신호 같은 거란다."

"그럼 까마귀가 미래를 알려 줘요? 예언처럼?"

"아니야." 아빠가 고개를 저었다. "옛날 사람들은 까마귀를 보면 안 좋은 일이 생긴다고 믿었을 뿐이야. 그냥 미신이지, 사실이 아니야. 난 그런 헛소리는 안 믿어."

바이올렛은 까마귀 옆을 지나며 소름이 쭈뼛 섰다. 가족은 가로수길을 지나 타운으로 향했다.

아처 앤 브라운 앞을 지날 즈음, 에드워드 스트리트에는 사람들이 하나둘 모여들고 있었다. 코너를 찾기 위해 나온 사람들이었다. 다들 심각한 표정으로 낮게 수군거렸다. 거리에는 미묘한 긴장감이 감돌았다.

아처스 애비뉴로 접어들자 바이올렛의 부모님은 장난감 가게 주인 메릴 마르크스와 대화를 나누기 시작했다. 메릴은 퍼펙트를 무너뜨리는 데 함께했던 인물로, 지금은 위원회 일원이자 윌리엄 아처의 절친한 친구였다.

메릴은 에드워드 스트리트 끝자락에 장난감 가게를 새로 열었다. 학교 아이들 모두가 가장 좋아하는 곳이었다. 바이올렛 역시 보이와 함께 그 가게에서 몇 시간씩 보내며 머릿속에 떠오르는 온갖 질문을 메릴에게 쏟아 냈다. 메릴은 한 번도 귀찮아하거나 아이들을 내쫓은 적이 없었다. 오히려 조각칼로 장난감을 만드는 동안 말 상대가 있어서 즐거워하는 듯했다.

지금 메릴은 아처스 애비뉴와 에드워드 스트리트가 만나는 모퉁이, 눈동자풀 화단 옆에 서 있었다. 이제 그 화단도 한가운데가 크게 뜯겨 나간 듯한 흔적이 있었다. 주민들이 그 앞을 지나며 귀엣말을 나눴다.

바이올렛은 조용히 부모님 곁을 벗어나 사람들 뒤를 따라 래그 레인을 지나 중간 지대 쪽으로 걸어갔다. 웅성거리던 소리는 점차 낮은 웅얼거림으로 가라앉았다.

인파 속에서 윌리엄 아처가 눈에 들어왔다. 그와 나란히 걷는 남자는 화가 잔뜩 나 보였다.

"자네 위원회가 제대로만 일했으면, 윌리엄, 이런 일은 벌어지지도 않았을 거야."

그 남자는 주변 사람이 다 들을 만큼 큰 소리로 말했다.

"도난 사건이 줄줄이 일어나더니, 이제는 아이까지 실종됐잖아! 브레인은 분명 제대로 작동하지 않는 거야."

"우리도 최선을 다하고 있어, 피터. 반드시 범인을 잡을 거야. 너무 걱정하지 마. 타운은 위험한 곳이 아니야."

"위험한 곳이 아니라니? 자네 미쳤군, 아처. 아이가 사라졌다고!"

"알아. 하지만 우리가 코너를 찾을 거야." 윌리엄은 침착함을 유지한 채 말했다. "정말로 최선을 다하고 있어."

"최선? 지금 이 꼴이 최선이야?" 남자는 씩씩대며 자기 아이 손을 잡아끌며 군중을 밀치고 지나갔다.

윌리엄의 얼굴은 새빨갛게 달아올라 있었다. 사람들은 그를 힐끔거리며 서로 속삭였다. 바이올렛은 곁에 있던 여자의 말을 들었다. "보이의 아빠래. 창피한 줄 알아야지."

"바이올렛!" 군중 사이에서 윌리엄이 손을 흔들며 외쳤다.

순식간에 사람들 시선이 바이올렛에게 쏠렸다. 당황한 바이올렛은 못 들은 척하며 걸음을 재촉해 사람들 사이를 비집고 포가튼 로드 쪽으로 빠져나갔다.

죄책감이 가슴을 때렸다.

'내가 왜 윌리엄 아저씨를 외면했을까? 우리 가족과 타운을 위해 아저씨가 얼마나 많은 일을 해 왔는데, 왜 아저씨와 함께 있는 걸 부끄러워했을까?'

하지만 사람들이 그에 대해 수군거리고 있는 것도 사실이었다.

루시의 자전거와 눈동자풀 일부가 사라졌고, 급기야 코너까지 실종됐다. 어쩌면 윌리엄은 사람들한테 어느 정도 원성을 들을 수밖에 없는 처지였다. 어쨌든 타운을 책임지는 건 윌리엄과 위원회였고, 그의 발명품인 브레인은 이런 나쁜 일들을 미리 막기 위해 만들어진 장치였다. 하지만 그 장치는 분명 제대로 작동하고 있지 않았다.

뛰어난 눈썰미

바이올렛이 도착했을 때 유령 주택 단지는 코너 크룩드를 찾는 사람들로 붐비고 있었다.

입구의 돌기둥 사이로 들어서는 순간, 이곳에 올 때마다 덮쳐 오던 무겁고 끔찍한 감정이 다시 밀려들었다.

그 감정을 처음 겪은 건 약 1년 전이었다. 바이올렛은 안개 깔린 묘지 근처 언덕 꼭대기에서 낡은 가로등 아래 웅크린 채 단지를 내려다보고 있었다. 그날 바이올렛은 살면서 가장 끔찍한 기분을 느꼈다. 걱정과 두려움에 꼼짝없이 사로잡혔다. 그때 보이가 알려 주었다. 이곳에 들어서는 사람이라면 누구나 겪는 일이라고. 그래서 이곳이 저주 받은 구역으로 통한다고.

퍼펙트가 무너진 뒤, 아이리스 아처는 바이올렛에게 유령 주택 단지가 어떻게 생겨났는지 들려주었다. 마큘라의 아버지, 올리버 래시스가 이곳을 건설하던 시절부터 이상한 일들이 일어나기 시작했다고 했다. 인부들의 삽과 공구가 사라지고, 창문이 깨졌으며, 마침내는 이곳을 떠나라는 속삭임까지 들렸다는 것이다.

그러던 어느 날 아침, 래시스가 단지 한가운데 녹지에서 숨진 채 발견되었다. 공사는 즉시 중단되었고, 그 이후 이곳은 그대로 버려졌다.

언덕 위 오래된 공동묘지에서 내려온 혼령들이 이곳을 떠돈다는 소문이 퍼지자 사람들은 자연스레 발길을 끊었다. 그렇게 방치된 유령 주택 단지는 퍼펙트를 조종하려는 아처 형제의 섬뜩한 음모에 이용되며 한층 더 악명 높은 장소가 되었다.

바이올렛의 아빠는 유령 같은 건 존재하지 않는다고 했다. 과학적 증거가 없다는 이유에서였다. 바이올렛은 유령이 눈에 보이지 않으니 증거가 없는 게 당연하다고 생각했지만 말이다. 아빠는 유령이란 결국 상상의 산물일 뿐이라고 했고, 바이올렛은 상상력이 풍부한 편이었다.

유진은 사람들이 유령을 믿기 때문에 공포를 느끼고, 그 공포 때문에 이곳에 들어설 때마다 끔찍한 기분에 사로잡히는 거라고 설명했다. 유령 때문이 아니라 스스로 만들어 낸 감정이라는 것이었다.

이유가 무엇이든, 바이올렛은 돌기둥 안으로 들어설 때마다 오싹한 기분에 휩싸였다. 걱정이 머릿속을 가득 채워 거의 마비될 지경이었다.

작년에 바이올렛은 이 끔찍한 감정을 견뎌 내기 위한 나름의 요령을 찾아냈다. 이 감정들은 진짜가 아니라고, 나쁜 생각일 뿐이니 믿을 필요 없다고 스스로에게 말하는 것이었다.

지금도 바이올렛은 폐허가 된 집들을 바라보며 그 말들을 속으로 되뇌었다. 제법 효과가 있었다. 세상이 무너지는 듯한 느낌이 여전히 마음 한구석에 걸려 있었지만, 그래도 숨을 고를 정도의 여유는 되찾을 수 있었다.

녹지 저편에 마큘라 아처가 서 있었다. 보이가 말했던 대로 어딘지 수심에 가득 차 보였다.

"바이올렛, 어디 갔었니? 걱정했잖아!" 아빠가 성큼성큼 다가오며 바이올렛의 생각을 끊었다.

"아…… 죄송해요. 그냥 사람들 따라 먼저 왔어요, 아빠."

"다시는 그러지 마, 딸." 로즈가 불안한 눈빛으로 주위를 둘러보며 말했다. "여기는 안전하지 않아. 가까이 있어!"

"괜찮아요, 엄마." 바이올렛이 조금 날 선 목소리로 대답했다.

로즈가 무언가에 겁먹은 듯 몸을 움츠리더니 떨리는 두 손을 주머니 깊숙이 찔러 넣었다.

"그 생각은 진짜가 아니에요, 엄마." 바이올렛이 단호하게 말했다. "단지를 떠나면 사라질 거예요."

"알아, 애야, 나도 알아. 이럴 거라고 네 아빠가 경고했는데, 정말 끔찍하구나. 불쌍한 코너, 그 가엾은 아이, 그 부모는 또 얼마나……."

"로즈." 유진이 아내의 어깨를 감싸며 말했다. "진정해, 숨부터 고르고."

그때 바이올렛의 눈에 녹지 한가운데 놓인 테이블이 눈에 들어왔다. 한때 눈동자풀이 무성하게 자라던 곳이었다. 테이블 뒤에는 매들린 넌이 앉아 있었고, 사람들이 그 주변에 모여 무언가를 들여다보고 있었다. 공공 안전 위원회장인 매들린 넌이 코너 실종 사건 수사를 지휘하는 중이었다.

아빠가 엄마를 달래는 사이, 바이올렛은 호기심을 참지 못하고 녹지로 건너갔다.

가까이 가자, 테이블에 기대 놓은 루시의 자전거가 보였다.

"오, 바이올렛." 매들린 넌이 일어나 인사했다. "괜찮니? 코너가 너희 반이라면서."

"제 반이기도 해요." 누군가 잽싸게 끼어들었다.

바이올렛이 고개를 돌리자 비어트리스 프림이 속상한 척 아랫입술을 달달 떨고 있었다. 비어트리스는 코너와 친하지도 않았지만, 관심 받는 걸 무척 좋아했다.

"아, 그렇지." 매들린이 다정한 목소리로 빨간 머리 소녀를 달랬다. "우리가 꼭 찾을 거야, 약속할게."

"부탁드려요." 비어트리스가 흐느꼈다.

바이올렛은 보라색 프레임에 하얀 안장과 바퀴가 달린 자전거를 보고 속이 울렁거렸다. 분명 코너가 사라진 날, 보이가 출렁다리 아래에서 꺼내 코너에게 건네준 바로 그 자전거였다.

온갖 걱정이 머릿속을 휘저었다. '혹시 보이가 정말로 코너에게 무슨 짓을 한 건 아닐까?'

까마귀가 떠올랐다. 아빠가 말했던 불길한 징조도. '이런 끔찍한 일이 앞으로도 계속된다면 어떻게 하지?'

"괜찮니, 바이올렛?" 매들린이 물었다. "뭔가 알아보겠니?"

매들린이 테이블 위를 가리켰다. 투명한 비닐에 싸인 물건들이 눈에 들어왔다. 하나는 코너의 책가방이었고, 또 하나는 손목시계였다. 바이올렛의 속이 또 한 번 울렁거렸다.

"어…… 아니, 아니요. 그냥 코너 일로 너무 놀라서……."

"정말 아무것도 못 알아보겠어, 바이올렛?" 비어트리스가 능청스럽게 말하며 시계가 든 봉지를 집어 들었다.

"내려놓으렴, 비어트리스!" 매들린이 단호하게 말했다. "증거물에 함부로 손대면 안 돼."

"어머, 죄송해요!" 비어트리스가 놀란 척하며 봉지를 바이올렛 코 앞에 떨어뜨리듯 내려놓았다.

그 안에 든 시계는 보이의 것이었다. 마큘라가 생일 선물로 사 준 시계. 바이올렛은 속이 뒤집히는 것 같아 테이블을 짚고 몸을 지탱했다.

"바이올렛, 근데 이 시계 어디서 본 것 같지 않아?" 비어트리스가 집요하게 물었다. "뭔가 낯익지 않니? 어제 루시 자전거 핸들에 걸려 있었다더라. 코너 가방도 바로 옆에서 발견됐고."

"맞아, 비어트리스." 매들린이 말을 이었다. "루시도 자기 자전거가 맞다고 확인했어. 이 혼란 속에서 그나마 좋은 소식이지.”

“난 처음 보는 시계야, 비어트리스. 내가 눈썰미가 별로 좋지 않거든.” 바이올렛은 거짓말했다.

“나랑 정반대네. 우리 엄마는 나보고 아주 뛰어난 관찰력의 소유자래.” 비어트리스가 바이올렛을 똑바로 바라보며 말했다.

바이올렛은 눈을 피했다. “그래, 정말 대단하네, 비어트리스!” 비아냥이 섞인 말이 튀어나왔다.

“보이한테 가서 이 시계 본 적 있냐고 물어봐야겠어. 엄마는 내가 셜록 홈스 같대. 미스터리를 푸는 재능이 있다면서.” 그러더니 덧붙였다. “거짓말은 나쁜 거야, 바이올렛.”

‘비어트리스는 왜 늘 이런 식일까? 사람들을 곤경에 빠뜨리는 게 취미라도 되는 것처럼.’ 하지만 이번만큼은 비어트리스 말이 맞을지도 몰랐다. 분명 보이의 시계였다. 보이가 어떤 식으로든 이 사건에 얽혀 있다는 증거였다. 바이올렛은 차마 입 밖에 내지 못했지만, 누군가는 솔직히 말해야 할지도 몰랐다.

바이올렛은 거짓말하는 게 싫었다. 아빠는 거짓말이 사람이 할 수 있는 가장 나쁜 행동 중 하나라고 했다. 아무리 심각한 일이라도 솔직히 말하면 절대 혼나지 않는다고도 했다. 하지만 보이를 고자질할 수는 없었다. 이건 보이의 진실이었다. 보이가 스스로 책임져야 했다.

"너희 괜찮니?" 매들린이 끼어들며 두 아이를 번갈아 봤다.

"네, 넌 부인." 비어트리스가 공손하게 대답했다.

그러고는 뒤돌아서 빨간 머리를 휘날리며 성큼성큼 녹지를 가로질러 떠났다.

"넌 괜찮니, 바이올렛?" 매들린이 물었다. "아까부터 시계를 계속 보고 있던데. 혹시 알아보겠니?"

바이올렛은 떨리는 손을 주머니에 찔러 넣고 고개를 저었다.

"아니요." 바이올렛은 중얼거리듯 말한 뒤 자리를 떠났다.

비어트리스보다 먼저 보이를 찾아야 했다. 보이가 지금이라도 사실을 인정한다면 더 큰 곤경에 빠지지 않을지도 몰랐다. 보이는 진실을 말해야 했다. 그게 무엇이든.

"바이올렛." 아빠가 헐떡이며 다가왔다. 로즈도 바로 뒤에 있었다. "자꾸 말도 없이 쏘다니면 어떡하니. 괜찮아? 얼굴이 창백하구나."

"괜찮아요." 바이올렛이 무뚝뚝하게 대답했다.

"매들린하고 무슨 일 있었니?"

"아무것도 아니에요!"

"너 떨고 있잖아!" 엄마가 눈을 크게 뜨고 말했다.

"그만해요, 엄마!" 바이올렛이 한 걸음 물러나며 쏘아붙였다. "그냥 이 장소 때문이라고요!"

그 말은 반쯤 사실이었다. 온갖 끔찍한 생각들이 머릿속에서 휘몰아치고 있었다.

바이올렛은 단지를 쭉 훑어보며 보이를 찾았다. 녹지 저편에서는 사람들이 집들과 뒷마당을 수색하고 있었다. 하지만 그들 사이에 보이는 없었다.

방향을 바꿔 반대편을 살피다 보이를 발견했다. 소년은 풀이 듬성듬성 난 어느 집 앞마당에 서서, 색 바랜 문을 뚫어지게 바라보고 있었다.

바이올렛은 깊이 숨을 들이마셨다. 친구에게 말을 거는 일이 이렇게까지 긴장될 줄은 몰랐다. 불과 며칠 전까지만 해도 가장 친하다고 믿었던 친구에게.

그쪽으로 걸음을 옮기려는 순간, 보이는 문을 열고 집 안으로 들어가 버렸다.

바이올렛은 낮은 담을 넘어 마당으로 들어섰다. 잠시 망설이다, 문을 밀어 열었다.

집 안은 고요했다. 심장 뛰는 소리만 귀에 울렸다.

밖에서 엄마가 부르는 소리가 희미하게 들렸다.

바이올렛은 1층을 둘러보았다. 회색빛 시멘트 바닥뿐, 움직이는 그림자는 보이지 않았다. 어둑한 계단을 올려다보는 순간, 갑작스러운 한기가 몸을 스쳤다. 물 자국이 얼룩진 나무 계단이 어둠 속으로 이어졌고, 위층 창문틀에서 비닐 막이 펄럭이는 게 보였다.

어떤 기억이 바이올렛을 휘감았다.

예전에 바로 이렇게 생긴 집의 위층 창문으로 기어들어간 적이 있었다. 처음 유령 주택 단지에 발을 들인 바로 그날이었다. 조지 아처에게 붙잡힌 보이를 구하려고. 심장이 터질 듯 뛰는 가운데 층계참을 기어올라, 목줄에 묶여 있던 보이를 찾아냈었다. 그리고 계단을 오르는 왓처의 발소리를 듣고 겁에 질린 순간, 문 하나가 열리며 마큘라가 나타나 자신을 구해 주었다.

'혹시 여기가 그 집일까?'

보이를 찾으러 왔다는 사실도 잊은 채, 바이올렛은 계단을 오르기 시작했다. 모든 것이 지나치게 익숙하게 느껴졌다. 층계참에 이르자 발이 이끄는 대로 오른쪽으로 돌아 문 앞에 섰다. 손잡이를 돌리자 문이 열리며 먼지로 회색빛이 된 붉은 카펫을 스쳤다. 바이올렛은 방 안으로 들어섰다.

저편에 익숙한 마호가니 책상이 보였다. 옆에 마큘라의 의자도 놓여 있었다. 모든 것이 기억 그대로였다.

바이올렛은 책상으로 다가갔다. 책상 위에는 먼지가 내려앉은 종이 한 장이 놓여 있었다. 마큘라가 예전에 수백 통이나 써 내려간 편지 중 하나였다. 얼룩덜룩한 크림색 종이 위로 마큘라의 아름다운 필체가 우아하게 흐르고 있었다.

내 마음속 소년들에게,

오늘도 온종일 앉아 너희 생각만 했어. 내 스물네 시간은 한순간도 너희로 채워지지 않은 적이 없지. 이 연약한 마음은 너희의 목소리, 너희의 향기를 붙잡고 있어. 너희는 내 전부야. 비록 내 날개는 꺾였을지라도, 너희 둘 덕분에 난 다시 날아오를 수 있어…….

편지는 너무 슬펐다. 마큘라가 오래전에 남편과 아들을 잃고 홀로 남아 있던 시절에 쓴 것이었다,

처음에 바이올렛은 마큘라를 겁쟁이라고 생각했다. 하나뿐인 아들 보이를 보육원에 보내고 아처 형제에게 스스로 굴복해 무려

12년 동안 포로처럼 지냈으니까. 방에 자물쇠가 달린 것도 아니었는데, 단 한 번도 밖으로 나오지 않았다.

언젠가 바이올렛은 로즈에게 물었다. 엄마라면 그런 선택을 할 수 있겠느냐고.

"너를 위해서라면, 아마도." 로즈는 그렇게 말했다. 자식을 지키기 위해 떠나보내는 건 엄청난 용기가 필요한 일이라고. 엄마의 사랑은 너무 강렬해서 보이를 곁에 두는 게 훨씬 쉽고 이기적인 선택이었을 거라고.

"마큘라는 희생을 택한 거야." 엄마는 덧붙였다. "보이를 아처 형제로부터 지키기 위해서였지."

그때까지 바이올렛은 그런 식으로는 생각해 본 적 없었다.

"또 기웃거리는 중이야?"

바이올렛이 화들짝 놀라 마큘라의 편지를 손에서 떨어뜨렸다.

"보이!" 바이올렛이 숨을 헐떡였다.

기억에 푹 빠져, 보이를 찾으러 왔다는 사실조차 잊고 있었다.

"깜짝 놀랐잖아!"

보이는 옷장에 등을 기댄 채 카펫에 앉아 있었다. 작년에 왓처가 문을 두드렸을 때 바이올렛이 숨었던 바로 그 옷장이었다.

“내가 들어올 때 왜 아무 말도 안 했어?” 바이올렛은 숨을 고르며 물었다.

“별로 너랑 얘기하고 싶지 않아서. 날 못 보고 그냥 나갈 줄 알았는데, 한참을 안 나가잖아!”

“아, 그래. 어쨌든 기웃거린 거 아니야.” 바이올렛이 얼버무리듯 말했다.

“그럼 뭐한 건데?”

“그러니까 그냥……..”

“기웃거린 거지!” 보이가 퉁명스럽게 말했다.

“하, 그러는 넌 거기 있으면서 말도 없이 음침하게 굴었잖아. 내 눈 피해 다니기나 하고!” 바이올렛이 쏘아붙였다.

“그게 무슨 소리야?”

“네 시계가 루시 자전거 핸들에 걸려 있었대. 코너의 학교 가방이랑 같이 이 단지 안에서 발견됐어. 매들린이 바깥 테이블에 보란 듯이 올려놨고, 비어트리스는 네가 한 일을 고자질할 거야.”

“내가 한 일을 고자질해?” 보이의 눈이 날카롭게 번뜩였다. “난 아무 상관없어! 시계는 며칠 전에 잃어버린 거야.”

“그럼 누가 일부러 거기에 갖다 놓았다는 말이야?”

“몰라, 바이올렛. 모든 답을 아는 건 너 같은데.”

“하지만 난 네가 코너랑 있는 걸 봤어! 제발, 일이 더 심각해지기 전에 사실대로 말해야 해. 아빠가 그러는데 진실은…….”

“네 아빠가 뭐라는지 관심 없어!”

보이는 시선을 돌린 채 먼지투성이 붉은 카펫을 손가락으로 쓱 내리그었다.

“나한테 말해도 돼.” 바이올렛이 속상함을 감추려 애쓰며 말했다. “무슨 일이 있었든 말이야. 네가 일부러 나쁜 짓을 할 리 없다는 거 알아.”

“일부러? 난 아무 짓도 안 했어, 바이올렛! 왜 날 안 믿는 거야? 그날 학교 끝나자마자 바로 집에 갔다고!”

“안 갔잖아. 너희 둘이 출렁다리로 가는 걸 봤어. 네가 코너한테 자전거를 건네주는 것도 봤고. 없는 소리 지어내는 거 아니야. 분명히 너였어. 지금 내 앞에서 거짓말하는 너 말이야. 난 우리가 절친인 줄 알았는데!” 의도한 것보다 목소리가 크게 나왔다.

“나도 그런 줄 알았어.”

둘 사이에 침묵이 내려앉았다. 날카로운 긴장이 공기를 팽팽하게 채웠다. 이윽고 보이가 벌떡 일어나 복도로 나갔다.

바이올렛은 무슨 말이라도 하고 싶었지만 입이 떨어지지 않았다. '보이는 왜 진실을 말해 주지 않는 걸까. 분명 어떤 곤경에 처한 게 틀림없어.'

보이가 계단을 쿵쿵 내려간 뒤 현관문을 쾅 닫자, 집 전체가 흔들렸다.

그제야 바이올렛은 흐느껴 울었다.

잠시 후 눈물이 멎자 바이올렛은 밖에서 수색 중이던 부모님에게 돌아갔다. 온 주민이 유령 주택 단지를 샅샅이 훑었지만 해가 저물 때까지 코너의 흔적은커녕 실마리 하나 발견되지 않았다.

아빠는 더 남아서 찾겠다고 했고, 바이올렛과 엄마는 지친 걸음으로 단지를 빠져나왔다. 돌기둥 사이를 지나자 안도감이 온몸에 퍼졌고, 걱정도 어느 정도 바람에 실려 흩어졌다.

그런데도 가슴 한구석이 욱신거렸다. 단짝 친구를 잃을지도 모른다는 생각 때문이었다.

CHAPTER 10

아이사냥꾼

다음 날 아침, 부슬비가 내리기 시작했다. 타운 위로 낮게 깔린 먹구름이 마침내 물기를 조금씩 뿌리고 있었다. 바이올렛은 불안한 마음으로 자전거 페달을 밟았다. 밤사이 속이 더 불편해졌다. 이제쯤 비어트리스가 보이를 일러바쳤을 것이다.

바이올렛은 평소보다 일찍 도착해 교문 앞에서 서성였다. 둘 중 누구라도 붙잡고 무슨 일이 있었는지 알아내고 싶었다. 하지만 종이 울릴 때까지 보이도, 비어트리스도 나타나지 않았다. 보이가 늦는 일은 드물지 않았지만, 비어트리스가 지각하는 일은 단 한 번도 없었다.

가슴이 철렁 내려앉았다. 분명 무슨 일이 생긴 게 틀림없었다.

"바이올렛 브라운, 너한테 말하는 거다!" 공책에 펜을 끄적이던 바이올렛은 무디 선생님의 목소리가 날아들자 퍼뜩 고개를 들었다. 끔찍한 추측에 잠겨 있던 참이었다.

"오늘 보이 아처 봤니? 수업에 온다니?"

"어, 모르겠어요. 오늘 못 봤는데요. 아마 어디 아픈 걸지도요?" 바이올렛이 태연한 척 어깨를 으쓱했다.

"우리 아빠는 걔 정신이 아프대요." 뒤쪽에서 누군가 킥킥거리며 말했다.

"오늘 아침에 비어트리스 본 사람?" 이번에는 선생님 얼굴에 걱정이 묻어났다.

침묵에 빠진 교실에 공포의 잔물결이 번져 나갔다. 바이올렛은 아이들 사이를 오가는 눈빛 속에서 그걸 느낄 수 있었다.

점심시간에는 아무도 밖에 나갈 수 없었다. 무디 선생님은 수도관이 터졌다고 설명했지만, 창밖으로 본 운동장은 멀쩡해 보였다. 교사들이 교실을 들락거리며 작은 목소리로 소곤거렸다. 비어트리스처럼 셜록 홈스 흉내를 내지 않아도 심상치 않은 일이 벌어지고 있다는 걸 알 수 있었다.

하교 종이 울리자 바이올렛은 교실을 뛰쳐나갔다. 최대한 빨리 집에 가서 부모님이 뭔가 들은 게 있는지 확인해야 했다.

학교 정문은 발 디딜 틈 없이 북적였다. 부모들은 허겁지겁 자식들을 낚아채고, 아이들 머리 위로 소곤거렸다. 아까 교사들이 그랬던 것처럼. '어른들은 왜 항상 아이들에겐 귀가 없다고 생각하는 걸까.' 바이올렛은 사람들을 비집고 빠져나왔다.

공기에는 기묘한 긴장감이 감돌았다. 사람들은 하나같이 예민하고 화가 나 보였다. 바이올렛은 격양된 분위기를 온몸으로 느끼며 자전거에 올랐다.

타운 거리에는 사람이 거의 없었다.

"앞 똑바로 보고 가라!" 정육점 주인이 사다리 중간쯤에 서서 다급히 외쳤다. 바이올렛은 부딪히지 않으려 급히 방향을 틀었다.

해치트는 가로등 기둥에 비어트리스 프림의 사진을 붙이고 있었다. 코너 크룩드의 사진 바로 위에. 사진 속 비어트리스는 완벽함의 표본처럼 미소 짓고 있었다.

"바이올렛, 혼자 돌아다니면 못써!" 해치트가 소녀를 불러 세웠다. "유진이 데리러 안 왔어? 그 친구도 참, 빼먹을 게 따로 있지! 잠깐만 기다려라. 이것만 붙이고 집에 데려다주마."

"아, 아니에요, 괜찮아요. 자전거 타고 가면 돼요." 바이올렛은 여전히 사진에서 눈을 떼지 못한 채 더듬거렸다. "그런데 왜 비어트리스 사진을 붙이는 거예요?"

"못 들었구나? 타운 사람들은 다 아는 줄 알았는데." 해치트가 말했다. "그 애도 사라졌어. 코너 크룩드처럼. 끔찍한 일이야. 요즘 타운에 아주 이상한 일만 벌어진다니까!"

바이올렛의 머릿속이 핑 돌았다. "무슨 말이에요? 비어트리스가 실종됐다고요?"

"어제 수색 끝나고도 집에 안 왔대. 끔찍하지, 정말 끔찍해."

'비어트리스가 집에 돌아오지 않았다고? 유령 주택 단지에서 만났을 때, 보이를 찾아가 따지겠다고 했는데. 시계 얘기를 꺼내겠다고. 그런데 실종이라니. 설마 보이가……? 아니야. 보이가 그럴 리는 없잖아.'

갑자기 현기증이 몰려왔다. 바이올렛은 가로등 기둥을 짚고 몸을 가눴다.

"저…… 저 가 볼게요, 아저씨." 바이올렛은 다급히 페달을 밟으며 말했다. "엄마가 걱정할 거예요."

"아니, 잠깐만, 바이올렛! 혼자 가면 안 된다니까!"

"괜찮아요, 정말이에요!" 바이올렛은 어깨너머로 외쳤다.

어둑해진 하늘이 으르렁거렸다. 가랑비가 거리에 흩날렸다.

스플렌디드 로드를 쏜살같이 달리는 동안 심장이 미친 듯이 뛰었다. 머릿속은 뒤죽박죽이고, 눈앞마저 흐릿해졌다.

모퉁이를 돌아 진입로로 들어서는 순간, 자갈길 위로 거대한 그림자가 불쑥 튀어나왔다. 바이올렛은 급히 브레이크를 잡았다. 바퀴가 끼익 소리를 내며 멈췄다.

남자는 덩치가 크고 약간 구부정했으며, 옷차림은 남루했다. 진입로를 따라 늘어선 나무 그림자에 반쯤 가려져 얼굴은 잘 보이지 않았다.

그가 낮게 으르렁거리며 다가왔다. 한쪽 다리를 질질 끌면서. 바이올렛은 겁에 질려 얼어붙었다. 남자가 바로 눈앞까지 다가왔을 때야 번뜩 정신이 들었다.

남자는 바이올렛의 소매를 움켜잡았다. 몸부림치며 팔을 빼려는 순간 역한 냄새가 온몸을 덮쳤다. 비명조차 나오지 않았다. 남자는 한 팔로 바이올렛을 끌어안듯 붙들었다. 혼란 속에서 그의 얼굴이 눈에 들어왔다.

그것은 인간의 얼굴 같지 않았다. 군데군데 녹아내린 듯한 피부 사이로 뼈가 드러나 있었다. 눈은 지나치게 커서 앞으로 툭 튀어나왔고, 깜빡일 때마다 꽃잎처럼 얇은 살갗에 덮였다가 드러났다. 남자는 빈손으로 눈구멍에서 반쯤 빠져나온 눈알을 다시 눌러 넣었다. 그 눈알은 마치 눈동자풀 같았다. 타운 곳곳 화단에서 자라는 바로 그 식물!

바이올렛은 온 힘을 다해 몸부림쳤다.

괴물 같은 남자가 팔에 더 힘을 주었다. 바이올렛은 필사적으로 남자에게 발길질했다. 무언가 부러지는 소리가 나며 남자가 한쪽으로 휘청거렸다.

그 틈을 놓치지 않고 바이올렛은 괴물의 팔을 꽉 깨물었다. 축축하고 흐물거리는 살점이 떨어져 나오는 감각에 구역질이 치밀어 곧장 뱉어냈다. 악취는 더욱 짙어졌고, 속이 뒤집히며 세상이 빙글빙글 돌았다.

시야가 점점 흐려졌다.

그때 보이가 보였다. 진입로 입구에 서 있었다. 뭐라고 외치고 있는데, 소리가 물속을 통과한 것처럼 둔하고 멀게만 들렸다. 다음 순간 보이는 이쪽을 향해 달려오고 있었다. 역겨운 괴물에게 그만두라고 소리치면서. 보이라면 자신을 구해 줄 터였다. 누구보다 소중

한 친구니까.

그리고 모든 것이 깜깜해졌다.

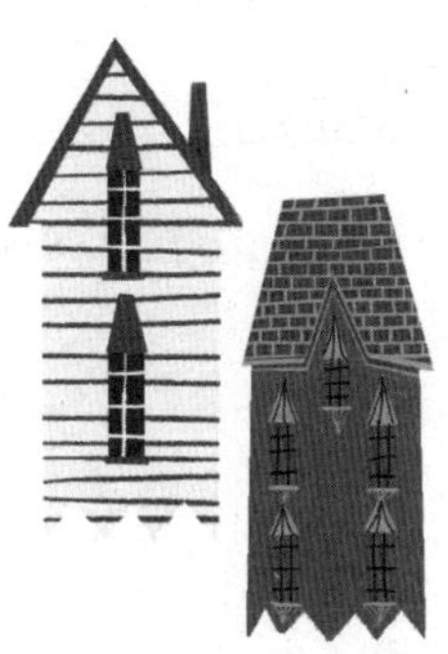

CHAPTER 11

불길한 징조

머리가 지끈지끈 아팠다. 눈을 뜨자 흐릿한 시야 사이로 까만 점들이 빙글빙글 돌았다. 그러다 서서히, 천장에 매달린 꽃무늬 전등갓이 또렷해졌다.

바이올렛은 자기 방 침대에 누워 있었다. 이불을 들춰 보니 잠옷 차림이었다. '대체 무슨 일이 있었던 거지? 전부 꿈이었나?'

몸을 일으켜 앉으려는 순간 세상이 빙글 돌며 속이 메스꺼워졌다. 다시 드러누워 잠시 숨을 고른 뒤, 조심스럽게 침대에서 내려왔다.

커튼 사이로 스며든 가느다란 빛줄기가 카펫 위에 길게 드리워져 있었다. 창가로 다가가 밖을 내다보니 먹구름 사이로 해가 살짝 얼굴을 내밀고 있었다.

'지금 몇 시지?'

복도로 나가 계단 쪽으로 가자 아래층에서 라디오 소리가 희미하게 들려왔다. 난간을 꼭 붙잡고 한 계단씩 천천히 내려갔다.

"바이올렛!" 부엌에 들어서자 엄마가 급히 달려왔다. "깼구나. 아직 일어나면 안 되는데!" 로즈가 재빨리 식탁 의자를 빼 바이올렛을 앉혔다.

"몸은 좀 어떠니?"

"음, 잘 모르겠어요. 지금 몇 시예요?"

"토요일 한낮이야. 너 어제부터 지금까지 꼼짝도 안 하고 잤어. 엄마 아빠가 얼마나 걱정했는지 몰라!"

"무슨 일이 있었던 거에요?"

"그건 내가 묻고 싶은 말이야. 학교 끝나고도 집에 안 오고, 요즘 납치 사건들까지 겹쳐서 온갖 생각이 다 들더라. 널 데리러 가겠다고 해 놓고 안 간 네 아빠를 내가 얼마나……."

"근데 저는 어떻게 집에 온 거예요?"

"한참 안 오길래 찾으러 나가 보니, 우리 집 진입로 끝자락에 네가 의식 없이 쓰러져 있더라." 엄마가 바이올렛의 이마를 만져 봤다. "기절한 거니? 몸이 안 좋았어? 기억나는 거 없어?"

바이올렛은 안개 낀 듯 뿌연 기억을 더듬었다. 팔의 잔털이 쭈뼛 섰다.

"나 잡혀갈 뻔했어요, 엄마, 괴…… 괴물한테요!"

"뭐라고?" 엄마의 얼굴이 순식간에 하얗게 질렸다. 로즈가 식탁 의자 등받이를 꽉 붙잡았다.

"근데 보이가…… 보이가 구해 줬어요. 보이는 어디 있어요? 여기 있어요?"

엄마가 천천히 옆자리에 앉았다.

"보이 얘기는 나중에 하자." 엄마의 목소리는 아까와 달랐다. "무 슨 일이 있었는지, 기억나는 대로 말해 줘, 바이올렛."

"보이는 괜찮아요? 왜 나중에 얘기해요? 그 남자가 비어트리스랑 코너를 잡아갔을 거예요. 나도 데려가려고 했는데 보이가 막아 준 거예요. 보이는 괜찮은 거 맞죠, 엄마?"

"무슨 남자?" 로즈가 바이올렛의 질문을 피하듯 되물었다.

"괴물이요. 남자인데, 멀쩡한 사람 같지 않았어요. 설명하기 힘 든데…… 피부가 떨어져 나가서 뼈가 보였고, 눈은 눈동자뿐이었어 요!"

로즈가 딸의 이마를 다시 짚어 보았다.

"정말 괜찮은 거 맞니? 의사 선생님이 깨어났을 때 착란을 일으킬 수 있다고 했어. 넘어지면서 머리를 부딪쳤을 거래."

"나는 멀쩡해요! 보이는 어디 있어요? 엄마, 뭔가 숨기고 있잖아요."

로즈가 딸의 팔을 놓고 일어나 부엌 끝으로 걸어갔다.

"뭔데요, 엄마? 무슨 일이에요?"

"윌리엄이 브레인을 다시 작동시켰는데, 영상에 자기 아들이 화단에서 눈동자풀을 훔치는 모습이 찍혔다더라." 로즈가 거의 속삭이듯 말했다. "보이가 코너랑 비어트리스 납치에도 연루됐다는 소문이 돌아. 타운 분위기가 심상치 않아, 바이올렛. 사람들이 분노하고 있어."

"무슨 뜻이에요?"

"로버트 블롯이 〈타운 트리뷴〉에 썼어. 유령 주택 단지에서 자전거, 책가방과 함께 발견된 게 보이의 시계라고. 루시 론은 그 자전거가 자기 거고, 보이가 훔치는 걸 봤다고 증언했어. 비어트리스 프림은 부모에게 보이가 납치 사건에 연루됐다고 믿는다고 말했다더라. 비어트리스가 사라지기 직전에 보이와 함께 있는 걸 봤다는 사람들도 있고. 정말 참담하구나, 바이올렛. 나도 믿고 싶지 않지만, 증거들이 다 맞아떨어지는 것처럼 보여. 매들린이 보이를 찾으러 윌리엄 집에 갔는데, 보이가 사라졌대. 도망친 것 같아.”

“하지만 보이는 날 구해 줬어요, 엄마. 확실해요. 보이를 찾아야 해요.”

“아빠가 돌아오면 그때 얘기하자.” 로즈가 다소 날카롭게 말했다.

“하지만, 엄마…….”

“그만, 바이올렛. 넌 아직 몸이 안 좋아. 아빠 오면 저녁 먹으면서 얘기하자. 이제 다시 침대로 가. 레몬 꿀물 타서 갖다 줄게.”

“나 안 아프다니까요!”

엄마가 눈썹을 치켜올렸다. 바이올렛은 더 고집부리지 않고 부엌을 나섰다. ‘어른들은 귀담아듣지도 않을 거면서 왜 항상 뭐든 얘기하라고 할까.’

방으로 올라가 창가 자리에 앉았다. 혼자 생각하는 자리였다.

‘대체 무슨 일이 벌어지고 있는 걸까?’ 바이올렛은 분명 보이가 코너와 함께 있는 걸 봤고, 그 뒤 코너는 사라졌다. 비어트리스도 보이와 함께 있다가 사라졌다고 한다. 하지만 어제 자신이 괴물한테 붙잡혔을 때 구해 준 것도 보이였다. 그건 착각이 아니었다.

생각들이 머릿속을 휘젓고 지나갔다. 상상력이 들불처럼 번져 나갔다.

'혹시 괴물이 보이를 쫓고 있는 걸까? 그래서 보이와 얘기한 아이들을 잡아가는 걸까? 아니면 괴물이 보이에게 나쁜 짓을 시키는 걸까? 납치를 돕지 않으면 가족을 모두 잡아먹겠다고 위협했나? 그렇다면 보이는 왜 나를 구해 줬을까? 그리고 무엇보다, 그 괴물은 대체 뭐였을까?'

한 가지는 확실했다. 보이는 지금 사라졌고, 위험에 처해 있다는 것. 어쩌면 코너나 비어트리스처럼 잡혀갔을지도 몰랐다. 하지만 타운 어디에도 보이의 실종 전단은 붙지 않을 것이다. 적어도 지금은 모두가 보이를 납치 사건에 연루된 아이로 여기고 있으니까.

바이올렛이 머릿속에서 수많은 시나리오를 굴리고 있을 때였다. 맞은편의 커다란 나무에서 무언가가 움직였다. 까마귀 한 마리가 높은 가지에 앉아 있었다. 검은 눈으로 바이올렛을 똑바로 응시한 채.

CHAPTER 12

밤손님

밤이 다가올 무렵, 바이올렛은 창문 너머로 귀가하는 아빠를 지켜봤다. 유진은 자갈 마당을 성큼성큼 가로질러 돌계단을 올랐다. 이내 현관 복도를 지나 계단을 오르는 발소리가 들렸고, 곧 문이 확 열렸다.

"바이올렛!" 아빠는 방으로 뛰어들어와 딸을 힘껏 끌어안았다. "정말 걱정했단다!"

"보이였어요, 보이가 구해 줬어요, 아빠." 바이올렛은 아빠 어깨에 얼굴이 눌린 채 중얼거렸다.

"그 애긴 이따 하자. 이제야 와서 미안하다. 타운이 완전히 뒤숭

숭해. 온갖 일이 한꺼번에 벌어지고 있어서.”

유진은 딸을 더 꼭 끌어안았다. 다시는 놓치지 않겠다는 듯이.

“아니요, 지금 얘기할래요. 보이가 절 구했다고요, 아빠!”

유진은 몸을 떼고 딸을 가만히 바라봤다.

“바이올렛, 보이가 브레인에 찍혔어. 눈동자풀을 훔치는 장면 말이야.”

“정말이에요?”

“그래, 바이올렛.” 아빠가 날카롭게 내뱉었다가, 곧 목소리를 누그러뜨렸다. “미안하다. 요 며칠 정신이 없어서 예민했어. 나도 처음엔 안 믿었지. 증거를 보기 전까지는. 오늘 아침 윌리엄이랑 메릴이 함께 영상을 확인했고, 나도 방금 보고 왔는데…… 분명 보이였어. 이제 윌리엄까지 사라졌어. 아들을 찾아 나선 것 같아. 정말 암담한 상황이야.”

“하지만 왜 보이가 눈동자풀을 훔치겠어요? 말이 안 되잖아요.”

“나도 모르겠구나.”

“집에 오는 길에 웬 남자가 날 잡아가려고 했어요. 꼭 괴물 같았어요. 피부가 너덜너덜하고, 눈은 눈동자풀이었어요! 상상한 거 아니에요. 진짜였어요. 보이가 그 남자한테서 날 구했다고요!”

유진 브라운이 침대 가장자리에 앉았다. 입술 사이로 한숨이 길게 흘러나왔다. 피곤함과 괴로움이 얼굴에 고스란히 드러났다. 퍼펙트 시절 이후로 처음 보는 모습이었다.

"그 괴물 남자가 이 모든 일의 범인일 수도 있잖아요." 바이올렛은 아빠를 설득하려고 애썼다. "그때 보이는 그냥 코너랑 놀고 있었던 거고, 보이가 떠난 뒤에 코너가 괴물을 만나서 납치당한 거라면요? 어쩌면 그냥 우연의…… 우연의…… 그거일지도 몰라요, 아빠!"

"우연의 일치, 바이올렛. 그런데 보이가 코너랑 놀고 있었다니 무슨 말이야? 그런 말 한 적 없잖아."

아빠의 목소리에 놀람과 실망이 묻어났다. 바이올렛은 얼굴이 화끈 달아올라 고개를 돌렸다. 이런 식으로 말할 생각은 없었고, 애초에 말하려던 것도 아니었다.

"차마 말할 수가 없었어요. 적어도 보이가 먼저 인정하기 전까지는요. 보이가 루시 자전거를 코너한테 건네는 거 봤어요. 그래서 둘을 유령 주택 단지까지 따라갔고요. 그 뒤로는 아무것도 못 봤어요. 그런데 다음 날 코너가 실종됐어요."

"바이올렛, 그런 일을 여태 숨기다니! 진실을 말하는 게 얼마나 중요한지, 아빠가 늘 말했잖니?" 유진이 언성을 높였다.

바이올렛의 두 볼이 더 뜨겁게 달아올랐다.

"네가 본 게 정말 보이 맞니?"

바이올렛은 마지못해 고개를 끄덕였다.

"하지만 보이는 아무도 납치하지 않았어요, 아빠. 확실해요. 그건 괴물 남자의 짓일 거예요. 날 잡아가려고 했는데 보이가 막아 줬어요. 보이가 날 구하고 대신 잡혀갔을지도 모르는데, 아무도 찾으려 하지 않아요. 모두 보이가 범인이라고 생각하니까요!"

"천천히 말하렴, 바이올렛." 아빠의 인내심이 조금씩 바닥나고 있었다. "그 괴물 남자가 뭘 어쨌다고? 차근차근 말해 봐."

바이올렛은 우선 마음을 다잡았다. 이런 이야기가 얼마나 황당하게 들릴지 스스로도 알고 있었다.

"그러니까, 그 남자가 갑자기 나타나서 날 붙들었어요. 피부가 녹아내린 것처럼 벗겨져 있었고, 냄새도 지독했어요. 눈은 눈동자풀이었고요. 깜빡일 때마다 꽃잎처럼 닫혔어요……."

"바이올렛, 네가 어떻게든 이 모든 걸 이해하려고 애쓰고 있다는 거 알아. 친구를 지키고 싶어서겠지. 그 마음은 이해해."

"아니에요, 상상이 아니라니까요, 아빠. 나도 한동안 보이를 의심했어요. 하지만 이제는 모르겠어요. 괴물이 사람들을 잡아가고 보이를 협박해 눈동자풀을 훔치게 한 걸 수도 있어요!"

바이올렛은 방 안을 서성이기 시작했다. 가만히 있을 때보다 움직일 때 생각이 더 또렷해졌기 때문이다.

"어쩌면 그 괴물은 눈알이 더 필요했을 거예요. 하나쯤 잃어버릴 상황에 대비해서요. 날 붙들었을 때도 한쪽이 빠질 뻔했는데, 다시 밀어 넣는 걸 봤어요! 생각해 봐요, 아빠. 보이가 뭐하러 눈동자풀을 훔치겠어요? 윌리엄 아저씨한테 이미 엄청 많이 있잖아요."

"타운 전체가 불안해하고 있어, 바이올렛. 모두가 답을 원하는데, 지금은 모든 의심이 보이에게 쏠려 있단다. 일단 오늘은 푹 자렴. 내일이면 또 다른 생각이 떠오를지도 몰라. 윌리엄이 돌아오면 내가 직접 만나서 확인해 볼게." 유진이 일어나서 딸을 안아 주며 덧붙였다. "우리가 꼭 진실을 밝혀낼 거야."

"고마워요." 바이올렛은 애써 미소를 지었다. 마음이 여전히 무거웠지만, 아빠를 조금은 설득한 것 같았다.

바이올렛은 얌전히 침대에 누웠다가 아빠가 방을 떠나자마자 몸을 일으켜 창가 자리로 갔다. 더 생각해야 했다.

어느새 밤이 깊었다. 천둥이 요란하게 울리더니, 그동안 조용히 내리던 보슬비가 폭우로 바뀌었다. 비가 창문을 따라 세차게 흘러내렸다. 타운에서 이런 비는 처음이었다. 넋을 잃고 밖을 내다보는데 번개가 쳤다. 번갯불이 아래 마당을 환하게 밝히는 순간, 바이올렛은 보이를 발견했다. 자신을 올려다보고 있었다.

숨이 턱 막혔다. 보이가 밖으로 나오라고 손짓했다.

'무사했구나! 괴물에게 잡힌 게 아니었나? 여기서 뭐 하는 거지? 지금 타운 전체가 찾고 있을 텐데.'

바이올렛은 벌떡 일어섰다가 멈칫했다. 아래층으로 내려갈 수는 없었다. 부모님이 소리를 듣고 바로 눈치챌 테니까. 그래서 다음 천둥이 울리는 순간을 노려 창문을 열고 밖으로 기어나갔다.

비가 지붕을 세차게 두들겼다. 기왓장은 물에 젖어 미끄러웠다. 경사진 지붕 아래로 마당을 내려다보자 덜컥 겁이 났다. 그때 집 위로 뻗은 나뭇가지가 눈에 들어왔다. 바이올렛은 조심스럽게 기어가 가지를 움켜쥐고, 둥치 쪽으로 조금씩 몸을 옮겼다. 왠지 모르게 마음 한구석에서 불길한 기운이 스멀거렸다.

천천히, 가지를 하나씩 딛고 마당으로 내려왔다.

"보이!" 축축한 땅에 발이 닿자 바이올렛이 속삭였다. "무사했네!"

"뭘 기대했는데?" 보이가 무뚝뚝하게 말했다.

"괴물한테 붙잡힌 줄 알았어. 어떻게 도망쳤어?"

번개가 하늘을 갈랐다.

"내가 왜 도망쳐야 하는데?" 보이가 되물었다. 곧이어 천둥이 머리 위에서 쾅 울렸다.

바이올렛은 울컥 화가 치밀었다.

"그 괴물한테 달려들어서 날 구해 줬잖아!"

"난 널 구해 준 적 없어, 바이올렛. 넌 나한테 아무것도 아니야. 난 오히려 그 괴물이 널 잡는 걸 도왔어." 보이가 씩 웃었다. "'아이사냥꾼'한테 널 꽉 붙잡으라고 소리쳤지. 폐가 터질 때까지 조이라고."

바이올렛은 머리가 핑 도는 느낌에 휘청이며 뒤로 물러섰다.

"장난 그만해, 보이." 바이올렛은 추워서 이가 딱딱 부딪쳤다. 잠옷은 이미 비에 흠뻑 젖어 살에 들러붙어 있었다.

"장난 아니야. 넌 너무 순진해 빠졌어. 타운의 다른 사람들처럼."

"무슨 뜻이야? 이해가 안 돼! 어떻게 된 거야? 타운 사람들이 다 널 찾고 있어. 다들 네가 코너랑 비어트리스를 어디론가 데려갔다고 생각해."

"그걸 알아내는 데 참 오래도 걸렸지. 멍청이들!"

"뭐라고? 그럼 정말 네가 그랬단 말이야? 다른 애들을 납치한 게 너야?"

"너는 어떻게 생각하는데?" 보이가 한 걸음 다가와 노려봤다.

심장이 쿵쾅거렸다. 바이올렛은 물러서고 싶었지만 굳게 버텼다.

"나, 난 네가 아니라고 생각해. 난 널 알아, 보이. 넌 그런 짓 안 해. 괴물이 시킨 거지?"

가슴이 조여들며 숨이 가빠졌다.

"그 괴물은 나를 위해 움직여, 바이올렛. 우리 아빠가 만든 또 다른 발명품이야. 일명 아이사냥꾼. 넌 날 전혀 모르고 있었던 거야."

"뭐……?" 바이올렛이 뒤로 물러났다. 몸이 부들부들 떨렸다. "아니야, 사실이 아니야. 넌 아무도 납치하지 않았어. 그 괴물은 네 편이 아니야. 제발 장난이라고 말해…….."

"그렇게 말하면 거짓말이겠지, 바이올렛. 넌 거짓말을 제일 싫어하잖아. 맞아, 내가 코너와 비어트리스를 납치했어. 그리고 앞으로도 한심한 애들을 더 많이 납치할 거야."

보이가 바이올렛을 밀쳤다. 바이올렛은 비틀거리다 진흙투성이 잔디밭에 엉덩방아를 찧었다.

"난 네 친구가 아니야. 여태까지도, 앞으로도. 아빠랑 나는 타운을 장악할 거야. 삼촌들이 실패한 일을 우리가 해낼 거라고."

"진짜 왜 그래, 무섭잖아." 바이올렛이 우뚝 선 보이를 올려다보며 울먹였다.

"잘됐네." 보이가 얼굴에서 빗물을 훔쳐 냈다.

보이가 바이올렛의 잠옷 앞자락을 움켜쥐고 사납게 일으켜 세웠다. 얼굴이 닿을 듯 가까워졌다. 새까만 눈 안에서 분노가 번뜩였다.

보이는 이런 식으로 행동한 적이 없었다.

"조심해. 안 그러면 네 사진도 가로등에 붙을 거야. 비어트리스랑 코너처럼."

나무들 사이에서 바스락거리는 소리가 났다. 보이가 날카롭게 돌아봤다. 그 순간, 보이의 왼쪽 눈가에 얼음처럼 푸른 줄무늬가 스쳤다. 보이가 다시 바이올렛을 돌아봤을 땐 줄무늬는 사라져 있었다.

천둥이 다시 우르르 울렸다. 보이는 킥킥 웃더니 다시 바이올렛을 떠밀어 쓰러뜨리고는 나무 사이로 달려 사라졌다.

바이올렛은 쫓아갈 엄두조차 내지 못했다. 진흙투성이 잔디밭에서 몸을 일으키는데 머리가 핑 돌았다. 비틀비틀 집 쪽으로 향하며 도와달라고 외쳤다.

부모님이 계단을 달려 내려와 쏟아지는 빗속에서 자신을 끌어안았다. 그 사이 또 시야가 흐릿해졌다.

"보이. 보이, 보이가…… 자기가 그랬대요. 다른 애들을 납치했다고…… 이해가 안 돼요, 대체 왜……."

유진이 바이올렛을 안으로 데려가 부엌 식탁에 앉히고 단단히 끌어안았다. 그 사이 로즈는 집 안을 뛰어다니며 수건과 가운을 한아름 안고 돌아왔다.

"로즈, 그냥 좀 앉아!" 아빠가 날카롭게 외쳤다. "지금은 당황할 때가 아니야."

"나한테 그런 식으로 말하지 마, 유진!" 엄마가 받아쳤다. "난 내 방식대로 내 딸을 돌볼 거야!"

"내 딸? 내 딸이기도 해!"

"그만해요!" 바이올렛이 덜덜 떨며 외쳤다. 부모님이 이렇게 사납게 다투는 건 처음이었다.

두 사람이 겨우 진정하자, 바이올렛은 지금까지의 일을 모두 털어놓았다. 엄마는 불안한 눈빛으로 고개를 끄덕였지만 아빠는 좀처럼 분노를 감추지 못했다.

더 일찍 말했어야 했다. 모두 자신의 잘못처럼 느껴졌다. 보이가 코너와 함께 있는 걸 보고도 아무에게도 말하지 않았으니까.

그날 밤 바이올렛은 침대에 누워 부모님의 다투는 소리를 들어야 했다. 서로에게 상처가 되는 말이 오갔다. 바이올렛은 듣고 싶지 않아 베개로 귀를 틀어막았다.

이제 춥지 않은데도 떨림이 가시지 않았다. 심장이 쿵쿵 뛰고 생각이 제멋대로 뻗어 나가 붙잡을 수 없었다. 유령 주택 단지에서 처음 느꼈던 공포가 천 배로 불어난 것 같았다.

잠을 청하려 눈을 감을 때마다 보이가 보였다. 우뚝 서서 자신을 내려다보는 모습. 까만 눈동자의 가장자리가 겨울 달빛의 파편처럼 푸르스름하게 빛나고 있었다.

꼬마 조수

바이올렛은 침대에서 내려와 옷을 입었다. 일요일이라 그나마 다행이었다. 이제 어지럼증은 가셨지만 학교에 갈 수 있을 것 같지는 않았다. 부모님과 마주치고 싶지도 않아 부엌을 조용히 지나쳤다. 엄마 아빠는 무거운 침묵 속에 앉아 있었다. 둘이 알아채기 전에 조용히 집 밖으로 나왔다.

밖은 여전히 비가 내리고 있었다. 바이올렛은 재킷 후드를 뒤집어썼다.

스플렌디드 로드를 따라 걷다 보니, 근처 가로등 기둥에 새 전단이 붙어 있었다.

‘수배’라는 커다란 빨간 글자 아래 보이의 얼굴이 있었다. 잔뜩 찡그린 얼굴이었다. 검은 눈동자가 바이올렛을 위협적으로 노려보는 듯했다.

사진은 낯설지 않았다. 몇 달 전 학교에서 찍은 것이었다. 무디 선생님이 학급 사진을 찍을 때, 아이들은 장난삼아 하나같이 무서운 표정을 지어 보였다. 바이올렛은 이 사진을 쓰는 게 불공정하다고 느꼈다. 원래 보이는 저렇게 무섭게 생긴 아이가 아니니까. 하지만 한편으로는 저 표정이야말로 보이의 진짜 얼굴일지도 모른다는 생각이 스쳤다.

화가 치밀어 온몸이 떨렸다. ‘어제 보이가 한 말들이 정말 사실일까? 그렇다면 그전에 했던 말들은 모두 거짓말이었단 걸까?’

“보이 같지 않지?” 작은 목소리가 속삭였다.

“누구야?” 바이올렛은 홱 돌아서며 쏘아붙였다.

매들린 넌의 어린 딸 애나가 바로 뒤에 서 있었다.

“나야.” 애나도 약간 날 선 말투로 대꾸했다.

“아, 미안해, 애나.” 바이올렛이 머뭇거리며 말했다. “혼자 밖에서 뭐 해?”

“난 원래 혼자 잘 다녀. 그리고 집에도 안 갈 거야. 언니가 시켜도 안 가!” 여덟 살짜리 아이가 항의하듯 발을 쿵 굴렸다.

“엄마는 어디 계셔? 걱정하실 텐데!”

“안 할 거야. 이제 날 신경도 안 써.” 애나가 투덜거렸다. “사라진 아이들 찾느라 너무 바쁘거든. 엄마는 보이가 애들을 나치했다고 생각해. 내 말은 하나도 안 들어. 보이가 그런 거 아닌데!”

“납치라고 해야지, 애나.” 바이올렛이 나무라듯 말했다. 애나한테 화가 난 건 아니었지만, 눈앞의 작은 소녀를 보자 갑자기 분노가 터져 나왔다.

“왜 나한테 화를 내고 그래?” 애나가 붉어진 얼굴로 씩씩거렸다. “난 그냥 보이가 아이들을 나치 안 했다고 말한 거야.”

“납치라고, 애나. 납치. 어쨌든 네가 그걸 어떻게 알아?”

“보이가 말해 줬거든. 자긴 누구도 ‘납치’하지 않았다고.” 애나가 또박또박 대꾸했다.

“글쎄, 나한테는 자기가 했다고 말했거든!” 바이올렛이 쏘아붙였다. 또 한 번 분노의 파도가 몰아쳤다.

눈을 감고 깊게 숨을 들이마시며 진정하려 했다. 다시 눈을 뜨니 어린 소녀는 여전히 같은 자리에서 바이올렛을 바라보고 있었다.

“보이랑 언제 얘기했어?” 바이올렛이 좀 더 차분한 목소리로 물었다.

"조금 전에. 얼마 전부터 나쁜 기억들이 막 떠올라서 속상했거든. 퍼펙트 때 엄마는 중간 지대에 있는 날 아예 잊어버렸잖아. 우리 언니는 안 잊었으면서. 그래서 엄마랑 대판 싸우고, 몰래 비밀 장소에 가서 보이랑 얘기했어."

"너랑 보이한테 비밀 장소가 있어?"

애나가 고개를 끄덕였다.

"거기서 보이가 너한테 자기가 코너나 비어트리스를 납치하지 않았다고 말했다고?" 바이올렛은 당황한 채 되물었다.

어린 소녀는 다시 고개를 끄덕였다.

어젯밤 보이는 바이올렛의 집 앞에서 자신이 코너와 비어트리스를 납치했고 더 많은 아이를 납치할 거라고 말했다. 그런데 오늘 아침에는 애나한테 자기 짓이 아니라고 했다. 분명 아주 이상한 일이 벌어지고 있었다.

"보이가 지금도 거기 있어, 애나? 너희 비밀 장소에?"

애나가 시선을 떨군 채 발끝으로 돌멩이를 꾹 밟았다. 그러고는 천천히 고개를 끄덕였다.

"나도 데려가 줄래?" 바이올렛은 지금 당장 보이와 얘기해야만

했다.

애나가 고개를 저었다. "안 돼. 비밀이거든."

"지금 보이는 정말 곤란한 처지야. 도와주고 싶어서 그래!"

애나는 묵묵부답이었다.

"제발, 애나." 바이올렛이 다시 화내지 않으려 애쓰며 말했다.

"보이가 있는 곳을 어른들한테 고자질 안 할 거지, 바이올렛?" 애나가 한참 망설이다 물었다.

"절대 안 해. 그냥 도와주고 싶을 뿐이야…… 할 수 있다면."

애나의 눈가에 눈물이 맺혔다. "보이는 사람들이 말하는 그런 나쁜 짓 하나도 안 했어. 그리고 지금 겁에 질린 거 같아."

"네 말 믿어, 애나."

"보이 말도 믿어야 해. 약속해!"

바이올렛은 또다시 화가 치밀었다. 재킷 끝자락을 꽉 움켜쥐고 목을 가다듬었다.

"그건 약속 못 해. 나도 믿고 싶은데, 어젯밤 보이는 나한테 아주 다른 말을 했어. 날 정말 무섭게 했어, 애나. 아직도 무서워. 그래도 할 수만 있다면 도와주고 싶다는 건 진심이야."

"알았어." 애나가 중얼거렸다. "언니가 보이 친구라는 건 알아."

애나는 등을 돌려 곧장 달리기 시작했다. 바이올렛도 뒤따라 달렸다. 시청과 찻집을 지나 아처스 애비뉴로 접어들자마자 래그 레인으로 꺾어 들어갔다.

젖은 길을 달려가는 두 소녀를 보고 행인들은 혀를 찼다. 오늘 아침 타운 사람들은 누구도 친절해 보이지 않았다.

애나는 포가튼 로드를 쭉 따라가다가 옛 보육원 문 앞에 멈춰 섰다. 한때 애나가 살던 곳이었다. 애나가 손을 들어 바이올렛에게 멈추라는 신호를 보냈다.

애나는 주변을 재빨리 살핀 뒤 노란 코트 주머니에서 열쇠를 꺼냈다. 까치발을 들고 자물쇠와 잠시 씨름하더니, 문을 밀어 열고 안으로 사라졌다.

바이올렛은 따라가야 할지 망설였다. 그때 문 사이로 작은 손이 쏙 나와 재촉하듯 손짓했다.

안으로 들어서자, 동굴처럼 넓고 어두운 전시관의 현관 홀이 펼쳐졌다. 그 한복판에 서 있는 애나는 유난히 작아 보였다.

"오늘은 문 닫는 날이야." 애나가 속삭였다. "그래도 조용히 해야 해. 가끔 일요일에 청소하러 오는 사람들이 있거든."

"너 여기 자주 와?" 바이올렛이 물었다.

“쉿!” 애나가 입술에 손가락을 갖다 붙였다.

바이올렛은 얼굴이 살짝 달아오른 채 말없이 뒤따랐다. 두 소녀는 복도를 지나 화려한 목재 계단 쪽으로 갔다.

계단 아래 벽에는 자그마한 나무문이 나 있었다. 눈여겨보지 않으면 지나치기 쉬운 문이었다. 애나가 문을 살짝 두드렸다.

“보이, 나야. 문 열어.”

아무런 기척도 없었다. 애나는 작은 크림색 손잡이를 잡아당겼다. 문이 툭 열리자, 몸을 약간 숙여 안으로 들어갔다. 바이올렛은 무릎을 꿇고 네 발로 기어 그 뒤를 따랐다.

안은 어둡고 비좁았지만, 안으로 갈수록 천장이 점점 높아졌다. 계단 모양을 따라 이어지는 구조였다. 곳곳에 상자들이 쌓여 있었고, 그 사이에는 둥지처럼 담요를 깔아 놓은 자리가 보였다. 누군가 밤을 지낸 흔적 같았다.

“보이가 없어!” 애나가 울먹이며 말했다.

담요 옆 바닥에 작은 종이 상자가 놓여 있었다. 바이올렛이 앞으로 기어가 안을 들여다봤다. 보육원과 아이들 사진이 빼곡히 들어 있었다.

대부분 오래된 사진으로, 세월이 스며들어 색이 누렇게 바래 있었다.

"보이가 뒤져 봤나 봐. 원래는 저쪽에 다 쌓여 있었거든." 애나가 말했다.

바이올렛은 사진들을 다시 넣으려다, 상자 밑에서 삐져나온 사진 한 장을 집어들었다.

서른 명쯤 되는 아이들이 찍힌 단체 사진이었다. 모두 어딘가 꾀 죄죄해 보였다.

사진 한가운데에는 키 크고 마른 여자가 서 있었다. 미소 지은 듯하지만 찡그림에 더 가까운 표정이었다. 몇 주는 굶은 사람처럼 볼이 홀쭉하고, 이상한 하얀 모자 아래 뻣뻣해 보이는 머리카락이 사방으로 삐져나와 있었다. 어두운 색 망토에 흰 앞치마 차림으로, 어린 남자아이 하나를 팔에 안고 있었다.

바이올렛은 숨을 집어삼켰다.

사진은 거칠고 흐릿했지만, 그 아이가 보이라는 건 분명했다. 새까만 머리와 창백한 피부는 지금의 보이와 똑같았다.

바이올렛이 사진을 뒤집었다. 뒷면에는 어른의 필기체로 '포윅 간호사 은퇴 기념일'이라고 적혀 있었다. 그리고 그 아래, 분명 보이의 글씨체로 한마디가 더 쓰여 있었다. '내가 둘?'

CHAPTER 14

간호사 포윅

바이올렛은 계단 밑 어둑한 공간에 앉아 사진 뒷면을 멍하니 내려다봤다. '내가 둘? 무슨 뜻이지?'

흰 앞치마를 입은 여자가 포윅 간호사인 듯했다. 하지만 은퇴 기념 사진이라기엔 지나치게 젊어 보였다. '은퇴는 보통 나이 든 사람들이 하는 거 아닌가?' 간호사의 주변에는 아이들이 가득했다. 몇몇 얼굴은 어딘가 낯익었지만, 정확히 알아보긴 어려웠다.

"이제 가야 해, 누가 우릴 보기 전에." 애나가 속삭였다.

바이올렛은 사진을 주머니에 넣고 애나를 따라 복도로 기어 나왔다. 문을 닫고 홀을 가로질러 살그머니 정문으로 나갔다.

"열쇠는 어떻게 구한 거야?" 바이올렛이 문을 잠그는 애나를 보며 물었다.

"엄마가 위원회 열쇠 뭉치를 항상 식탁 위에 놔두거든. 하나쯤 없어져도 전혀 눈치를 못 채. 난 타운 어디든 들어갈 수 있어!"

일요일 아침의 포가튼 로드는 고요했다. 보육원 옆 골목에서 여자 두 명이 나와 서둘러 길을 건넜다. 서로 팔짱을 끼고 불안한 듯 속삭이며 발걸음을 재촉했다. 거리에 묘한 긴장감이 감돌았다.

길가에서 한 어린아이가 막대기를 가지고 놀고 있었다. 그때 한 남자가 집에서 뛰쳐나와 아이의 손목을 잡아채더니 집 안으로 끌고 들어갔다. "밖에 혼자 나가지 말랬지!"

바이올렛이 그 집 앞을 막 지나칠 때, 맞은편 가로등 위에 까마귀 한 마리가 앉아 있는 게 보였다. '설마 또 같은 새일까?' 이제는 그 존재가 정말 오싹하게 느껴지기 시작했다.

바이올렛이 시선을 돌린 순간, 포가튼 로드 저편에서 누가 빠른 걸음으로 다가오고 있었다. 후드를 푹 눌러쓰고 고개를 숙인 채였지만 바이올렛은 단번에 알아봤다. 보이였다.

보이는 바이올렛을 보지 못한 채 골목길로 꺾어 장터 쪽으로 사라졌다.

그때 까마귀가 갑자기 하늘로 솟구치더니 보이가 사라진 골목을 향해 내리꽂듯 날아갔다.

바이올렛은 애나의 팔을 붙잡고 가까운 골목으로 내달렸다. 둘은 곧 장터에 나타난 보이를 발견하고 우뚝 멈춰 섰다. 검은 새는 곧장 날아와 보이의 어깨 위에 내려앉았다.

보이는 새의 머리를 부드럽게 쓰다듬다가 날려 보냈다. 까마귀는 퍼덕이며 다시 날아올라, 위켐 테라스 어귀의 집 지붕 위에 내려앉았다.

애나가 입을 열려는 순간 바이올렛은 재빨리 검지를 입술에 대고 고개를 저었다. 보이가 장터를 가로질러 완전히 사라질 때까지, 둘은 숨을 죽이고 지켜봤다. 그제야 바이올렛이 애나를 돌아보았다.

"집에 가, 애나. 너희 엄마가 분명 걱정하고 있을 거야."

"언니는 뭐 하려고?"

"보이를 따라가야 해."

"그냥 같이 가서 얘기하면 안 돼? 원래 그러기로 했잖아."

"뭔가 수상해. 우선 보이가 뭘 하는지 지켜봐야겠어. 그래도 약속한 대로 고자질하진 않을 거야."

"하지만……."

"제발, 애나. 집으로 가." 바이올렛은 다시 화가 치미는 걸 느끼며 쏘아붙였다.

바이올렛은 애나의 대답을 기다리지 않았다. 그럴 여유도 없었다. 골목을 빠져나와 래그 트리에 이르렀을 때, 등 뒤에서 기척이 났다.

"보이는 내 친구이기도 해!" 애나가 고집스럽게 말했다.

말씨름할 때가 아니었다.

둘은 살금살금 위켐 테라스를 지나 출렁다리에 이르렀다. 그때 바이올렛의 시야에 다시 보이가 들어왔다. 다리 너머 길 끝, 유령 주택 단지 입구로 막 들어서는 참이었다.

"서둘러야 해." 바이올렛이 속삭였다.

둘은 다리를 건너 보이가 앞서 지나간 길을 밟았다. 단지 입구에 이르자 바이올렛은 애나를 돌기둥 뒤로 끌어당겨 숨기고 안쪽을 살폈다.

보이는 녹지를 따라 놓인 갓돌에 걸터앉아 있었다. 눈을 몇 번 비비적거리는가 싶더니, 조그마한 상자를 바지 주머니에 넣었다. 발치에서 까마귀가 흥분한 듯 날개를 퍼덕이고 있었다. 보이가 작은 돌멩이를 집어 던지자 까마귀는 그것을 물어 왔다. 보이는 마치 새와 놀아 주고 있는 것 같았다.

하지만 보이는 새를 키우지 않았다. 평소 동물을 좋아하고 메릴의 장난감 가게에 사는 생쥐를 귀여워하긴 했지만, 자기만의 반려동물은 없었다. 더구나 저렇게 크고 검은 새라니.

몇 번이나 돌멩이를 물어 오던 까마귀가 보이의 머리에 올라타 머리카락을 쪼기 시작했다. 보이는 웃으며 새를 안아 내려서 장난스럽게 쓰다듬다가 어깨 위에 올렸다. 그러고는 자리에서 일어나 묘지 쪽 언덕을 향해 걸어가기 시작했다.

아빠는 까마귀가 불길한 징조라고 했지만, 이 새는 퍽 친근해 보였다. 적어도 보이에게만큼은 너무도 오랜만에 보는 미소를 안겨 주고 있었다.

"나도 새 한 마리 있었으면 좋겠다." 애나가 부러운 눈길로 속삭였다. "보이한테 부탁하면 나도 같이 놀 수 있을까?"

"모르겠어, 애나."

바이올렛은 언덕을 오르는 보이에게서 시선을 떼지 않고 답했다.

'혹시 요즘 나를 따라다닌다고 생각했던 그 까마귀일까?' 어젯밤 보이가 나타났던 마당에서도, 방금 보육원 밖에서도 같은 새를 봤다. 문득 이상한 생각이 스쳤다. '까마귀가 보이를 따라다니는 거라

면? 그래서 까마귀를 볼 때마다 보이도 어딘가에서 나를 지켜보고 있었다면? 하지만 보이가 왜?'

"빨리 가야 해!" 바이올렛이 언덕 위를 가리켰다. 보이는 거의 꼭대기에 다다르고 있었다.

가로등 아래 도착한 보이는 까마귀를 가볍게 날려 보내더니 곧바로 묘지 쪽으로 사라졌다.

바이올렛과 애나는 유령 주택 단지를 가로질러 언덕을 향해 달렸다. 이상하게도 이곳에 오면 느껴지던 오싹함이 오늘은 느껴지지 않았다. 어쩌면 이미 더없이 끔찍한 기분이어서였을지도 몰랐다.

가로등에 거의 다다랐을 때, 철문이 끼익 열리는 소리가 울렸다. 소름이 돋았다. 보이가 공동묘지 안으로 들어간 것이었다.

악몽 속에서는 여러 번 드나들었지만, 바이올렛이 실제로 이 묘지에 발을 들인 건 에드워드 아처가 사라진 그 밤이 마지막이었다.

공포가 밀려오며 숨이 가빠졌다. 애나가 바이올렛의 소매를 붙잡았다.

"언니가 전에 말했잖아, 여기서 떠오르는 무서운 생각들은 진짜가 아니라고. 이번에도 아니지?" 애나가 눈을 크게 뜨고 물었다.

"당연히 아니지. 물론 진짜가 아니야." 바이올렛은 더듬거리며 애나의 손을 꼭 잡았다.

바이올렛은 이 공포가 스스로 만들어 낸 것임을 알고 있었다. 흘려보내도 될 생각들을 붙잡고 믿었기 때문이었다. 에드워드는 오래전에 사라졌다. 묘지 어딘가에서 자신을 기다리고 있을 리 없었다.

애나가 용기를 낸 듯 묘지의 철문 쪽으로 비틀거리며 다가갔다.

"그쪽으로 가면 안 돼." 바이올렛이 고개를 저으며 속삭였다. "보이가 들을 거야!"

그때 돌이 갈리는 듯한 거친 소리가 울려 퍼졌다. 바이올렛은 그대로 얼어붙었다. 에드워드 아처가 사라진 밤에 들었던 소리였다.

바이올렛은 애나의 손을 꼭 잡고 억지로 발을 떼었다. 먼저 애나가 돌담을 넘도록 도와주고, 곧바로 뒤따라 넘었다. 커다란 묘비들을 가리개 삼아, 두 소녀는 안개 속을 가로지르며 보이를 뒤쫓았다.

그때 바람을 타고 희미한 목소리가 들려왔다. 보이가 걸음을 멈췄다.

바이올렛이 애나를 무성한 수풀 뒤로 끌어당겼다. 두 그림자가 보이에게 다가가고 있었다. 그중 하나는 다리를 질질 끌며 움직였다.

"다시 끼워, 이 멍청아!" 여자가 나서며 말했다.

"주변에 아무도 없잖아요. 계속 끼고 있으면 불편해요." 보이가 힘없이 항의했다.

"그렇게 확신하지 마. 그러다 들키기라도 하면 진짜 불편한 게 뭔지 알게 될 거야."

보이가 다시 주머니에서 그 작은 상자를 꺼내 열더니, 안에서 무언가를 집어 들었다. 그리고는 눈을 만지작거리기 시작했다.

"좋아. 다시는 그거 안 낀 상태로 나한테 걸리지 마."

여자는 키가 크고 덩치가 우람했다. 손가락은 튀긴 소시지처럼 굵고 뭉툭했다. 바이올렛의 엄마가 봤다면 일꾼의 손이라고 불렀을 손이었다.

작은 하얀 모자 아래로 회색 머리카락이 뻗치듯 삐져나와 있었다. 어깨에 두른 남색 망토 아래 하얀 앞치마가 보였다.

바이올렛은 주머니에 손을 넣어 보육원에서 가져온 사진을 꺼냈다. 은퇴 기념일에 보이를 안고 있던 여자, 포윅 간호사가 지금 묘지에서 보이 앞에 서 있었다.

CHAPTER 15

굴 무덤

"널 찾고 있었다." 포윅이 보이에게 말했다. "감방 확인했어. 브라운네 딸애는 또 놓쳤나 보구나. 무슨 꾀를 부리는 거냐?"

"아니에요! 정말 노력했어요. 그 애는 방에서 한 발자국도 안 나와요. 타운 사람들이 전부 겁에 질려서, 아이들을 밖에 못 나가게 하고 있단 말이에요." 보이가 대답했다.

"하찮은 변명 하지 마. 쉬울 거라고 한 적 없어. 그에게는 아이가 하나 더 필요해. 그래야 타운에 번지는 공포가 더 세차게 끓어오르지." 여자가 쌀쌀맞게 말했다. "밖에 못 나가게 하면 네가 안으로 들어갔어야지. 머리를 써! 생각 없이 행동하면 실패하는 법이야. 내가 여태껏 뭘 가르쳤니? 아니면 네가 그냥 멍청한 거냐?"

'여태껏?' 바이올렛은 혼란스러웠다. 보이는 포윅이 은퇴한 뒤에도 계속 연락을 주고받은 게 분명했다. 하지만 그런 얘기는 한 번도 한 적이 없었다.

"난 천치가 아니에요." 보이가 가라앉은 목소리로 말했다. "그냥 시간이 좀 더 필요할 뿐이에요."

"시간? 시간은 이제 얼마 없어. 네가 그걸 모를 리 없잖아. 일이 틀어지면 모든 손가락이 너를 가리킬 거다. 처음 기회가 있었을 때 브라운네 딸애를 잡았어야 했어."

"말했잖아요. 그땐 무리였어요. 그, 그 애 아빠에게 발각됐어요. 거의 잡힐 뻔했다고요." 보이가 대꾸했다.

'천치', '발각'. 보이는 전에 이런 말을 쓴 적이 없었다. 적어도 바이올렛 앞에서는. 마치 무디 선생님한테 잘 보이려고 일부러 어려운 말을 골라 쓰는 비어트리스 같았다. '그리고 왜 우리 아빠한테 잡힐 뻔했다고 거짓말하는 거지? 진입로에서 의식을 잃고 쓰러진 날 발견한 사람은 엄마인데.'

포윅이 입술을 굳게 다물었다. "거짓말쟁이에게 용서는 없다. 기만은 품위 있는 자들의 언어가 아니야."

"전 기만하는 게 아니에요." 보이가 어깨를 떨며 고개를 숙였다.

"그 입에서 또 거짓말이 나오면 당장 혀를 잘라서 휴고한테 던져 주겠다."

간호사가 보이에게 바짝 다가가 얼굴을 들이밀었다.

"널 내 자식처럼 키웠다. 그가 네게서 가능성을 봤으니까. 널 통해서 다시 위대해질 수 있다고 했지." 간호사가 굵은 손가락으로 보이의 목을 움켜쥐었다. "그런데 난 아무것도 못 보겠구나. 넌 겁쟁이야. 가끔은 내가 엉뚱한 아이를 데려온 게 아닌가 싶어."

그때 묘비 사이에서 길고 낮은 신음이 흘러나왔다. 고통으로 눌린 소리였다. 간호사가 고개를 들며 손아귀를 풀었다.

"휴고, 어디 있어?" 포윅이 초조한 눈빛으로 묘지를 훑었다. "어디 있지? 그 둔한 것이 또 혼자 돌아다니는군, 빨리 찾아." 포윅은 곧바로 보이를 돌아보며 쏘아붙였다. "지금까지 내가 만든 것 중 가장 훌륭한 작품이니까."

보이가 묘지를 수색하기 시작했다. 바이올렛이 수풀 뒤로 애나를 조금 더 바짝 끌어당기는 순간, 끔찍한 악취가 코를 찔렀다.

두 소녀를 가리고 있던 수풀 위로 그림자가 스쳤다. 그와 동시에 무언가가 바이올렛 머리 위로 툭 떨어졌다. 머리칼을 더듬자 미끄

덩한 액체가 손바닥에 묻어났다.

바이올렛은 이를 악물고 고개를 들었다.

갈라진 초록빛 입술로 둘러싸인 입에서 걸쭉한 침이 뚝뚝 떨어지고 있었다. 그 위로 크고 털 많은 콧구멍 두 개가 보였다. 코는 반쯤 뜯겨 나간 모양새였다. 벌겋게 충혈된 눈이 애나와 바이올렛을 노려보고 있었다.

아이사냥꾼이 두 소녀의 바로 위에 우뚝 서 있었다.

애나가 비명을 지르려는 순간 바이올렛이 재빨리 손으로 입을 틀어막았다. 괴물은 눈 한 번 깜빡이지 않고 소녀들을 내려다봤다. 윗입술이 한쪽으로 들리며 이가 드러났다. 뼈만 남은 듯한 손이 천천히 다가왔다.

"휴고!"

괴물이 우뚝 멈춰 고개를 돌렸다. 몇 미터 떨어진 곳에 보이가 서서 바이올렛을 똑바로 노려보고 있었다. 시선이 마주치자 온몸이 차갑게 식었다.

"휴고, 이리 와, 당장." 보이가 명령했다.

괴물이 낮게 으르렁거리며 그쪽으로 절뚝절뚝 걸어갔다.

바이올렛은 여전히 보이에게서 눈을 떼지 못한 채 얼어붙어 있었다. 심장이 미친 듯이 뛰었다. 꼼짝없이 들킨 줄 알았는데, 보이는 그들을 보지 못한 것처럼 돌아서서 포윅에게로 갔다.

"이 못생긴 것, 또 그랬단 봐!" 포윅이 괴물을 꾸짖었다.

휴고는 조금 움츠러들었다.

"아웃스커츠로 데려가." 간호사가 보이를 쏘아보며 말했다. "축제가 시작되기 전에 충전해야 할 거야."

"그럼 브라운네 여자애는요?" 보이가 물었다. "데려오지 말까요?"

바이올렛의 심장이 덜컥 내려앉았다.

"이제 와서 실패를 만회하겠다는 거야?" 포윅이 쏘아붙였다. "이미 늦었어. 그 애 없이 진행할 수밖에 없지. 기회는 지나갔다."

바이올렛과 애나가 숨죽이고 지켜보는 사이, 보이가 조금 떨어진 큰 직사각형 돌무덤으로 걸어갔다.

아까 들었던 드르륵 하는 소리가 다시 울려 퍼졌다. 돌무덤의 앞판이 땅속으로 꺼지듯 내려갔다. 마치 흙이 앞판을 서서히 삼키는 것처럼.

"집에 가자, 휴고!" 보이가 검게 열린 구멍을 가리켰다.

아이사냥꾼이 그 안으로 쿵쿵 들어갔고, 보이가 뒤따랐다. 둘은 계단을 내려가듯이 땅속으로 사라졌다.

포윅은 주위를 한번 훑어보더니 코웃음을 쳤다. 그리고는 뒤따라 구멍 안으로 들어가 사라졌다. 잠시 후 드르륵 소리와 함께 무덤의 앞판이 다시 제자리로 올라왔다. 이제 묘지에는 두 소녀만 남았다.

둘은 안개 속에 한동안 꼼짝없이 숨어 있었다.

"보이가 우릴 봤는데도 아무 말 안 했어. 이상해. 왜 그랬을까?" 애나가 속삭였다.

바이올렛은 대답하지 않았다. 머리가 다시 빙빙 돌았다.

"보이가 그 여자 밑에서 일하는 걸까? 무슨 상황인지 모르겠어." 애나가 계속 말했다.

바이올렛이 일어섰다.

"나도 몰라, 애나. 하지만 알아낼 거야."

모두가 사라진 무덤 쪽으로 다가가는 사이 소름이 등줄기를 타고 올랐다. 어딘가 낯익었다. 바이올렛은 몸을 떨면서 기억을 뒤적였다. '몇 달 전 에드워드 아처가 사라진 곳이 바로 여길까?'

순식간에 그 끔찍한 밤의 장면들이 머릿속을 휩쓸었다. 쇠약해진 아빠, 총을 든 에드워드 아처, 창가의 마큘라, 보이의 창백한 입술, 두꺼운 책. 그때 바이올렛은 보이가 죽은 줄 알았다. 그래서 무작정 에드워드를 쫓아갔었다. 그 분노가 선명히 떠올랐다. 그 땅딸막한 쌍둥이가 자신의 절친을 해치고 도망치게 두지는 않겠다는 생각뿐이었다. 그날 처음 실감했다. 죽음이 그저 영화 속에서만 벌어지는 일이 아니라는 걸.

눈앞의 무덤은 두꺼운 석판으로 덮여 있었다. 표면에 새겨진 글자를 손끝으로 더듬었지만, 대부분 세월에 닳아 읽을 수 없었다. 힘껏 밀어 봐도 꼼짝도 하지 않았다. 석판 아래 틈에 손가락을 넣어 더듬어 봤지만, 레버나 버튼 같은 건 없었다. 무릎을 꿇고 무덤 둘레를 천천히 돌며 살폈으나 무덤을 열 만한 단서는 어디에도 보이지 않았다.

"저기 봐, 바이올렛!" 애나가 무덤들 너머를 가리키며 속삭였다.

바이올렛은 애나의 손가락을 따라 시선을 옮겼다. 조금 떨어진 다른 돌무덤에서 하얀 김이 피어오르고 있었다. 몸을 일으켜 그쪽으로 걸어갔다.

그러나 가까워질수록 분노와 공포가 짙어졌다. 온몸이 떨리고 심장이 빠르게 뛰었다. 지금껏 느껴 본 모든 두려움이 한꺼번에 머릿속에 밀려 왔다. 아무도 찾지 않을 어두운 구석에 파고들어 사라지고 싶다는 충동이 일었다.

무덤의 석판은 옆으로 살짝 비켜져 있었고, 그 틈에서 이상한 증기가 흘러나오고 있었다.

일부는 묘지에 깔린 안개에 섞여 들고 일부는 구름처럼 뭉쳐져 천천히 하늘로 떠올랐다.

바이올렛은 속이 울렁거렸다. 몸이 덜덜 떨리며 당장 도망치라고 신호를 보내는 듯했다. 공포가 마음을 집어삼키려 했다.

바이올렛은 애써 발걸음을 돌리지 않고 버텼다. 이 증기가 너무 수상했다.

"바이올렛, 이제 가면 안 돼? 기분이 너무 안 좋아. 제발 가자, 응?" 애나가 훌쩍이며 애원했다.

"잠깐만."

바이올렛은 천천히 안개 속으로 더 깊이 들어갔다.

돌무덤 가장자리를 붙잡고 틈 안을 들여다보려 했다. 증기의 근원을 확인하기엔 너무 어두웠다.

바이올렛은 앞판에 배를 걸치고 몸을 수그렸다. 상반신이 무덤 안에 반쯤 들어가고 다리는 허공에 떴다. 온몸이 덜덜 떨렸다. 돌 가장자리를 잡은 손에 힘이 빠졌다.

"흐읍."

바이올렛은 숨을 집어삼키며 안개로 가득 찬 금속 파이프 속으로 곤두박질쳤다. 마지막으로 기억나는 건, 눈부시게 새하얀 빛이었다.

CHAPTER 16

하얀 방

어지럽고 머리가 욱신거렸다. 눈을 뜨니 바이올렛은 하얀 타일 바닥에 누워 있었다. 치익 하는 이상한 소리가 귓가에 맴돌고 눈앞이 뿌옜다.

바이올렛은 덜컥 놀라서 몸을 반쯤 일으켰다.

그러자 시야가 단번에 또렷해졌다. 두 다리는 짙은 안개에 잠겨 보이지 않았다. 낯선 방이었다. 바닥과 벽, 천장까지 모두 새하얗고 문이나 창문은 없었다. 눈이 부셔서 잠시 눈을 감아야 했다.

방 안은 숨 막힐 정도로 따듯했다. 뺨이 화끈거렸고 땀이 나 옷이 몸에 들러붙었다. 바닥에서 피어오르던 안개는 어느새 턱 밑까지 차올라 있었다.

온몸에 전기가 흐르는 듯 덜덜 떨렸다. 심장은 쿵쿵 뛰고, 모든 감각이 지나치게 선명했다. 마구 소리를 지르거나 무언가를 닥치는 대로 때리고 싶은 충동이 일었다.

그때 발목에 타는 듯한 통증이 느껴졌다. 무언가에 물어뜯긴 것 같았다. 얼굴을 찌푸리며 안개 속에서 발을 끌어와 살폈다. 양말과 청바지 사이 맨살에 화상처럼 물집이 부풀어 있었다.

발목이 있던 자리를 더듬다 손을 홱 거두었다. 작고 하얀 파이프에서 뜨거운 증기가 뿜어져 나오고 있었다.

안개는 이제 너무 짙어 숨쉬기조차 어려웠다. 질식할 것 같은 공포에 바이올렛은 벌떡 일어나 출구를 찾았다. 그러나 사방은 희고 매끈할 뿐, 자신이 떨어져 들어온 금속 파이프조차 보이지 않았다.

공포에 잠긴 그때, 벽 높은 곳에서 작은 불빛이 깜빡였다. 순식간에 방 전체가 섬뜩한 초록빛으로 물들었다. 이어 불빛 옆 벽면에서 큼직한 들창이 스르륵 열리며 찬 공기가 쏟아져 들어왔다.

잠시 후 초록빛은 빨간빛으로 바뀌었고, 반대편 벽 위쪽의 작은 파이프에서 무언가가 뿜어져 나왔다.

바이올렛은 벽에 등을 기대고 주저앉아 무릎을 끌어안았다. 머리와 심장이 함께 쿵쿵 뛰고, 눈물이 볼을 타고 흘렀다.

머릿속에 걱정이 한꺼번에 몰아쳤다. '애나를 혼자 묘지에 두고 오다니, 왜 그랬을까? 왜 그렇게 무책임하게 굴었을까?' 자신은 코너와 비어트리스도 저버린 셈이었다. 그리고 보이를 떠올리자 또다시 분노가 치밀었다. 흰 안개도 더 짙어졌다.

정신이 아찔하고 숨이 가빴다. 그 순간 하얀 천장이 갈라지듯 열리며 방 안의 안개가 깔때기 모양의 금속 파이프로 모조리 빨려 들어갔다. 두려움과 분노까지 함께 스르륵 빨려 들어가는 듯했다.

방금까지만 해도 끔찍한 기분이었다. 유령 주택 단지에서 느꼈던 공포가 몇 배로 몰려왔다. 그런데 이제 다시 괜찮아졌다. '여긴 대체 어디지?'

바이올렛은 몸을 일으켰다. 여기서 나가야만 했다. 들어올 수 있었다면 나갈 수도 있을 터였다.

방금 안개를 빨아들인 천장의 금속 파이프가 자신이 떨어져 들어온 바로 그 통로임은 분명했다. 잠깐 보았을 뿐이지만 거의 수직에 가까워 다시 기어 올라가는 건 불가능해 보였다. 손이 닿을 수나 있다면 모를까.

바이올렛은 오른쪽 벽 위, 찬 공기를 내보내던 배기구를 올려다봤다. 사람 한 명쯤은 기어들어 갈 만한 크기였다. 그제야 그 옆에 붙은 하얀 금속 막대 구조물이 눈에 들어왔다. 그것은 배기구까지 이어진 사다리 같았다. 배기구가 어디로 이어지는지는 몰랐지만, 유일한 탈출구임은 분명했다.

치익 소리가 다시 울렸다. 벽 아래 작은 파이프가 뜨거운 증기를 뿜어냈고, 곧 초록빛이 깜빡이며 배기구가 스스륵 열렸다. 잠시 뒤 불빛은 빨간색으로 바뀌고, 증기가 퍼지며 안개가 차올랐다가, 천장이 갈라지며 전부 위로 빨려 올라갔다.

일정한 주기로 반복되는 시스템인 듯했다. 배기구가 열릴 때 사다리 맨 위에 있다면, 그 안으로 들어가서 탈출을 시도할 수 있을 것 같았다.

바이올렛은 때를 기다렸다. 물집 잡힌 발목의 통증을 무시한 채, 증기가 터져 나오자 곧바로 하얀 사다리를 올랐다. 꼭대기에 이르렀을 때 배기구가 열렸다.

쏟아지는 냉기를 버티며 금속 파이프 안으로 몸을 밀어 넣었다. 아까 떨어졌던 파이프와 비슷했지만, 이번에는 수직이 아닌 수평이었다. 비좁은 공간을 꿈틀거리며 나아간 끝에, 거대한 터빈 앞에 도착했다. 차가운 공기를 내뿜는 장치였다. 커다란 프로펠러가 탈출로를 가로막고 있었다.

바이올렛이 가까이 다가가자 프로펠러는 윙 소리를 내며 서서히 멈췄다. 금속 날개 사이 틈은 사람이 간신히 빠져나갈 만한 크기였다. 단, 재가동되기 전에 서둘러 통과해야 했다.

날개 사이로 고개를 내밀어 살폈다. 반대편에는 갈색 상자가 가득 쌓인 창고가 있었다.

바이올렛은 다시 파이프 안으로 몸을 물리고, 힘겹게 자세를 돌렸다. 발이 프로펠러 쪽을 향하도록. 그래야 반대편 바닥으로 내려서기 더 수월할 터였다.

바로 그때, 터빈에서 딸깍 소리가 났다. 심장이 철렁 내려앉았다.

하지만 다행히 아무 일도 일어나지 않았다.

바이올렛은 재빨리 틈으로 발을 밀어 넣었다. 그런데 오른쪽 신발이 날개 끝에 걸려 꼼짝도 하지 않았다. 발을 빼려는데 터빈이 또 한 번 딸깍거렸다. 이번엔 날개가 살짝 흔들렸다.

신발을 잡아당겼지만 아무 소용이 없었다. 겁에 질린 바이올렛은 다리를 확 끌어당겼다. 오른쪽 신발이 쑥 벗겨져 창고 안으로 떨어졌다.

바이올렛은 곧바로 양말까지 벗어 던지고 다시 자세를 돌려 차가운 벽에 발을 단단히 붙였다. 오른발 발가락이 차가운 금속 돌기를 움켜쥐었다. 터빈 테두리에는 아주 얇은 턱이 있었다. 그 턱을 붙잡고 곧 닥칠 찬바람에 대비했다.

터빈 날개가 다시 돌아가기 시작했다. 바이올렛은 바람을 정면으로 맞지 않도록 최대한 몸을 낮춰 바짝 웅크렸다. 차갑고 세찬 공기가 뒤통수부터 발꿈치까지 할퀴었다.

턱을 붙잡은 손가락이 미끄러지며 몸이 뒤로 밀리기 시작했다. 오른발 발가락 살갗이 금속 돌기에 긁히며 따끔한 통증이 번졌다.

바이올렛이 거의 배출구 쪽까지 밀려간 그 순간, 프로펠러가 딸각거리며 멎었다. 찬 바람도, 소음도 함께 끊겼다.

그 틈을 놓칠 수는 없었다. 바이올렛은 힘껏 앞으로 기어가 날개 사이로 몸을 쑥 밀어 넣었고, 아래 창고의 상자 더미 위로 쿵 떨어졌다. 작은 스프레이 캔들이 돌바닥 위로 우르르 쏟아졌다.

바이올렛은 비틀거리며 일어서서 찌그러진 종이 상자 사이를 뒤졌다. 얼굴을 찌푸리며 아픈 발을 조심스럽게 신발 안으로 끼워 넣었다.

바이올렛이 서 있는 곳은 돌로 지어진 공간이었다. 커다란 판지 상자들이 벽에서 천장까지 빼곡히 쌓여 있었다. 모든 상자에는 커다란 빨간 글씨로 'OA'라고 적혀 있었다. 가까운 상자를 열어 보니 방금 바닥에 쏟아진 것과 똑같은 스프레이 캔이 가득했다.

바이올렛은 캔 하나를 집어 흔들고 노즐을 눌러 공기 중에 뿌려 보았다. 갑자기 두려움과 분노가 밀려왔다. 아까 하얀 방에서 느꼈던 바로 그 감정이었다. '이게 대체 뭐지?'

당장 여기서 나가 도움을 구해야 했다. 지금이 몇 시인지조차 알 수가 없었다. 분명 부모님이 걱정하고 있을 테고, 애나도 찾아야만 했다.

창고 저편에는 아치형 출입구가 있었다. 절뚝거리며 밖으로 나서니 지하 터널이 나타났다. 작년에 보이와 함께 발견했던, 아처 형제의 안경점 지하에서 묘지로 이어지던 터널과 똑같았다. 오래된 마을이라 땅속에 이런 비밀 통로가 곳곳에 있다는 말이 생각났다.

바닥에는 넓은 판석이 깔려 있고 통로 양옆은 거칠게 파낸 흙벽이었다. 일정한 간격으로 매달린 전구들이 터널 안을 희미하게 밝히고 있었다.

"이상한 소리가 나더니, 쥐새끼 같은 손님이 있었구나." 어둠 속에서 비아냥 섞인 목소리가 들려왔다.

바이올렛은 얼어붙었다.

그림자 하나가 빛 속으로 걸어 나왔다. 포윅이었다.

"여긴 어떻게 내려왔니?" 여자가 카랑카랑하게 물었다.

"저, 그게. 저는……." 바이올렛은 덜덜 떨며 말을 잇지 못했다.

"고양이가 혀라도 물어 갔니? 뭐, 내가 뽑지 않아 다행이구나!" 간호사가 낄낄 웃었다. "자, 어서 말해 보렴. 어떻게 여기까지 기어 들어왔는지. 우린 참견쟁이를 아주 싫어하거든."

"저, 그게…… 보이한테 잡혀 왔어요." 바이올렛이 더듬거리며 둘러댔다.

왜인지 하얀 방을 발견했다는 사실은 말하면 안 될 것 같았다.

"그랬다고? 그 녀석은 가끔 날 당혹스럽게 한다니까." 포윅이 얼굴을 찌푸리며 고개를 절레절레하더니 앞으로 다가왔다.

바이올렛이 홱 돌아서 도망치려 했다. 그러나 뒤에 조용히 서 있던 아이사냥꾼과 정면으로 부딪쳤다.

"아이사냥꾼 휴고, 또 손님이 왔네." 포윅 간호사가 으르렁거렸다. "어서 잡아!"

거대한 괴물이 바이올렛의 옷깃을 낚아채 허공으로 번쩍 들어 올렸다. 바이올렛은 발길질하며 몸부림쳤지만, 휴고는 버둥거리는 다리를 꽉 옭아매고 바이올렛을 어깨에 걸쳐 멨다.

“그 애도 다른 애들 있는 곳에 처박아 둬.” 포윅이 거칠게 내뱉었다. “내가 그 골칫덩이를 찾는 동안!”

CHAPTER 17

옥신각신

휴고는 끔찍했다. 바이올렛은 진입로에서 납치당할 뻔했을 때도, 묘지에서 마주쳤을 때도 그의 눈동자풀 같은 눈과 녹아내린 피부를 보았지만, 지금처럼 어깨에 거꾸로 매달린 채 보니 이 괴물은 정말 인간이 아닌 게 확실했다.

더럽고 너덜너덜한 옷의 구멍 사이로 살갗이 훤히 드러났는데, 척추를 따라 이상한 금속 막대가 박혀 있었다. 막대에는 일정한 간격으로 작은 구멍들이 뚫려 있고, 그 구멍마다 가느다란 전선들이 뱀처럼 뻗어 나와 피부 속으로 파고들어 있었다. 팔과 다리 뒤쪽에도 금속 막대가 이어져 있어, 마치 몸에 기계 뼈대를 덧댄 것 같았다.

피부는 마치 심하게 멍든 것처럼 얼룩덜룩했다. 군데군데 녹아내리거나 뜯겨 나간 흔적이 있었고, 어떤 부분은 분홍색 털이 보송보송했다. 가만 보니 색색의 털 조각이 누덕누덕 기워져 있었고, 왼손가락 하나가 사라진 자리에는 인형 다리처럼 생긴 부품이 달려 있었다.

몸은 온통 꿰맨 자국투성이였다. 왼쪽 손목을 따라 거친 실밥이 이어졌고, 다리 옆선에도, 발등에도 실밥이 튀어나와 있었다. 얼마 전 무디 선생님이 여학생들에게 만들게 했던 헝겊 인형 같았다. 바이올렛이 왜 남자애들은 바느질을 안 하냐고 물었더니 무디 선생님은 남학생들은 짐 나르기 같은 다른 일을 한다고 했다. 바이올렛이 그럼 자기도 짐을 나르겠다고 하자, 그날 밤 숙제는 더 늘어났다.

터널을 따라 작게 소곤거리는 소리가 들려왔다. 휴고는 왼쪽의 좁은 아치형 출입구로 몸을 숙여 들어갔다. 그 안은 돌로 이뤄진 공간이었다. 조금 전 상자들로 가득했던 창고와 비슷했다.

갑자기 속삭임이 뚝 끊겼다.

아이사냥꾼이 바이올렛을 거친 돌바닥에 휙 내던졌다. 다친 발이 바닥에 부딪히자 바이올렛은 얼굴을 찡그렸다. 휴고가 털 난 맨발로 바이올렛을 짓눌러 꼼짝 못 하게 하고선, 찢어진 바지 주머니를 뒤적이며 무언가를 찾기 시작했다.

바이올렛의 눈앞에는 검은 쇠창살로 된 감방이 있었다. 빛이 거의 들지 않아 안에 무엇이 있는지는 보이지 않았다. 괴물이 주머니에서 녹슨 열쇠 꾸러미를 꺼내 자물쇠에 꽂자 바이올렛은 몸서리쳤다.

철컥 소리에 이어 감방문이 끼익 열렸다.

안쪽 구석에서 무언가가 어슬렁거렸다. 아이사냥꾼이 바이올렛의 스웨터를 움켜잡고 질질 끌어 그 안으로 내던지고 문을 잠가 버렸다. 괴물은 그르렁거리며 터널 쪽으로 쿵쿵 돌아갔다.

바이올렛은 엉덩이를 빼며 뒤로 물러나 창살에 등을 바싹 붙였다.

"거기 누구 있어요……?" 가느다란 속삭임이 어둠 속으로 흘러 나갔다.

"쉿!" 누군가 날카롭게 대꾸했다.

그림자가 다가왔다.

"비어트리스!" 바이올렛이 숨을 헐떡였다. 안도감이 밀려왔다. "너, 너……."

"꼴이 말이 아니지?" 코너 크룩드도 어둠 속에서 기어 나오며 쉰 목소리로 말했다.

비어트리스가 쇠창살 옆에 웅크리며 울음을 터뜨렸다. 바이올렛은 손을 뻗어 빨간 머리 소녀를 안아 주었다.

"넌 왜 여기 있어?" 코너가 물었다. 눈 아래가 퀭했다. "그 자식한 테 잡힌 거야? 넌 개 친구였잖아!"

"나, 나도 모르겠어, 왜 여기 있는지." 바이올렛은 창살에 등을 기 대고 고개를 저었다. "묘지에서 어떤 무덤에 빠지면서 이상한 하얀 방에 떨어졌어. 그러다 간호사한테 들켰고……."

"간호사? 무슨 간호사?"

비어트리스가 훌쩍이며 고개를 들었다.

"그 괴물을 부리는 여자." 바이올렛은 두 아이의 멍한 표정을 보 고 덧붙였다. "하얀 앞치마에 이상한 모자를 쓴 여잔데…… 보이가 그 사람을 돕는 것 같아."

"보이!" 비어트리스가 코너의 소매를 움켜잡으며 외쳤다. "그 이 름 말하지 마! 다시는 듣고 싶지도 않아."

"손 치워." 코너는 비어트리스를 밀쳐 냈다. "이제 바이올렛이 왔 으니 너희 둘은 저쪽에서 실컷 징징대. 이쪽은 남자 구역이니까 내 차지야."

덩치 큰 코너가 일어나 발로 뒷벽에서 쇠창살까지 흙바닥에 선을 쭉 그었다. 그러고는 비어트리스를 바이올렛 쪽으로 떠밀었다.

"이 선 넘지 마!" 코너가 방금 만든 경계선을 가리키며 말했다.

그 순간, 터널에 달린 전구들이 동시에 꺼지며 사방이 완전한 어둠에 잠겼다.

"잘됐네." 코너가 이죽거렸다. "이제 못생긴 너희 얼굴 안 봐도 되잖아."

"그건 우리도 마찬가지거든." 바이올렛이 쏘아붙였다.

처음부터 코너 크룩드가 싫었던 이유가 분명해졌다. 납치를 당하고도 비뚤어진 성격은 여전했다.

"그 간호사가 누구라고?" 어둠 속에서 비어트리스가 속삭였다.

눈이 점차 어둠에 적응하며 비어트리스의 윤곽이 보였다. 며칠 굶은 사람처럼 뺨이 홀쭉하고 머리카락은 푸석푸석했으며 옷은 꾀죄죄했다.

"정말 포윅을 본 적 없어?" 바이올렛이 물었다. "날 여기 가두라고 아이사냥꾼에게 지시한 여자야. 묘지에서 그 괴물을 자기 작품이라고 부르더라."

"작품? 무슨 소유물 같은 거야? 노예처럼?" 코너가 코웃음 쳤다.

"잘 모르겠어." 바이올렛은 조금 떨리는 목소리로 말했다. "가까이서 본 적 있어? 이상하게 들릴 수 있는데…… 몸을 조각조각 이어

붙인 것처럼 보여. 무디 선생님이 만들라고 했던 헝겊 인형처럼 말이야."

"그렇다면 사람이 아니라는 거야? 설마 좀비?" 코너가 숨을 헐떡이며 자신이 그은 경계선을 한 발짝 넘었다.

"물러나, 코너. 여긴 우리 쪽이야." 비어트리스가 겨우 목소리에 힘을 실었다. "그리고 무슨 좀비야. 바이올렛이 헝겊 인형이라고 했잖아. 좀비 같은 건 없어!"

"걸어 다니는 헝겊 인형도 없거든." 코너가 말했다.

"그럼 간호사는 본 적 없다는 거지?" 바이올렛이 재빨리 물었다.

"없어." 코너가 무뚝뚝하게 대꾸했다. "간호사가 필요하긴 하지. 비어트리스 방귀 냄새가 워낙 지독하거든. 배 속에서 뭔가 썩은 게 분명해."

"코너!" 비어트리스가 발끈했다. "말했잖아. 난 그런 역겨운 짓 안 한다고."

"웃기시네. 방귀 안 뀌는 사람은 없어. 너만큼 냄새가 지독하지 않을 뿐이지."

"그만해, 진짜!" 비어트리스가 씩씩거렸다.

"알았어. 그런데 좋은 생각이 있어. 보이가 다음 애 데려오면 비어트리스가 방귀를 뀌어서 보이를 기절시키는 거야. 이름하여 방귀르타쿠스! 무디 선생님이 말한 그 로마 영웅 스파르타쿠스처럼 말이야. 비어트리스, 넌 영웅이 될 거야!"

바이올렛은 웃음을 참느라 입술을 꽉 깨물었다.

"어쨌든, 너희는 여기서 누굴 봤어?" 바이올렛이 서둘러 화제를 돌렸다. 코너의 끝없는 조롱에 상처 받은 비어트리스를 위해서였다.

"보이랑…… 가끔, 그 헝겊 인형 남자. 보이는 자기 아빠 얘기도 했어. 근데 왜? 다른 사람도 있어, 바이올렛?" 비어트리스의 목소리가 떨렸다.

"잘 모르겠어. 난 아직 간호사만 봤어." 바이올렛이 말했다. "보이가 그 여자 밑에서 일하고 있는 것 같아. 그 여자, 예전엔 보육원에서 일했어."

바이올렛이 비어트리스에게 보여 주려고 주머니에서 사진을 꺼냈지만, 어둠 속에서는 알아보기 힘들었다.

"근데 간호사가 왜 우릴 가둔 거야?" 비어트리스가 물었다.

"바이올렛 말은 듣지 마." 코너가 날카롭게 끼어들었다. "이건 다 보이 그 자식 탓이야. 걘 중간 지대 출신이잖아. 다 이유가 있어서 거기 갇혀 살았던 거야. 우리 아빠도 그렇게 말했어. 중간 지대 사람들은 제정신이 아니라고. 타운이 퍼펙트 시절 같았다면 이런 일도 없었을 거야."

"뭐라고?" 바이올렛이 눈을 부릅떴다. "중간 지대 사람들은 아무 문제 없어."

"보이는 다르게 말하던데?" 코너가 받아쳤다. "아처 형제가 미친 사람들을 중간 지대에 격리한 거라고. 이제 윌리엄 아저씨가 자신을 중간 지대에 가둔 퍼펙트 사람들한테 복수할 거라고 했어."

"중간 지대 사람들은 미치지 않았어!" 바이올렛이 발끈했다.

"사실이야." 비어트리스가 작은 목소리로 말했다. "보이가 어제 그랬어."

"윌리엄 아저씨는 우릴 전부 잡아 가둘 거야, 바이올렛." 코너가 목소리를 높였다. "우린 그냥 시작일 뿐이야!"

바이올렛은 입을 다물었다. 코너의 말은 어젯밤 집 앞마당에서 보이가 했던 말과 비슷했다. 하지만 오늘 아침 애나가 만난 보이는 그런 말을 하지 않았다. 그때의 보이는 바이올렛이 알던 보이였다.

윌리엄도 사라졌다고 아빠한테 들었다. '그럼 윌리엄 아저씨, 보이, 그리고 포웍이 같은 편이 되어 퍼펙트에 살던 사람들에게 복수하려는 걸까?'

도무지 앞뒤가 맞지 않았다. 보이는 아이사냥꾼이 윌리엄의 발명품이라고 했지만, 묘지에서 포윅은 휴고를 자기 작품이라고 불렀다. 바이올렛은 중간 지대 사람들을 여럿 알고 있었다. 그들은 미친 사람들이 아니었다. 적어도 나쁜 의미로는.

보이 역시 그렇다고 믿어 왔다. 그런데 보이 스스로 서서히 그 믿음이 틀렸다는 걸 증명하고 있었다.

셋은 한동안 말없이 앉아 있었다. 바이올렛의 머릿속에는 질문만 켜켜이 쌓여 갔다.

"코너, 보이랑 출렁다리에서 만난 뒤에 무슨 일이 있었어?"

"그걸 네가 어떻게 알아?"

"봤어. 보이한테 물었더니 그런 적 없다더라."

"당연히 그랬겠지."

"거짓말쟁이니까." 비어트리스가 툭 내뱉었다.

"보이가 묘지에 가자고 했어." 코너가 말을 이었다. "자기가 루시 자전거를 갖고 있다고 해서, 난 보고 싶은 척했지. 찾아서 루시한테 돌려주려고."

"웃기네, 네가 먼저 못 훔친 게 분해서 따라간 거겠지." 비어트리스가 빈정거렸다.

코너가 비어트리스를 노려보다가 다시 말을 이었다.

"아무튼 묘지에 들어서자마자 누가 뒤통수를 세게 때렸어. 그리고 눈 떠보니 이 감방이었지. 머리가 깨질 듯이 아팠는데…… 쟤가 오기 전까진 견딜 만했어."

"닥쳐, 코너." 비어트리스가 이를 갈았다.

"넌 어떻게 여기 왔어?" 바이올렛이 비어트리스에게 물었다.

"쟤가 보이를 짝사랑하거든……." 코너가 놀렸다.

"닥치라고, 코너!"

"네가 먼저 보이를 따라 터널로 들어갔다고 했잖아." 코너가 다시 말했다.

"널 찾으려고 그랬던 거야."

"무시해, 비어트리스." 바이올렛이 끼어들었다.

"유령 주택 단지에서 바이올렛 너랑 얘기한 뒤에 보이를 찾았어." 비어트리스가 한숨을 내쉬었다. "루시 자전거 훔쳤냐고 물어봤는데 네 말처럼 아니라고 잡아떼더라. 사실 그때 속았어. 연기를 진짜 잘하더라고. 어쨌든 나중에 타운에서 또 마주쳤는데, 코너한테 무슨 일이 생겼다며, 내 도움이 필요하다고 해서 묘지까지 따라갔어……."

"그리고 사이코패스를 따라 낯선 터널에 들어갔지!" 코너가 낄낄 댔다.

"보이는 사이코패스가 아니야." 바이올렛이 짜증 섞인 목소리로 말했다.

"그럼 우리가 지금 지하 감옥에 갇혀 썩어 가는 처지도 아니겠네?" 코너가 쏘아붙였다.

"아무튼 그때는 걔가 사이코패스인 줄 몰랐어." 비어트리스가 말했다.

"제일 웃긴 건 이거야, 바이올렛." 코너가 이죽거렸다. "비어트리스는 제 발로 이 감방 안으로 걸어 들어왔다는 거지."

"그런 적 없어!"

"맞거든. 내가 겨우 정신 차렸을 때 네가 들어오고 있었어. 처음엔 날 구하러 온 줄 알았는데, 보이가 네 뒤에서 문을 닫아걸었지, 이 바보."

"그만 좀 해." 비어트리스가 훌쩍였다.

"보이가 널 다치게 하진 않았지?" 바이올렛이 조심스레 물었다.

"그게 뭔 상관이야, 바이올렛." 코너가 으르렁거렸다. "넌 왜 자꾸 보이를 감싸? 걘 우릴 잡아 가뒀어. 그거로 부족해?"

"다치게 하진 않았어." 비어트리스가 말했다. "그런데, 떠나면서 이상한 말을 했어."

"무슨 말?"

"미안하다고. 보이가 미안하다고 했어."

"정말?" 바이올렛이 자세를 고쳐 앉았다. "왜 그런 말을 했을까?"

"착한 척한 거지! 우리가 여기 얼마나 오래 갇혀 있었는데! 정말 미안하다면 문을 열어 줬겠지!" 코너가 분통을 터뜨렸다. "네 질문은 거기까지 해. 타운 상황은 어때? 우릴 구하러 올 사람은 있어?"

"아무도 우리가 여기 있다는 거 몰라." 바이올렛이 말했다.

그때 지지직거리는 소리와 함께 터널의 전구들이 하나둘 켜졌다. 희미한 빛이 감방 안으로 스며들었다.

"누가 와." 비어트리스가 숨을 집어삼키며 어두운 구석으로 급히 몸을 숨겼다.

바이올렛과 코너도 뒤따라 그 옆으로 바짝 붙어 숨을 죽였다.

뚜벅뚜벅, 발소리가 돌바닥을 따라 울렸다. 소리는 점점 가까워졌고, 마침내 좁은 아치형 출입구에 그림자 하나가 드리워졌다.

CHAPTER 18

귀환

보이가 감방 앞으로 걸어와 쇠창살을 움켜쥐었다. 어둠 속을 들여다보는 듯했다. 바이올렛은 구석으로 더 깊숙이 숨었다. 절친이라 믿었던 친구에게서 숨고 있다는 사실이 믿기지 않았다.

"흠…… 코너, 비어트리스, 푹 잤길 바라." 보이가 더듬거리며 말했다. "너희의 마지막 밤이었을 테니." 말투는 딱딱하고 어색했다. 마치 영화 대사를 내뱉는 것 같았다.

"제발 우릴 해치지 마!" 비어트리스가 울먹이며 외쳤다.

"내가 왜 너희를 여기 가뒀겠어? 당연히 해칠 거야. 나 보육원에서 애들 자주 괴롭혔어. 아주 익숙하다고." 보이가 으르렁거렸다.

"그 얘긴 처음 듣는데." 바이올렛이 어둠 속에서 모습을 드러냈다.

보이의 얼굴이 굳어졌다.

"포윅이 네가 여기 있다더니." 보이가 중얼거렸다.

"내가 너한테 잡혔다고 말했거든." 바이올렛은 보이를 똑바로 바라보았다.

옛 친구의 흔적을 조금이라도 찾고 싶었지만, 보이는 아무 반응도 보이지 않았다.

"그 여자는 누구야, 보이? 지금 무슨 일이 벌어지고 있는 거야? 묘지에서 네가 그 여자랑 괴물이랑 같이 있는 거 봤어." 바이올렛은 멈추지 않고 따졌다.

"이 터널은 어떻게 찾은 거야?" 보이는 거의 혼잣말처럼 물었다.

하얀 방에 떨어졌다는 말이 목구멍에 걸렸다. 보이는 더 이상 자신의 절친이 아니었다. 믿고 말할 수 없었다.

"난, 그러니까……."

"둘이서 뭘 속닥거리는 거야?" 코너가 어둠 속에서 걸어 나오며 끼어들었다. "바이올렛, 너 설마 애 스파이야?"

"닥쳐, 코너. 먼저 다치고 싶어?" 보이가 윽박질렀다.

"넌 누구도 해치지 못해, 보이." 바이올렛이 단호하게 말했다.

"난 너도 해칠 거야." 보이가 으르렁거리며 철창 사이로 얼굴을 들이밀었다.

그 순간이었다. 어젯밤 앞마당에서 보았던 것처럼, 보이의 까만 눈동자 가장자리에 얼음처럼 푸른빛이 스쳤다.

"네 눈……." 바이올렛이 가리켰다.

보이가 고개를 휙 돌렸다.

"도대체 왜 그러는 거야?" 바이올렛이 애원하듯 말했다. "처음엔 아무 잘못도 안 했다고 하더니, 또 나한텐 나쁘게 굴고, 애나한테는 착하게 굴고. 그날 밤 우리 집 진입로에서 날 아이사냥꾼한테서 구해 준 것도 너야. 네가 뭐라고 해도 알아. 묘지에서 넌 나랑 애나를 보고도 포윅에게 넘기지 않았어. 나 정말 이해가 안 돼, 보이. 혹시 곤경에 처한 거라면 내가 도와줄 수 있어. 무슨 일이든 우리가 함께 해결하면 돼. 퍼펙트에서도 그랬잖아."

"입 닥쳐, 바이올렛!"

"너 그 까마귀랑 같이 있던 거 봤어. 그 새랑 놀아 줬잖아. 진짜 나쁜 애가 동물한테 그렇게 다정할 리 없어! 그리고 나 요즘 그 새 자주 봤어. 매번 네가 근처에 있었지? 나를 따라온 거야? 혹시 날 지켜 주려고 그랬던 거야? 그날 진입로에서처럼?"

보이가 다시 쇠창살을 움켜쥐었다. 얼굴이 완전히 험악하게 굳어 있었다.

"새 얘긴 아무한테도 하지 마. 안 그러면 널 걷지도 못하게 만들어 줄 테니까. 진심이야." 보이가 낮게 으르렁거렸다.

"아…… 안 할게." 바이올렛은 한 발짝 물러나며 더듬거렸다. 이번 협박은 정말 진심 같았다.

그때였다. 터널 쪽에서 누군가 달려오는 듯한 발소리가 울려 퍼졌다. 보이가 아치형 출입구를 바라봤다.

"그가 오고 있어." 보이가 중얼거렸다.

"누구?" 바이올렛이 물었다.

"그 아이들한테서 떨어져!" 누군가 우렁차게 외쳤다.

바이올렛의 심장이 쿵 내려앉았다.

비어트리스가 앞으로 달려가 검은 쇠창살을 움켜쥐었다. "도와줘요, 도와줘요!"

"내가 구해 주마, 애들아!" 그 사람이 소리쳤다. 무거운 발소리가 점점 가까워졌다.

이상하게도 보이는 꿈짝도 하지 않았다.

잠시 뒤, 웬 땅딸막한 남자가 아치형 출입구로 들이닥치더니 그대로 보이에게 달려들었다. 두 사람은 바닥에 쓰러져 주먹을 주고 받았다. 열쇠 꾸러미가 쇠창살에 챙 부딪히며 감방 안으로 날아 들어왔다.

"문 열고 도망가, 애들아! 터널에서 날 기다려!" 남자가 외쳤다.

코너가 냉큼 열쇠 꾸러미를 집어 들고 자물쇠에 열쇠를 하나씩 끼워 봤다. 곧 철컥 소리가 났고, 코너가 먼저 밖으로 빠져나갔다.

"이리 와!" 바이올렛이 겁에 질린 비어트리스를 잡아끌며 외쳤다.

두 소녀도 아치형 출입구로 달려갔다. 보이와 남자는 여전히 바닥에 엉겨 붙어 싸우고 있었다. 코너가 터널에서 불안한 얼굴로 기다리고 있었다.

"어느 쪽으로 가야 해, 바이올렛?" 코너가 좌우를 번갈아 보며 헐떡였다. "그 괴물이랑은 마주치기 싫어."

"그 사람이 기다리랬잖아." 비어트리스가 울먹였다.

"신경 꺼! 우린 우리가 알아서 살아남아야 해!"

"하지만 우릴 구해 주고 있잖아, 코너." 비어트리스가 더듬거렸다.

투덕대는 소리와 신음이 터널에 울려 퍼졌다. 비어트리스가 바이올렛의 팔꿈치를 꽉 붙잡았다. 바이올렛의 심장이 쿵쿵 뛰었다.

"코너 말이 맞을 지도 몰라. 일단 도망치는 게 나을 수도 있어."

바이올렛이 속삭였다.

구해 준다는 그 남자에게서 어딘가 찜찜한 기운이 느껴졌다.

바로 그때, 큰 신음이 터지더니 사방이 조용해졌다. 잠시 후 땅딸막한 남자가 아치형 출입구에서 걸어 나왔다. 보이를 질질 끌고서.

비어트리스가 헛숨을 들이켰다. 바이올렛의 속이 울렁거렸다.

"에드워드 아처!" 코너가 두 소녀 앞으로 나서며 외쳤다. "역시 사람들이 한 말은 다 거짓말이었군요! 우릴 구해 주었잖아요!"

"뒤로 물러서, 크룩드 군. 보이는 위험한 녀석이야."

'에드워드 아처가 우릴 구했다고? 어떻게 그럴 수가.' 바이올렛은 어둠 속으로 뒷걸음쳤다. 에드워드는 분명 자신을 싫어할 터였다.

"브라운 양은 여기 어떻게 왔지? 나는 분명……."

"간밤에 내가 잡아 왔지." 보이가 끼어들었다.

"아아. 이 어린 아처가 절친한 친구까지 배신했군! 안타깝구나, 바이올렛. 넌 보이랑 동지라고 믿었겠지. 이제 알겠지? 왜 중간 지대가 필요했는지." 에드워드가 준엄하게 말했다. "보이 같은 사람들을 너희 같은 선량한 이들로부터 떼어 놓기 위해서였다."

바이올렛은 말없이 그저 떨리는 두 손을 꽉 쥐었다. 에드워드 아처는 단 한 번도 자신을 선량하다고 여긴 적 없었다.

"하지만 당신은, 퍼펙트 사람들 모두를 눈멀게 했잖아요." 바이올렛이 더듬거렸다.

"그건 그들을 위해서였지. 그런데 네가 우리에게 설명할 시간조차 주지 않고 반란을 일으켰잖니? 옛일은 접어 두자. 중요한 건 지금 네가 안전하다는 거야. 이제 부모님도 안심하실 거고. 유진은 잘 지내나?"

바이올렛의 몸이 부르르 떨렸다.

1년 전 에드워드 아처는 바이올렛의 아빠를 포로로 붙잡아 눈동자풀 개발을 강요하면서 죽기 직전까지 굶겼다. 양심이 조금이라도 있다면 먹을 것 정도는 주었을 텐데.

"전 당신을 한 번도 의심하지 않았어요, 에드워드." 코너가 의기양양하게 말했다. "전 쭉 퍼펙트에 살았죠! 보이는 자기 죗값을 톡톡히 치러야 해요. 아빠한테도 꼭 말할 거에요."

"복수는 차갑게 식혀야 제맛이지, 크룩드 군. 법에 관한 건 위원회에 맡기자꾸나. 보이 아처의 운명은 그들이 정할 일이지. 요즘 퍼펙트는 그렇게 운영된다고 들었어. 아주 반가운 변화야. 나와 조지는 언제나 주민들을 위해 최선을 다했지만, 우리가 정말 공정한지 늘 걱정이 많았거든. 이제는 퍼펙트 주민들이 스스로 판단하게 두는 게 옳다고 생각해." 에드워드가 싱긋 웃었다.

"타운이에요." 바이올렛이 차갑게 말했다. "이젠 타운이라고 불러요."

"아, 미안하구나, 바이올렛. 그렇지, 타운…… 그거 참 멋진 이름이야."

에드워드는 주머니를 뒤적여 작은 통 하나를 꺼냈다. 손바닥에 캡슐 네 개를 덜어내곤 그중 하나를 집어 들었다.

"놀란 마음을 가라앉히는 데 이만한 게 없지." 그는 초록색 알약을 꿀꺽 삼켰다.

그는 다가와서 코너와 비어트리스에게도 캡슐을 하나씩 건넸다. 둘은 별다른 의심 없이 곧바로 삼켜 버렸다.

에드워드가 마지막 캡슐을 내밀자 바이올렛은 고개를 저었다. "난 괜찮아요."

"마음을 진정시키는 약이란다, 바이올렛. 믿어도 좋아."

하지만 바이올렛은 다시 고개를 세차게 저었다. 퍼펙트에서 받았던 노란 약이 떠올랐다. 그 약 때문에 아처 형제에게 정신을 조종당할 뻔했다.

"괜찮아요. 진정됐어요." 바이올렛이 더듬거렸다.

"그럴 리 없지, 바이올렛. 이런 일을 겪고도 괜찮다고 말하는 사람은 명백히 충격을 받은 상태야."

"먹어, 바이올렛." 비어트리스가 조금 멍해진 눈으로 재촉했다. "나 아까보다 훨씬 나아졌어."

"몸에 좋은 거란다." 에드워드가 위협적으로 다가서며 권했다.

바이올렛은 마지못해 알약을 집어 입안에 넣었다.

"삼켜." 에드워드가 명령했다.

바이올렛이 자신의 지시대로 할 때까지, 에드워드는 시선을 거두지 않았다.

CHAPTER 19

돌아온 탕아

다음 순간 바이올렛은 출렁다리 위에 서 있었다. 보슬비가 내리고 있었다.

어떻게 여기까지 오게 된 건지 도무지 기억나지 않았다. 에드워드 아처 때문에 탈출한 순간부터 지금까지가 몽땅 흐릿했다. 그가 준 약 때문인 것 같았다.

바이올렛은 눈가에 고인 물기를 훔쳐 냈다. 분노가 밀려오면서 머릿속이 다시 불안과 걱정으로 가득 찼다.

눈앞에는 코너와 비어트리스가 있었다. 그리고 그 앞에서 에드워드 아처가 보이의 외투 깃을 움켜쥔 채 다리를 건너 중간 지대로 들어서고 있었다.

그때 강 건너에서 눈부신 플래시가 연달아 터졌다. 한 인물이 에드워드와 보이 주변을 정신없이 뛰어다녔다.

"에드워드 아처! 돌아왔군요! 실종된 아이들은 어떻게 찾은 겁니까? 윌리엄 아처도 거기 있었나요? 보이 아처는 삼촌을 보고 어떻게 반응하던가요? 조카가 부끄럽지는 않습니까? 〈타운 트리뷴〉 독자들에게 전하고 싶은 말은 없나요?" 로버트 블롯이 잔뜩 흥분한 목소리로 질문을 쏟아 냈다.

'저 사람은 여기서 뭐 하는 거지?'

신문 기자인 블롯은 바이올렛의 아빠와 키는 비슷했지만 더 말랐고, 얼굴은 연필처럼 길쭉하며 두 눈 아래 다크서클이 짙었다. 목에는 카메라를 걸고, 한 손에는 수첩을 쥐고, 한쪽 귓바퀴에는 연필을 꽂고 있었다.

"오늘이 무슨 요일이죠?" 바이올렛이 물었다. 로버트 블롯이 메모하려고 멈춘 사이였다.

"일요일 오후란다, 바이올렛." 블롯이 다소 날카롭게 대답했다. "참 운 좋은 아이구나. 아침에 실종 신고가 접수됐는데 오후에 바로 구조되다니! 에드워드 아처에게 큰 빚을 진 셈이야, 얘야!"

바이올렛은 뭐라고 대답해야 할지 몰라 어색하게 입꼬리만 올렸다. 그때 낮게 웅성거리는 소리가 들려왔다. 에드워드 스트리트 쪽에서 무언가 벌어지고 있는 듯했다.

"무슨 일이죠, 저 소리는……?"

"사람들이 너희 모두를 환영하러 나온 거야!" 로버트 블롯이 수첩을 딱 닫으며 말했다. "한마디 해 주렴! 지금 기분이 어때?"

"어……." 바이올렛은 짜증이 치미는 동시에 당황스러웠다. "근데 사람들이 우리가 여기 있다는 걸 어떻게 알아요?"

"이른 아침에 제보를 받았지. 문 밑으로 편지가 들어왔거든. 에드워드 아처가 실종된 아이들을 유령 주택 단지에서 찾아냈고, 오늘 오후 아이들과 납치범을 시청으로 데려올 거라고 말이야. 물론 난 그 특종을 바로 기사로 내보냈고, 기자의 촉을 발휘해 중간 지대에서 기다렸지!"

로버트 블롯이 명함을 내밀었다. "나중에 인터뷰 좀 해 주렴, 브라운 양. 머리기사가 될 거야! 이런 헤드라인은 어때? '착한 소년의 추락'이나 '단짝 친구, 진실을 말하다', '보이 아처, 납치범 확증!'. 타운이 벌써 떠들썩해. 혹시 어떤 시련을 겪었니? 고문도 당했니? 구원자에게는 얼마나 감사하고 있지?"

"그럴 리가 없어요." 바이올렛이 혼란스러운 얼굴로 말했다. "제보는 누가 했는데요?"

머릿속이 뒤죽박죽이었지만 한 가지는 분명했다. 자신이 무덤 안으로 떨어진 건 늦은 아침 무렵이었다. 그렇다면 구출된 건 당연히 그 이후여야 했다. 그런데 로버트 블롯은 아침 일찍 제보를 받았다고 했다. 시간이 맞지 않았다.

래그 레인으로 들어서자 웅성거림이 점점 커졌다.

"익명의 제보자였어. 좋은 기자한테는 좋은 기삿거리가 알아서 찾아오는 법이지."

"그래도 누가 제보했는지 궁금하지 않아요? 제보자가 구조 사실을 어떻게 알았을까요? 시간이 안 맞는 것 같은데요. 알아내야 하는 거 아니에요?"

"사소한 정황은 시간만 잡아먹어." 블롯이 툴툴거리며 카메라 뷰파인더를 들여다봤다. "난 지금 이 장면이 필요해. 구조자가 피해자들을 데리고 귀환하고, 타운 사람들이 박수를 보내는 장면! 1면감이지, 1면감!"

"또 꼬치꼬치 캐묻는구나, 바이올렛." 에드워드 아처가 혀를 찼다.

바이올렛은 그가 앞에서 멈춘 것도 모르고 걷다가 거의 부딪칠 뻔했다. 로버트 블롯이 래그 레인을 걸어가는 비어트리스와 코너의 모습을 연달아 찍는 사이, 에드워드는 바이올렛의 귓가로 얼굴을 바짝 들이밀었다.

"조심하는 게 좋을 거야, 브라운 양." 그가 속삭였다. "아처 집안의 악당은 내가 아니거든. 그렇지, 보이?" 에드워드가 조카를 거칠게 잡아끌었다.

"그럼요, 악당은 나죠." 보이는 증오 서린 눈빛으로 바이올렛을 쏘아봤다.

바이올렛은 고개를 돌렸다. 눈물이 핑 돌았다. 에드워드는 피식 웃고는 보이를 다시 앞으로 떠밀었다.

아처스 애비뉴에 이르러 에드워드 스트리트로 꺾어 들자마자 바이올렛은 숨을 들이마셨다.

비가 그친 타운의 시청 앞에 거대한 인파가 몰려 있었다. 사람들은 분노로 일그러진 얼굴로 보이를 향해 야유를 퍼부었다. 분위기가 몹시 험악했다.

일행이 다가가자 군중이 양쪽으로 갈라지며 길을 열었다.

바이올렛은 맨 앞줄에서 아이리스 아처를 발견했다. 그 옆에 마큘라가 감색 숄로 얼굴을 가린 채 서 있었다.

아이리스는 대담하게 한 걸음 나서 아들의 앞길을 가로막았다.

"절 환영하러 나오셨군요, 어머니!" 에드워드 아처가 쏘아붙였다.

"에드워드, 또 무슨 수작을 벌이는 거냐!" 아이리스가 다그쳤다.

"절 그리워하지 않으셨나요? 그래도 이 자리에 계셔서 다행이군요. 타운 사람들이 어머니의 귀한 윌리엄이 얼마나 썩은 놈인지 직접 보게 될 테니까요." 에드워드는 모두가 들을 만큼 크게 말했다.

그는 어머니의 마른 손목을 잡아끌고는 뺨에 가볍게 입 맞췄다. 아이리스는 그를 밀쳐 내고 군중을 향해 격렬하게 외쳤다. "에드워드와 조지가 떠드는 말을 믿지 마세요! 둘은 끔찍한 한 쌍이에요. 에드워드는 숨 쉬듯 거짓말을 한답니다. 늘 그랬죠. 내 손주는 도둑놈이 아니에요……."

모든 시선이 노부인에게로 쏠렸고, 군중이 그들 주위로 몰려들었다. 바이올렛은 보이 옆에 바짝 붙게 되었다. 그때 마큘라가 슬그머니 다가와 아들에게 말을 걸었다.

"그 아이는 어디 있니?" 보이의 엄마가 속삭였다. "그 여자 말은 전부 거짓이야. 그 여자가 우리한테서 널 빼앗아 갔어! 난 널 사랑해. 네 아빠도 널 사랑해. 그걸 알아야 해!"

"절대 못 찾을걸요." 보이가 증오로 가득 찬 눈으로 대꾸했다.

"그만." 에드워드가 둘을 발견하고 버럭 외쳤다.

그는 다시 보이를 잡아끌고 시청 계단을 향해 성큼성큼 걸어 나갔다.

군중은 아이리스를 향해 야멸찬 야유를 퍼부었다.

'무슨 일이 벌어지고 있는 거지? 왜 다들 저렇게 화가 난 거지?'

군중 사이에서 정육점 주인 해치트가 눈에 띄었다. 그는 얼굴을 일그러뜨린 채 주먹을 허공에 휘둘렀다. 늘 보던 미소 짓는 얼굴이 아니라서 낯설었다.

에드워드가 보이를 앞으로 떠밀며 시청 계단을 올랐다. 바이올렛은 비어트리스, 코너와 함께 뒤따랐고, 로버트 블롯은 연신 카메라 셔터를 눌러댔다.

시청 차양 아래에는 몇몇 부모가 마이크 주변에 모여 있었다. 바이올렛은 엄마 아빠를 발견했다. 유진은 굳은 얼굴로 꼿꼿이 서 있었고, 로즈는 불안한 듯 재킷 단추를 만지작거리고 있었다.

엄마 옆에는 키 큰 빨간 머리 여자가 훨씬 작고 대머리인 남자와 손을 잡고 서 있었다. 비어트리스의 부모였다. 패트리샤 프림은 꼭 어른 옷을 입은 비어트리스처럼 보였다.

마이크 옆에 또 다른 부부가 있었다. 빈센트 크룩드는 타운 위원회 회의에서 본 적 있었다. 키가 컸고, 엄마가 묘사했던 대로 근엄해 보였다. 구레나룻이 희끗희끗한 검은 머리를 젤로 말끔히 넘겼다. 그의 아내는 귀밑까지 오는 금발에 이목구비가 오밀조밀했다.

"코너!" 여자가 아들을 발견하고 날카롭게 외쳤다.

코너 크룩드가 단상을 으스대듯 가로질러 부모에게 다가갔다.

"엄마, 목소리 낮춰. 창피하잖아!" 속삭임이 근처 마이크에 고스란히 잡혔다.

빈센트가 코너를 끌어당겨 등을 두드렸다.

"돌아와서 다행이다, 아들." 그는 군중을 향해 미소 지으며 고개를 끄덕였다.

빈센트 크룩드가 에드워드 아처에게 걸어가 악수를 청하자 군중의 웅성거림이 잦아들었다.

"우리 아들을 구해 주셨군요." 빈센트의 말이 마이크를 타고 거리 전체에 울려 퍼졌다. "타운에 돌아온 걸, 제가 먼저 두 팔 벌려 환영합니다."

"다시 돌아오니 참 좋군요." 에드워드가 타운 주민들을 향해 미소 지으며 목청을 가다듬었다. "이 마을 아이들을 건드리는 건, 곧 저를 건드리는 거나 마찬가지입니다. 이 아이들을 집으로 데려오는 건 제가 할 수 있는 최소한의 일이죠.”

“당신이야말로 우리 아이들을 중간 지대에 가뒀었잖아!” 군중 속에서 누군가 외쳤다.

분노 어린 웅성거림이 터져 나왔다.

바이올렛은 슬그머니 부모님에게 다가갔다. 두 사람 모두 몹시 불안해 보였다.

“오늘 아침 네가 사라졌을 때 얼마나 걱정했는지 알아? 누가 널 데려간 거니? 정말 에드워드 아처가 널 구했다는 게 사실이야? 난 저 인간에게 양심이 조금이라도 있는 줄 몰랐는데.” 유진이 딸을 꽉 끌어안으며 떨리는 목소리로 속삭였다.

“그만해, 유진. 바이올렛이 돌아왔잖아. 뭐든 음모로 만들 필요는 없어.” 로즈가 팔꿈치로 남편을 밀치며 바이올렛을 끌어안았다.

“내가 언제 음모라고 했어, 로즈?” 아빠가 즉각 받아쳤다.

이런 순간에도 둘이 다투고 있다는 사실에 바이올렛의 속이 부글부글 끓었다. ‘지금은 그저 내가 무사히 돌아온 걸 기뻐해야 할 때 아닌가?’

“그만 해요!” 바이올렛은 엄마 품에서 벗어나며 외쳤다.

바로 그때 귀를 찢을 듯한 삑 소리가 울려 퍼졌다. 모두의 시선이 단상으로 쏠렸다. 에드워드 아처가 두툼한 손으로 마이크를 높이 들고 있었다.

성난 군중이 잠잠해졌다.

"여러분께 해명할 게 있습니다." 에드워드가 선언하듯 말했다. "여러분이 제 리더십을 가장 필요로 할 때, 저는 퍼펙트를 떠났죠."

"당신은 그보다 훨씬 전에 사람들을 중간 지대에 가뒀잖아!" 한 여자가 소리쳤다.

"그렇게 보일 수도 있지만, 사실이 아닙니다. 제 동생 윌리엄이 여러분께 무슨 거짓말을 했든, 중간 지대는 여러분을 위해 만들어진 곳입니다. 설명하자면……."

"우릴 위해서라고? 사람들의 상상력과 기억력을 빼앗아서 우리가 존재했다는 사실조차 잊게 해 놓고서!" 여자가 쏘아붙였다.

"저 사람 말 좀 들어 봅시다." 다른 누군가가 외쳤다.

"저와 조지는 병든 남동생과 함께 자라며 가족이 송두리째 무너지는 걸 봤기에 중간 지대를 만든 것입니다." 에드워드가 잠시 숨을 골랐다. "불쌍한 부모님은 막내를 치료하기 위해 밤낮없이 일하셨고, 형들인 우리 역시 윌리엄을 고치려 애썼습니다. 하지만 불과 1년 전, 그는 무장한 무리를 이끌고 이 완벽하게 평화롭던 마을에 공포를 퍼뜨렸습니다. 제가 사라진 이유는 단 하나였습니다. 제가 남아 있었다면 윌리엄은 저를 조지처럼 가둬 버렸을 테고, 그러면 그를 막을 방법이 없었겠죠." 에드워드가 비장한 표정으로 말을 이었다. "윌리엄은 마음이 뒤틀린 인간입니다. 물론 저희 어머니, 아이리스 아처 여사는 인정하지 않겠지만요. 사실 우리 가족이 이곳에 온 이유도 그의 끔찍한 과거에서 벗어나기 위해서였습니다. 그는 소위 '분열된 영혼'으로, 가는 곳마다 파괴를 남깁니다."

"분열된 영혼? 그게 무슨 헛소리야? 아처, 이번엔 네 거짓말 안 믿어!" 누군가 고함쳤다.

"듣지 마요, 에드워드! 우린 당신이 돌아오기만 기다렸어요. 이곳은 완전히 망가졌어요. 퍼펙트를 다시 돌려줘요!" 다른 목소리가 뒤따랐다.

날 선 승강이질이 이어졌다. 중간 지대 출신들이 이의를 제기하면 퍼펙트 지지자들이 조용히 하라고 윽박지르는 식이었다.

분위기는 점점 에드워드 쪽으로 기울고 있었다.

그는 말을 이었다. "윌리엄은 증오심이 깊고 잔인한 아이였습니다. 아주 어릴 때부터 섬뜩한 징후를 보였지요. 그래서 우리 아버지, 아널드 아처는 윌리엄을 심리학자에게 데려갔습니다. 그때 제

동생은 '분열된 영혼 증후군'이라는 진단을 받았어요. 양쪽 눈 색깔이 다른 사람들에게 흔히 나타나는 병이지요. 분열된 영혼을 지닌 사람은 선과 악 사이를 널뛰듯 오갑니다. 윌리엄이 바로 그 전형적인 사례였죠. 한없이 다정하게 굴다가도, 여차하면 순식간에 돌변했습니다. 물론 부모님은 언제나 막내를 감싸안았지만…… 어느 날, 윌리엄이 용돈을 더 달라며 어머니의 목을 졸랐습니다. 그제야 아버지는 결단을 내리셨죠. 그 아이를 정신 병원에 입원시키겠다고요. 그리고 바로 그날 밤, 잠들어 있던 아버지는 제 동생의 신발 끈에 목이 졸려 살해당했습니다."

군중이 일제히 숨을 들이켰다.

"그만해, 에드워드! 다 거짓말이야……, 끔찍한 거짓말!" 군중 속에서 아이리스가 목놓아 외쳤다. "윌리엄은 그런 짓 한 적 없어. 네 아버지가 어떤 사람이었는지, 이런 말도 안 되는 이야기들이 우리 가족에게 어떤 상처를 남겼는지 너도 잘 알잖아!"

"어머니, 어머니의 비밀 때문에 이 마을 아이 셋이 죽을 뻔했습니다." 에드워드가 냉정하게 받아쳤다.

사람들의 시선이 아이리스에게로 날카롭게 쏠렸다. 마큘라는 황급히 시어머니의 어깨를 감싸안고 아처스 애비뉴 쪽으로 데리고 나갔다.

에드워드는 다시 군중을 향해 목소리를 높였다.

"우리가 중간 지대를 만든 이유는 윌리엄을 치유하기 위해서였습니다. 그리고 그와 비슷한 질환에 시달리는 이들을 돕기 위해서였죠. 우리는 퍼펙트 주민들의 정신 상태를 검사했고, 불안정하다고 판단된 이들을 중간 지대로 보내 치유되게끔 했습니다. 중간 지대는 재활 시설이었습니다. 그곳 사람들에게는 일상의 스트레스에서 벗어나 회복할 시간을 주고, 퍼펙트 주민들에게는 가족 구성원의 질병으로 인한 즉각적 위험을 차단하는 공간이었죠. 우리는 사랑으로 중간 지대를 만들었습니다. 동생을 고치기 위해서였어요."

"위험? 우리가 누구한테 무슨 위험이 됐다는 거야?" 메릴 마르크스가 분개하며 외쳤다.

"자네 잘못이 아니야, 메릴. 자네의 불안정한 정신도 우리가 고치고자 한 많은 정신 중 하나였을 뿐이야." 에드워드는 엄숙하게 고개를 저었다.

"제가 조지와 함께 계획을 완수할 수만 있었다면, 이 마을은 번영했을 겁니다. 도난도 납치도 없었을 테고, 사람들이 이렇게 분노할 이유도 없었겠죠. 행복과 유대감이 거리마다 넘쳐 났을 겁니다. 퍼펙트였을 때처럼요."

"그럼 퍼펙트 주민들의 상상력은 왜 훔쳤는데?" 메릴이 다시 쏘아붙였다. "계획을 끝까지 밀어붙였다면 그 짓도 계속됐겠지? 아니면 모두가 그 식물 눈알로 세상을 보고 있었으려나?"

에드워드는 조금도 흔들리지 않았다. "우리는 상상력을 훔친 게 아닙니다. 정신 이상을 검사한 겁니다. 광기는 상상력에서 드러나니까요. 눈동자풀은 보안 장치로 개발됐습니다. 지금 사용되고 있는 것처럼요. 중간 지대 사람들을 자신으로부터, 퍼펙트 주민들을 중간 지대의 위험으로부터 지키기 위한 장치였죠. 그들이 치유되어 집으로 돌아올 준비가 될 때까지."

"퍼펙트를 돌려달라!" 누군가 외쳤다.

비슷한 외침이 거리 곳곳에서 터져나왔다. 바이올렛은 아빠의 손을 꽉 잡았다.

"아빠, 저 사람들 진심일 리 없죠?"

유진은 대답하지 않았다.

에드워드 아처는 두 손을 들어 군중을 진정시켰다.

"윌리엄의 잔혹한 본성은 그의 아들에게도 이어졌습니다. 아버지를 따라 타락한 소년이죠. 자, 말해라 보이."

에드워드 아처가 보이를 마이크 앞으로 떠밀었다. 바이올렛의 친구는 마이크와 군중을 번갈아 바라보았다.

"크게 말해라, 보이." 에드워드가 명령했다.

"큼…… 아빠가 시켰어요." 보이가 헛기침하며 마이크에서 재빨리 물러났다.

거리는 윌리엄을 향한 욕설과 야유로 들끓었다.

"아빠, 윌리엄 아저씨는 어디 있어요? 아직 못 찾은 거예요?" 바이올렛은 초조하게 주변을 살폈다.

유진 브라운은 에드워드에게서 눈을 떼지 않은 채 고개를 저었다.

"네가 왜 그런 짓들을 했는지 말해라, 보이. 사람들은 알 권리가 있어!" 에드워드가 다시 몰아붙였다.

"그러니까, 아빠가…… 강압했어요. 하지만…… 저도 억지로 한 건 아니에요."

바이올렛이 아빠의 소매를 잡아당겼다.

"'강압'이 무슨 뜻이에요?"

"윌리엄이 보이에게 강제로 시켰다는 말이지, 바이올렛. 그런데 정말 이상하구나."

바이올렛도 그렇게 느꼈다. 자신이 알던 보이, 단짝 친구였던 보이는 '강압' 같은 단어를 입에 올릴 아이가 아니었다.

'혹시 에드워드가 보이의 정신을 조종하고 있는 걸까? 퍼펙트 주민들을 통제했던 그가 또다시 같은 짓을 벌이고 있는 건 아닐까?'

보이는 점점 분노에 휩싸여 악을 썼다. "우리 아빠가 당신들 모두를 고통 받게 할 거야! 퍼펙트 아이들을 전부 납치할 거라고! 중간 지대 사람들은 자신들을 잊은 모든 사람에게 복수할 거야! 대가를 치르게 할 거야!"

"뭐라고?" 군중 속에서 중간 지대 출신이 외쳤다. "난 그런 일에 동의한 적 없어! 누구한테도 복수할 생각 따위 없다고!"

순식간에 거리 곳곳에서 몸싸움이 벌어졌다. 편이 갈라지기 시작했고, 몇몇 중간 지대 출신은 이 아수라장을 피해 집 안으로 몸을 숨겼다.

비는 이미 그쳤지만, 하늘은 타운의 분위기를 닮아 더욱 어두워졌다.

"이제 집에 가자." 로즈가 딸의 손을 덥석 잡았다.

"모두 진정하십시오!" 에드워드 아처가 호통쳤다. "제가 없는 동안 공포와 분노가 이 마을을 사로잡았군요. 하지만 제가 돌아왔으니 안정을 되찾을 겁니다. 오래전에 조지와 제가 구상했던 평화롭고 아름다운 마을을, 이제 다시 함께 만들 수 있습니다.”

머리 위로 먹구름이 우르릉거렸다. 사람들은 후드를 뒤집어쓰고 우산을 펼쳤다.

“오늘만큼은 숨지 마십시오!” 에드워드가 외쳤다. “비가 여러분의 걱정을 씻어 내고, 두려움을 거두어 주고, 새로운 미래를 가져다줄 겁니다.”

그 순간, 하늘이 터지듯 굵은 비가 쏟아졌다.

에드워드는 시청 차양 밖으로 걸어 나가 두 팔을 하늘로 벌렸다. 그는 순식간에 흠뻑 젖었다.

사람들도 하나둘 뒤따랐다. 후드를 벗고 우산을 접었다. 이윽고 거리 곳곳에서 웃음소리가 새어 나왔다. 마치 에드워드 아처가 타운 전체의 무거운 걱정을 가볍게 들어 올려 준 것처럼.

CHAPTER 20

날아오를 듯한 기분

바이올렛은 시청 차양 아래에서 그 광경을 지켜봤다. 에드워드 아처는 빗속에서 주위 사람들의 열렬한 환대를 한 몸에 받고 있었다. 고개를 돌리자 빈센트 크룩드가 보이를 붙잡는 모습이 눈에 들어왔다. 바이올렛은 아빠의 소매를 잡아당겨 그쪽을 보게 했다.

"시계탑에서 조지 아처를 풀어 주고, 대신 이 녀석을 그 자리에 가둬." 빈센트가 곁에 있던 남자에게 명령했다.

"잠깐만, 빈센트." 유진이 그 앞을 막아섰다. "자네가 조지를 풀어 줄 수는 없어. 그건 위원회가 결정할 일이야."

"나도 위원이야!"

"위원회 전체의 결정이어야 해, 빈센트. 아직 윌리엄은 실종 상태야. 그의 입장은 듣지도 못했잖아. 이런 결정을 독단적으로 내릴 순 없어."

"윌리엄의 입장이라고? 그 인간은 명백히 미쳤어. 에드워드가 한 말 못 들었어?"

"그럼 에드워드의 과거는? 그냥 덮어놓고 믿겠다는 거야, 빈센트? 윌리엄도 자기 이야기를 할 자격이 있어. 위원회를 소집해야 해. 성급한 결정을 내리기 전에 논의가 필요해."

"어쩌면 자네 위원 자격부터 박탈해야겠군. 자네 딸이 중간 지대 편을 들었지? 자네, 동조자야?"

유진이 벌겋게 달아오른 얼굴로 주먹을 꽉 쥐었다. 바이올렛은 그런 아빠의 모습이 낯설었다. 평소엔 좀처럼 화를 내지 않는 사람이었으니까.

"가자." 유진이 딸의 어깨를 단단히 붙잡았다. "집에 가자. 타운은 예전 같지 않아."

바이올렛은 비틀거리며 아빠를 따라 시청 차양을 벗어났다.

빗줄기가 거세서 몇 분 만에 흠뻑 젖었다. 짜증이 나야 하는데, 이상하게도 마음이 차분해졌다. 마음속 분노의 무게가 가벼워지며,

자기도 모르게 웃음이 나왔다.

조금 떨어진 곳에 엄마가 보였다. 가로등 기둥을 붙잡고 빙글빙글 돌고 있었다.

"바이올렛, 유진……, 인생이 정말 아름답지 않아?" 두 사람이 다가가자 로즈가 웃으며 외쳤다. "너무 황홀해! 내가 우리 가족을 얼마나 사랑하는지 말한 적 있나?"

엄마 말이 맞았다. 모든 게 정말 아름다웠다. 마음이 깃털처럼 가벼웠다. 걱정은 말끔히 사라지고 머릿속이 맑게 개었다, 아까까지 왜 그렇게 화가 났는지 이해할 수 없었다.

"나도 사랑해요, 엄마." 바이올렛이 웃으며 엄마의 허리를 끌어안았다.

"사랑하는 내 여자들." 아빠가 미소 지으며 끼어들었다. 아빠 역시 기분이 한결 나아진 듯했다.

부모님 사이에 꼭 끼인 채, 바이올렛은 거리를 둘러보았다. 모두 환히 웃고 있었다. 타운을 짓누르던 분노와 두려움이 언제 그랬냐는 듯 사라져 있었다.

기쁨이 비처럼 넘실대는 거리를 걸으며, 바이올렛은 문득 이런 생각이 들었다. '어쩌면 에드워드 아처의 귀환이 타운의 분위기를 되돌려 놓은 건 아닐까? 다시 그가 마을을 이끈다면 모든 게 나아질지도 모른다. 어쩌면 에드워드는 두 번째 기회를 받을 자격이 있을지도.'

"에드워드가 돌아온 게, 어쩌면 좋은 일일지도 모르겠어." 로즈가 마치 딸의 생각을 그대로 읽은 듯 말했다.

유진 브라운이 아내의 이마에 입을 맞췄다. "완전히 동의하진 않지만, 지금은 솔직히 아무렴 어떤가 싶어, 로즈. 인생은 멋지고……나는 세상에서 가장 운 좋은 사람이니까!"

바이올렛의 아빠가 휘파람을 불었다. 비가 잦아들 즈음 가족은 집 앞에 이르렀다.

그때 나무 사이로 매들린과 애나 넌이 모습을 드러냈다. 모녀의 노란 비옷은 오후의 회색빛 속에서 등대처럼 빛났다.

"갑자기 찾아와서 미안해." 매들린은 얼굴 가득 번지는 미소를 감추지 못했다. "나도 알아. 내가 지금 행복해 보인다는 거. 사실 어깨를 짓누르던 짐이 훌쩍 가벼워진 느낌이거든. 그게 정확히 뭐였는지도 잘 모르겠지만. 그런데 애나가 조금 걱정돼서. 아니, 사실은…… 걱정해야 하는데, 도무지 걱정이 되질 않아. 이상하지? 그래도 상의할 곳이라곤 여기밖에 떠오르지 않았어."

"잘 왔어, 매들린." 로즈가 미소 지었다. "이 멋진 저녁에 무슨 일이야?"

"알다시피 우리 애나는 중간 지대에 살던 아이였잖아. 하지만 정신적으로 아무 문제 없어. 에드워드가 한 말은 사실이 아니야. 아처 형제가 정말로 우리의 상상력을 검사해 광기를 판별했다면, 애나의 결과는 분명 다른 누군가의 것과 뒤바뀐 거야. 내 딸은 조금도 미치지 않았어."

"무슨 말인지 알아, 매들린. 일단 들어와." 유진이 미소 지으며 현관문을 열었다. "나도 에드워드의 이야기를 믿지 않아. 사실 조금 전까지만 해도 그 일로 엄청 화가 났는데, 집까지 걸어오다 보니 기분이 이상하게 좋아졌어. 마음이 깃털처럼 가볍달까. 윌리엄이나 중간 지대 사람들이 미쳤다는 말은 전혀 안 믿어. 나는 에드워드와 조지 밑에서 일했었잖아. 그들은 결코 좋은 사람들이 아니야. 그런데 나도 지금은 왜인지 도무지 걱정이 되질 않네."

"그런데 윌리엄의 그 분열된 영혼 증후군이라는 건 뭐야?" 로즈가 젖은 머리를 쥐어짜며 물었다.

"민간 설화일 뿐이야, 로즈. 완전히 헛소리지. 과학적인 근거는 전혀 없어. 난 남의 말만 듣고 사람을 판단하지 않아. 내가 아는 윌리엄 아처는 그런 사람이 아니야. 보이도 마찬가지고.”

“그럼 걱정해 봐야 소용없겠네.” 로즈가 웃으며 남편의 입술에 쪽 입 맞추더니 부엌으로 향했다. “난방부터 켜야겠어. 다들 흠뻑 젖었잖아.”

“도무지 이해가 안 돼.” 식탁에 앉은 매들린의 미소가 서서히 흐려졌다. “보이가 아이들을 납치하고, 에드워드 아처가 구해 냈다니…… 현실이 소설보다 더 기묘하네.”

“하지만 보이는 날 납치하지 않았어요.” 바이올렛이 말했다.

“정확히 무슨 일이 있었니?” 아빠가 물었다. “경황이 없어 자초지종을 듣지 못했구나.”

“묘지의 어떤 무덤에서 김이 흘러나오고 있었어요.” 바이올렛이 말했다. “보러 갔다가 웬 파이프를 따라 이상한 하얀 방으로 떨어졌어요. 거기서 안개가 만들어지고 있는 것 같았어요. 겨우 빠져나왔는데, 터널에서 포윅한테 들켰고…… 좀비 같은 아이사냥꾼한테 끌려가서 비어트리스랑 코너랑 같이 갇혔어요. 그리고…….”

따뜻한 부엌에서 몸을 말리기 시작하자 바이올렛의 들뜬 기분은 조금씩 가라앉았다.

“좀비라고? 괜찮니, 딸? 진입로에 쓰러진 널 발견한 뒤로 예전 같지 않아. 거기다 이번엔 납치까지 당했고…….” 로즈의 말투에 걱정이 살짝 묻어났다. 미소도 조금 희미해졌다.

“바이올렛은 진짜로 무덤 안으로 떨어졌고, 우린 진짜로 좀비랑 포윅 간호사를 봤어요! 나도 거기 있었어요. 엄마한테 이미 다 말했잖아요!” 애나가 발을 쿵 구르며 외쳤다.

모든 시선이 매들린에게로 쏠렸다.

“난 애나가 지어낸 얘기인 줄 알았어. 상상력이 워낙 풍부하니까.” 매들린이 멋쩍게 말했다.

“우린 보이를 도우려고 했어요.” 바이올렛이 말을 이었다. “무슨 일이 벌어지고 있는지 알아내려고, 보이를 따라 묘지까지 갔던 거예요.”

“도대체 언제쯤 철이 들 거니?” 로즈가 다시 짜증 섞인 목소리를 냈다. “퍼펙트 시절에 보이를 따라갔다가 얼마나 큰일을 겪었는지 잊었어? 지금 생각하니 과연 그럴 가치가 있었는지도 모르겠고.”

“무슨 말이에요, 엄마? 우리가 이 마을을 구했잖아요!”

“글쎄, 에드워드 말로는 구할 필요도 없었다잖아.”

“로즈, 그런 말이 어떻게 나와?” 유진이 얼굴을 와락 찌푸렸다. “당신도 아처 형제 계략의 희생자였잖아. 자기 딸을 잊어버린 것도 기억 안 나?”

“아니…… 그런 뜻은 아니었어. 나 왜 이러지? 기분이 오락가락해. 화가 났다가, 괜찮아졌다가, 또 화가 나고. 정말 갈피를 못 잡겠어, 유진!” 로즈가 두 손으로 얼굴을 감쌌다.

조금 전까지 화기애애하던 분위기가 순식간에 사라졌다.

“어떻게 퍼펙트에서 있었던 일을 그렇게 쉽게 잊을 수가 있어?” 유진이 언성을 높였다. “난 아직도 생생해. 아처 형제가 날 가둬 놓고 굶기다시피 하면서 눈동자풀 연구를 강요했지. 에드워드가 다시 뭔가를 꾸미고 있는 게 분명한데, 오늘 시청에 모인 사람들은 왜 그걸 못 보는 거지? 퍼펙트 지지자들은 전부 그의 말을 믿는 것처럼 보이더군.”

“그건 공평하지 않아, 유진.” 로즈가 반박했다. “당신은 퍼펙트 시절에도 정신이 온전했잖아. 우리 대부분은 아니었어! 상상력을 빼앗겼고, 기억도 또렷하지 않아. 어쩌면 사람들이 에드워드의 말을 쉽게 믿는 이유도, 아처 형제가 그때 정확히 무슨 짓을 했는지 아직 제대로 이해하지 못해서일 거야.”

로즈가 자기 손을 내려다봤다.

“아처 형제의 꼭두각시였던 그 시기를 지워 버릴 수 있다면 그러고 싶어. 내 가족을 잊어버렸다는 사실이 싫어. 아무 의심 없이 다 믿어 버린 것도, 그렇게 쉽게 속아 넘어간 것도 싫고. 차라리 누군가를 탓하면 편하겠지. 윌리엄과 중간 지대 사람들에게 책임을 돌리면 모든 게 설명되니까. 그러면…… 내 잘못이 아닌 것처럼 느낄 수 있으니까."

"엄마 잘못이 아니에요." 바이올렛이 조심스럽게 말했다. "아처 형제가 우릴 잊게 만든 거잖아요."

"나도 그래." 매들린이 로즈의 손을 잡으며 말했다. "지난 며칠은 정말 끔찍했어. 수치심이 한꺼번에 밀려왔고, 나 자신한테 너무 화가 났지. 그런데 오늘 시청에서 에드워드가 하는 말을 들으니까…… 믿고 싶어졌어. 마음이 너무 가볍더라고. 춤을 추고 싶을 만큼!"

유진이 모두를 둘러보았다. "하지만 바이올렛 말이 맞아. 퍼펙트에서 겪은 일은 당신의 잘못이 아니야, 로즈. 매들린도 마찬가지고. 아처 형제가 상상력을 훔쳐서 벌어진 일이야."

"그렇지만 중간 지대 사람들은 변하지 않았잖아, 유진. 그들은 우리와 달리 진실을 볼 수 있었어. 우리가 나약했던 거겠지." 로즈가 남편과 딸을 바라봤다. "두 사람이 나보다 강해."

"그렇지 않아요, 엄마." 바이올렛이 엄마를 끌어안았다. "나도 무섭고 화가 났어요. 처음 유령 주택 단지에 들어갔을 때처럼요. 그런데 오늘 에드워드의 말을 들으니까…… 다시 괜찮아졌어요.”

“나도요.” 애나가 매들린의 손을 잡으며 말했다.

“나도 요즘 계속 머리에 구름이 낀 것 같았어.” 유진이 고개를 저었다. “아까 에드워드가 말하기 전까지는. 정말 이상하네.”

“구름이요!” 번뜩 떠오르는 생각에 바이올렛이 벌떡 일어났다. “아빠, 구름을 이용해서 사람 기분을 끔찍하게 만들 수 있어요?”

“날씨 얘기니, 바이올렛? 흐린 날이 계속되면 기분에 영향을 줄 수는 있지. 특히 햇빛이 부족한 긴 겨울엔.”

“아니요, 그런 뜻이 아니에요, 아빠. 내 말은, 구름 안에 뭔가를 넣어서 기분이 나빠지게 만들 수 있느냐는 거예요.”

“무슨 말을 하려는지 잘 모르겠구나.”

“묘지에 있던 안개요. 그게 내 기분을 끔찍하게 만들었어요. 유령 주택 단지에서처럼요. 근데 좀전에는 묘지에 있을 때보다 백만 배는 더 심했어요. 그 안개가 하늘로 떠올라서 구름이 되고 있었어요. 하얀 방에서 나온 거예요, 아빠. 내가 떨어진 그 방 말이에요.”

“천천히, 바이올렛.” 유진이 식탁 너머로 몸을 기울였다. “그 하얀 방에 대해 전부 이야기해 보렴.”

바이올렛이 처음부터 다시 설명하기 시작했다.

증기가 뿜어져 나오던 파이프, 찬 공기가 쏟아지던 배기구, 연기가 모두 천장을 통해 빨려 나가기 전에 방 안으로 분사되던 가스, 그리고 그 너머의 창고와 갈색 상자들, 그 안에 가득 들어 있던 스프레이 캔까지.

"그 상자에 OA라고 적혀 있었……,"

바이올렛 말이 끝나기도 전에, 유진 브라운이 식탁에서 벌떡 일어났다.

그는 곧장 싱크대 아래에서 양동이를 꺼내 들고 밖으로 나갔다. 모두가 뒤따랐다. 유진은 자갈이 깔린 마당 한가운데 양동이를 내려놓았다.

"지금 뭐 하는 거야?" 로즈가 물었다.

"아직 보슬비가 내리잖아. 실험하기에 충분한 빗물을 얻을 수 있겠어."

과학자 유진 브라운이 되살아난 순간이었다. 그는 다시 집 안으로 뛰어 들어가 부엌 서랍에서 칼 하나를 집어 들고 나왔다.

"그거 우리 어머니가 물려준 좋은 칼이잖아!" 로즈가 소리쳤다.

"그러면 더 잘 들겠지." 아빠는 축축한 잔디밭에 무릎을 꿇었다.

유진은 잔디를 둥글게 도려내더니, 그 아래 깊숙이 박힌 진흙덩이를 떼어 냈다.

"마당을 왜 들쑤시는 거야!" 로즈가 투덜거렸다.

"어쩔 수 없어, 로즈. 이 진흙에 스며든 물이 양동이에 받은 빗물보다 훨씬 오래됐거든."

바이올렛은 아빠를 따라 서재로 들어갔다. 유진 브라운은 진흙덩이를 스테인리스 작업대 위에 올려놓고, 빳빳한 흰 실험복을 꺼내 입었다.

"바이올렛, 양동이 가져오렴." 아빠가 말했다. "이제 빗물이 충분히 모였을 거다. 네가 말한 그 하얀 방에서 벌어진 일, 그리고 오늘 에드워드의 연설 이후 우리 모두의 기분이 갑자기 바뀐 이유가 내가 짐작하는 게 맞는다면, 이 진흙과 저 양동이에 담긴 물에서는 서로 다른 화학 반응 수치가 나와야 해."

"어떤 수치요, 아빠?" 바이올렛이 물었다.

"질문은 조금만 참아!" 아빠는 주사기로 진흙에서 조심스럽게 물을 뽑아 내며 말했다.

바이올렛은 밖으로 달려나가 양동이를 들고 와 바닥에 내려놓았다. 브라운 박사는 이미 완전히 몰입해 있었다. 그는 채취한 물을 시험관에 나누어 담고, 장비를 옮겨 가며 샘플을 분석했다.

유진이 실험에 매달린 사이, 나머지는 부엌으로 돌아가 유니티를 마셨다. 바이올렛은 다시 걱정이 스멀스멀 올라와 팔뚝에 머리를 기댔다. 보라색과 금색 포장지에 찍힌 타운을 하나로라는 문구가 눈에 들어왔다. 지금의 타운은 전혀 하나로 느껴지지 않았다.

"역시나!" 마침내 유진이 문틈으로 얼굴을 내밀며 외쳤다. "네가 그 방을 설명하는 순간 알았어, 바이올렛. 정말 대단한 발견을 했구나. 아처 형제는 예전부터 사람들의 정신을 조종하는 걸 즐겼지. 이건 분명 에드워드 아처의 수법이야!"

"무슨 말이야?" 매들린이 자리에서 벌떡 일어났다. "대체 무슨 일이 벌어지고 있는 거야, 유진?"

"이리 와, 직접 보여 줄게." 아빠는 현관문을 열고 밖으로 나갔다. "하늘에 잔뜩 낀 저 멋진 구름들 보이지?"

"그렇게 멋지진 않는데요, 아빠." 바이올렛이 고개를 들고 말했다.

"맞장구 좀 쳐 줘, 딸." 아빠가 들뜬 목소리로 말했다.

"그래, 유진. 보여. 아주 잘 보여." 로즈는 인내심이 바닥난 기색이었다.

"우리 마을에 이런 날씨가 시작된 게 언제였는지 기억나는 사람?"

“며칠 전쯤이었던 것 같아.” 매들린도 조급하게 대답했다.

“그 무렵에 무슨 일이 있었지?” 유진이 집요하게 물었다.

“나 알아요, 나!” 애나가 팔을 번쩍 들며 외쳤다.

“그래, 애나?” 유진은 마치 선생님처럼 고개를 끄덕였다.

“아이들이 사라지기 시작했어요. 나도 납치당할까 봐 조금 무섭긴 했는데, 비가 많이 내리기 시작하니까 정말 정말 무섭고, 엄청나게 화도 났어요.”

“바로 그거야!” 유진이 외쳤다.

“바로 그거라니, 무슨 말이야, 유진? 수수께끼처럼 굴지 말고 말해!” 로즈가 참다못해 쏘아붙였다.

“애나 말대로야. 이 비가 모두를 두렵고 화나게 만들고 있어. 그리고 오늘은 심지어 행복하게도 만들었지!” 바이올렛의 아빠가 서재로 달려가며 대답했다.

모두 작업대 주위로 모였다. 유진은 실험 노트를 펼치고 자신의 발견을 차근차근 설명하기 시작했다.

CHAPTER 21

긴급회의

"구름의 생성 원리는 간단해." 유진이 설명했다. "바이올렛 말대로, 하얀 방 아래쪽 파이프에서 뜨거운 공기가 뿜어져 나오면 위로 올라가. 거기에 위쪽 배기구에서 차가운 공기가 쏟아지면, 뜨거운 공기가 식으면서 물로 변하려고 하지. 하지만 그전에 응결을 도와줄 무언가가 필요해. 그게 바로 다음에 분사되는 가스야. 그 과정에서 구름이 만들어지는 거지."

"그럼 에드워드 아처가 구름을 만들고 있다는 말이야?" 매들린이 노트를 내려다보며 말했다.

"그래, 매들린. 누군지 단정할 수 없지만, 에드워드 아처의 냄새가 진하게 나. 난 그 쌍둥이의 사고방식을 잘 알거든."

"그래도 그게 우리 기분이랑 무슨 상관이 있지? 구름이 어떻게 사람 마음을 바꿀 수 있어?" 매들린이 다시 물었다.

"그럼 구름이 우리를 무섭게 만드는 거예요?" 애나가 물었다.

"문제는 구름에서 내린 비란다, 애나. 구름 속 화학 물질은 비에 섞여 피부와 옷, 흙과 물, 심지어 우리가 먹는 음식에까지 스며들지. 그렇게 흡수된 물질은 사람의 인식을 바꿀 수 있어. 몇 년 전 학술지에서 비슷한 실험을 읽은 적이 있어." 유진이 흥분해서 말했다. "연구자들은 다양한 유독 가스를 이용해 정신을 조종했어. 혼합물에 따라 공포, 광기, 행복까지도 만들어 냈지. 내가 땅속에서 채취한 물에서는 OA 가스가 검출됐어. 정식 명칭은 옥사이드 아드레나토닌. 사람에게 공포와 분노를 유발하는 착란 물질이야. 그리고 양동이에 담긴 최근 빗물에서는 니트로스 옥시토신이 나왔어. 이건 사람을 편안하고 행복하게 만드는, 도취와 이완 효과가 있는 물질이지."

"그런데 왜 아처 형제가 우리를 화나게 만들려는 거죠?" 바이올렛이 물었다.

"그것도 또 하나의 통제 수단이야, 바이올렛. 그 쌍둥이는 끊임없이 우리의 정신을 조종하려 해. 사람에게 공포를 심으면 분노가 싹 트지. 그 공포의 원인을 지정해 줌으로써 분노의 방향까지 조종할 수 있어. 그렇게 사람들을 통제하는 거야."

"분할 통치." 매들린이 교과서를 읽듯 말했다. "권력을 얻거나 유지하려고 쓰는 고전적인 수법이지. 철학 수업에서 배운 기억이 나. 이렇게 쓰일 줄은 몰랐지만."

"부날 통치가 뭐예요?" 애나가 물었다.

매들린이 미소 지었다. "사람들을 서로 갈라놓고 조종한다는 뜻이야, 애나. 에드워드가 우리의 분노와 공포를 이용해 우리끼리 싸우게 만들고 있어. 중간 지대 출신과 퍼펙트 출신을 서로 적으로 돌리는 거지. 그렇게 갈라놓으면 타운을 다시 손에 넣을 수 있으니까."

"그런데 왜 아까는 우리를 행복하게 만들었어요?" 바이올렛이 물었다.

"에드워드는 아주 영리한 인간이야." 아빠가 대답했다. "이 모든 건 치밀하게 연출된 계획이지. 난 도난과 납치 사건도 그가 조작했다고 봐. 타운에 공포를 키우기 위해서였겠지. 거기다 비를 더해 분노와 두려움을 극대화한 다음, 사라진 아이들을 구출한 영웅처럼 돌아온 거야. 윌리엄과 중간 지대 사람들을 공개적으로 비난하며,

모두에게 분노할 대상을 만들어 줬고. 그러다 니트로스 옥시토신이 섞인 비가 내리면서 우리는 다시 행복하고 편안해졌지. 마치 에드워드가 돌아온 덕분인 것처럼. 비가 내린 횟수를 거꾸로 세어 봤는데, 일정한 주기로 반복되는 것 같아. 대략 두어 시간 간격이야. 에드워드는 마지막 비가 내리기 직전에 돌아왔지."

"그런데…… 다시 화가 나려고 해요, 브라운 박사님." 애나가 속삭이듯 말했다. "지금은 비도 안 맞고 있는데요."

"그럴 거야, 애나. 우리는 며칠 동안 OA 가스에 노출됐어. 몸속에 꽤 스며들었을 거야. 완전히 빠져나가려면 한동안 비를 피해야겠지. 행복 가스의 효과는 훨씬 짧아. 에드워드는 이번 한 번만 썼을 게 분명해. 우리가 비를 직접 맞을 때 특히 강하게 느끼도록 말이야."

그때, 문을 쿵쿵 두드리는 소리가 울렸다.

"누구세요?" 로즈가 현관으로 달려가며 외쳤다.

"나야!" 문 너머에서 메릴 마르크스의 목소리가 들려왔다.

로즈가 문을 열자 장난감 제작자가 급히 안으로 뛰어들었다.

"조지를 풀어 준대! 대신 보이를 시계탑에 가두고!" 그는 타운을 가로질러 달려온 듯 숨을 헐떡였다. "다음에는 왓처들까지 풀어 준다는 소문이 돌아!"

"빈센트한테 그럴 수 없다고 말했는데!" 유진이 외투를 움켜쥐며 분노했다. "그건 위원회가 결정할 문제야."

"크룩드가 멋대로 명령을 내렸어." 메릴이 말을 이었다. "막으려 해도 소용없었어. 거기 있던 사람들이 전부 환호하더라니까. 큰일이야. 왓처들까지 풀어 주면 우린 끝장이야. 크룩드가 당장 위원회 긴급회의를 소집했어. 왜 자기가 대장이라도 된 것처럼 구는지! 아무튼, 그래서 자네하고 매들린을 데리러 온 거야."

"크룩드는 얼간이야. 그런 식으로 얼렁뚱땅 넘어갈 순 없어." 바이올렛의 아빠가 문을 향해 성큼성큼 걸어갔다.

"안 돼, 유진! 일단 상황을 지켜보자. 에드워드는 위험한 인간이야." 로즈가 고개를 저었다. "날이 어두워지고 있잖아. 아침까지만 기다리면 안 될까?"

"그 사이에 타운을 장악하게 두자는 거야? 우리가 필사적으로 싸워 되찾은 걸 도로 빼앗길 수는 없어, 로즈."

"조금만 더 생각해 보자는 거야. 계획을 세울 시간이 필요하잖아."

"위원회 회의야, 로즈. 아처 형제는 거기 없을 거야. 설령 있다 해도 사람들 앞에서 대놓고 뭘 시도하진 않겠지. 적어도 당분간은 좋은 인상을 유지하려 들 거야. 신뢰를 다시 쌓아야 하니까.”

매들린 넌이 돌아서서 딸의 이마에 입을 맞췄다. “여기 있어, 애나. 금방 돌아올게.”

“엄마, 나도 가고 싶어…….”

“안 되는 건 안 되는 거야, 애나.” 매들린이 단호하게 말하며 문을 나섰다. “곧 데리러 올게. 약속해.”

“만약 함정이면 어떡해요?” 바이올렛이 다급하게 물었다.

퍼펙트에서 갑자기 아빠가 사라졌던 일이 떠올랐다. 아처 형제가 엄마에게 긴급 안경사 회의가 있다고 거짓말 한 직후였다.

“바이올렛.” 유진이 몸을 숙여 딸과 눈을 맞췄다. “우린 에드워드가 어떤 인간인지 알아. 다시는 그의 속임수에 넘어가지 않을 거야. 약속해.” 유진은 돌아서서 로즈의 이마에 입을 맞췄다.

“우리가 돌아오지 않으면 아이리스와 마큘라를 찾아가. 두 사람은 윌리엄의 행방을 알겠지. 그리고…… 감정에 휩쓸리지 않도록 주의해.”

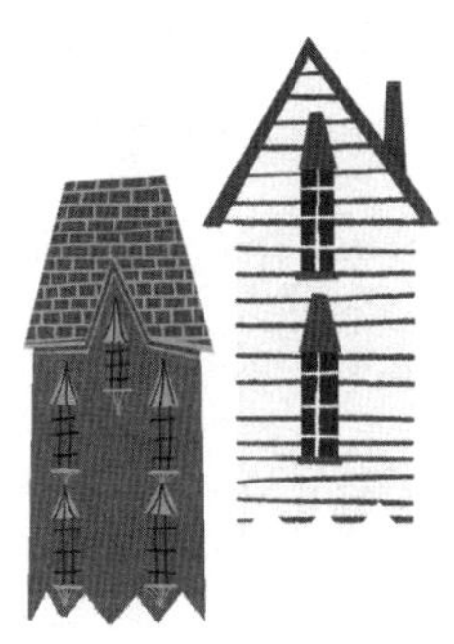

CHAPTER 22

조지,
풀려나다

"네 아빠는 괜찮을 거야, 바이올렛." 로즈가 더듬거리며 현관문을 닫았다.

엄마 목소리에 걱정이 묻어났다. 바이올렛 역시 불안했다. '이럴 때 보이가 곁에 있었다면 무엇을 해야 할지 말해 줬을 텐데.' 하지만 지금 보이는 또 다른 걱정거리였다.

엄마가 부엌으로 다시 사라지자 바이올렛이 애나를 한구석으로 데려갔다.

"나, 따라가야 해. 아빠랑 다른 사람들이 위험할지도 몰라."

"그럼 나도 갈래." 애나가 눈을 부릅뜨고 말했다.

"안 돼. 넌 우리 엄마를 바쁘게 만들어야 해. 빵 만드는 법 가르쳐 달라고 해. 퍼펙트 이후로 베이킹에 푹 빠져 있거든. 아빠도 툭하면 엄마가 엉뚱한 상상력을 되찾았다고 농담해. 엄마가 날 찾으면, 내가 너무 피곤하고 화가 나서 방문 걸어 잠그고 잔다고 말해 줘."

"왜 나만 남아 있어야 해?" 애나가 투덜거렸다.

"가끔은 하고 싶지 않은 일도 해야 해, 애나. 누군가를 위해서." 바이올렛은 처음 퍼펙트로 이사 왔을 때 엄마가 해 줬던 말을 떠올리며 대답했다. 애나가 얼굴을 찌푸리고 다시 항의하려 하자, 바이올렛은 돌아서서 계단을 뛰어 올라갔다. 설득할 여유가 없었다. 방에 들어가 문을 잠그고 창가로 달려가 아래쪽 창을 들어 올렸다.

보이가 마당에 나타났던 밤처럼, 최대한 소리를 죽인 채 지붕 기와 위로 몸을 옮겼다. 다친 발목이 욱신거렸지만 애써 통증을 무시했다. 처마 위로 뻗은 나뭇가지까지 조심조심 기어가 줄기를 붙잡고 내려왔다. 두 발이 잔디에 닿자 그제야 참았던 숨이 터졌다.

어느새 어둠이 내려앉아 부엌 창문을 지나치는 일은 어렵지 않았다. 바이올렛은 자전거를 끌고 진입로를 빠져나와 에드워드 스트리트를 향해 페달을 밟았다.

시청에 가까워질수록 거리는 몰려든 사람들로 북적이고 있었다.

쌍둥이를 지지한다는 문구가 적힌 팻말을 든 사람도 여럿 보였다.

바이올렛은 자전거에서 내려 브레인에 기대 세운 뒤, 사람들 사이를 헤치며 시청 계단으로 향했다.

마침 조지 아처가 오래된 건물 출입문을 박차고 나와, 기둥이 떠받치는 석조 차양 아래 섰다. 쌍둥이가 나란히 선 모습은 오랜만에 봐도 기묘했다. 한 명은 키 크고 깡마른데 다른 하나는 키 작고 펑퍼짐했다.

사방에서 쏟아지는 박수갈채에 바이올렛은 몸서리쳤다.

"제 형제를 이렇게 너그럽게 맞아 주셔서 감사합니다, 훌륭하신 신사 숙녀 여러분." 에드워드가 미소 지었다. "조지의 소감을 한번 들어 보시죠."

키 큰 쌍둥이가 마이크 쪽으로 몸을 숙였다. 군중이 숨을 죽였다.

"할 말 없습니다만." 조지가 퉁명스럽게 말했다.

바이올렛이 기억하기로도 조지는 말수가 적었다. 그는 쌍둥이 중에 더 무서운 쪽이었다. 적어도 에드워드는 친절한 척이라도 했다.

"고된 옥살이가 목소리를 앗아 간 모양이군요." 에드워드가 재빨리 끼어들었다. "하지만 조지가 이 자비로운 석방에 대해 진심 어린 감사를 전해 달라고 했습니다. 부당하게 감금되었으나 원한은 없다면서요.”

“원한은 좀 있는데.” 조지가 으르렁거리자 에드워드가 황급히 마이크를 낚아챘다.

“부당하게 감금되었던 건 그가 아니라 중간 지대 사람들이야!” 어디선가 한 여자가 외쳤다.

바이올렛이 누군지 보려고 시선을 돌렸지만, 곧 작은 무리가 그 여자를 둘러싸고 거칠게 군중 밖으로 몰아냈다.

타운은 분열되고 있었다. 이대로라면 머지않아 아처 형제가 다시 권력을 움켜쥘 터였다.

빈센트 크룩드가 마이크를 잡았다. 마치 이 모든 상황의 책임자인 양, 그는 조지를 지지하러 나와 준 이들에게 감사를 표하고 군중을 해산시켰다.

바이올렛은 목을 길게 빼고 두리번거렸다. 마침 시청 안으로 들어가는 아빠의 모습이 보였다. 메릴과 매들린이 뒤따르고 있었다.

계단을 살금살금 올라 돌바닥을 가로질러 문으로 다가갔다. 주위를 한 번 훑어본 뒤, 안으로 미끄러지듯 몸을 들였다.

안쪽에는 외풍을 막기 위한 두꺼운 붉은 벨벳 커튼이 드리워져 있었다. 몸을 숨기기에 완벽한 장소였다. 바이올렛은 그 뒤에 숨어 아빠와 매들린, 메릴이 나선형 계단을 따라 위원회실로 올라가는 모습을 지켜보았다. 잠시 후 빈센트 크룩드가 들어와 그들을 뒤따랐다.

주변이 완전히 잠잠해지자, 바이올렛은 재빨리 계단을 뛰어올라 방청석으로 숨어들었다. 위원회실을 내려다볼 수 있는 작은 공간이었다. 주민들이 회의를 방청할 수 있도록 마련된 자리로, 회의가 밤 늦도록 길어지면 바이올렛이 잠들곤 하던 곳이었다.

자리를 잡자마자, 빈센트 크룩드가 나무 연단 위로 올라섰다.

"왜 자네뿐이야?" 유진이 물었다. "다른 위원들이 이렇게 늦는 법은 없잖아."

위원회 구성원은 열 명이었다. 하지만 이 자리에 있는 사람은 빈센트, 유진, 메릴, 매들린뿐이었다.

크룩드가 입을 여는 순간, 위원회실의 양쪽 문이 벌컥 열렸다.

"아, 잘됐네. 다 모였군!" 에드워드 아처가 나무 바닥을 성큼성큼 가로질러 들어오며 웃었다. 뒤에서 조지가 느릿느릿한 걸음으로 따라왔다.

"여긴 타운 위원회실이야!" 메릴이 벌떡 일어나 외쳤다. "외부인은 들어올 수 없어!"

"닥쳐." 조지가 받아쳤다. "여긴 우리 마을이니까, 이 회의도 우리 거야."

"여긴 이제 당신들 마을이 아니야, 조지." 유진이 맞받았다. "주민들이 함께 운영하는 마을이지."

"그런데 당신이 우리를 불렀잖아, 유진." 에드워드는 웃음을 거두지 않았다.

"난 그런 적 없어." 유진은 당황한 얼굴로 고개를 저었다.

"아니, 분명히 불렀어." 에드워드가 말을 이었다. "윌리엄 문제를 논의하자면서. 그런데 갑자기 우리에게 달려들어 완전히 이유 없는 폭력을 행사했어. 메릴과 매들린도 가세했고. 윌리엄까지 나타나 거들었지. 빈센트가 말리려 했지만 소용없었어. 당신들이 너무 난폭했으니까."

"우리가 뭘 어쨌다고?" 매들린도 벌떡 일어나 물었다.

"이렇게." 조지가 나무 의자를 집어 들어 자기 어깨에 내리쳤다.

바이올렛의 심장이 쿵 내려앉았다. '조지 아처가 왜 방금 자기 자신을 때린 거지?'

"무슨 미친 짓이야?" 메릴이 외쳤다. 그 사이 에드워드는 자기 셔츠 깃을 움켜쥐고 확 찢었다.

조지와 에드워드 아처가 스스로를 두들겨 패는 동안, 유진과 매들린, 메릴은 입을 벌린 채 그대로 얼어붙어 있었다.

"물론 목격자인 빈센트는 이 일을 언론에 제보해야겠지." 에드워드가 미소 지었다. 왼쪽 눈이 부어오르고 멍이 퍼지고 있었다. "기사가 어떻게 나갈까요, 크룩드 씨?"

"글쎄요, 대략 이런 식이겠죠. '윌리엄 아처와 그 일당이 퍼펙트 주민들에게 복수하려는 마지막 발악으로 시청을 습격해 보이를 풀어 주고 왓처들을 해방시켜 타운을 완전히 장악하려 했다. 에드워드와 조지는 이를 용감하게 저지했고, 그 과정에서 약간의 부상을 입었다.' 로버트 블롯이라면 훨씬 그럴듯하게 써 주겠죠." 빈센트가 미소 지었다.

"아무도 그런 황당한 소릴 믿지 않을 거야, 에드워드." 유진이 쏘아붙였다. "왓처들은 너희가 부리던 깡패들이잖아. 왜 윌리엄이나 우리가 그들을 풀어 주려 하겠어?"

"사람들은 들은 대로 믿게 마련이야, 유진. 예나 지금이나." 에드워드가 말했다. "방법만 알면 정신을 주무르는 건 아주 쉬운 일이거든. 벌써 수군거림이 들리는 것 같군. '요즘 중간 지대에서 온 그 미치광이들이 말썽을 일으킨대. 침입에 도난, 납치까지…… 앞으로 더

한 일도 벌이지 않겠어? 명백히 정신이 나간 인간들인데? 그들만 없으면 거리가 훨씬 안전해질 텐데. 다시 중간 지대로 처넣어야 해.' 곧 그렇게들 외치겠지. 그러면 우린 금세 퍼펙트를 되찾을 거야."

"재판은?" 조지가 물었다.

"아, 그렇지, 깜빡했군." 에드워드가 가볍게 웃었다. "요즘 타운에서는 민주주의가 유행이라더군." 그가 손가락으로 가리켰다. "윌리엄과 당신들 셋. 이 범죄에 대해 공개 재판을 받게 될 거야. 분노한 군중은 피를 보고 싶어 하겠지."

"윌리엄은 어디 있어? 그에게 무슨 짓을 한 거야?" 메릴이 물었다.

"인내를 좀 배우게, 장난감 만드는 양반." 에드워드가 느긋하게 말했다. "퍼펙트를 그냥 퍼펙트 하게 두었다면 이런 곤경에 처하진 않았을 텐데."

"그랬다면 우린 당신이 만든 중간 지대에서 쥐처럼 살고 있었겠지, 아처!" 메릴이 소리쳤다.

"곧 쥐들이 부러워질 거야, 메릴 마르크스." 조지가 침을 뱉듯이 말했다.

그때 밖에서 웅성거리는 소리가 들려왔다. 조지가 방을 가로질러 창가로 다가갔다. 바로 그 순간, 유진이 부러진 의자 다리를 집어

들어 에드워드에게 휘둘렀다. 둔탁한 소리와 함께 의자 다리가 그의 배를 정통으로 때렸다.

"뛰어!" 유진이 외치며 메릴과 매들린을 잡아끌고 문을 박찼다. 세 사람은 나선형 계단 아래로 내달렸다.

바이올렛이 방청석을 가로질러 그들을 따라가려는 순간, 매들린의 날카로운 비명이 울려 퍼졌다.

"유진!" 매들린의 외침은 거대한 쾅 소리에 묻혔다.

바이올렛은 헐레벌떡 뒤로 물러나 몸을 숨겼다. 회색 카펫을 움켜쥔 채, 어떻게든 숨을 쉬려 애썼다.

다시 계단을 오르는 발소리가 들려왔다. 곧 위원회실 문이 벌컥 열렸다. 바이올렛이 앞으로 기어가 억지로 아래를 내려다봤다.

에드워드와 조지는 연단 옆에 서 있었다. 땅딸막한 쪽은 미소 짓고 키 큰 쪽은 찡그린 채였다. 그들 뒤에는 빈센트 크룩드가 창백한 얼굴로 서 있었다.

매들린과 메릴은 막 계단에서 끌려 올라온 듯, 문 바로 안쪽에 있었다. 애나의 엄마 매들린은 오른쪽에 서 있는 커다란 형체를 피해 주춤주춤 물러났다.

바이올렛은 숨이 턱 막혔다.

쌍둥이 곁에 아이사냥꾼이 서 있었다. 의식 잃은 아빠와 윌리엄 아처를 양 어깨에 걸쳐 멘 채로.

CHAPTER 23

투옥

"본보기 삼도록 해, 메릴, 매들린. 동료들처럼 의식을 잃고 싶지 않다면 도망칠 생각은 하지 마." 에드워드가 으르렁거렸다. "자, 휴고를 소개하지. 애정 어린 별명으로는, 아이사냥꾼."

바이올렛은 그제야 아빠 말이 옳았음을 확신했다. 납치도, 구출도 모두 에드워드가 꾸민 일이었다. 모든 게 연출이었다.

"이, 이건…… 괴물이잖아." 매들린이 말을 더듬었다.

"겉모습만 보고 판단하지는 마. 몇 년쯤 죽어 있으면 당신은 어떤 꼴일지 한번 생각해 봐, 매들린. 좀비 치고는 상태가 아주 훌륭하지 않아?"

"좀비라고?" 매들린은 끔찍하다는 듯 고개를 홱 돌렸다.

"윌리엄한테 무슨 짓을 한 거야?" 메릴이 친구 쪽으로 다가가며 끼어들었다.

"물러서!" 조지가 쏘아붙였다.

"우리 동생이랑 휴고가 즐거운 시간을 좀 보냈지." 에드워드가 웃었다. "휴고, 시계탑으로 데려가."

아이사냥꾼이 으르렁거리며 위원회실 문으로 터벅터벅 걸어갔다. 여전히 유진과 윌리엄을 양 어깨에 짊어진 채였다.

"너희도 따라가." 에드워드는 매들린과 메릴을 그쪽으로 거칠게 떠밀었다.

바이올렛은 숨을 죽이고 귀를 기울였다. 보이가 갇힌 시계탑을 향해 나선형 계단을 따라 발소리가 점점 멀어져갔다.

조지는 창밖을 응시하고 있었다. 그동안 내내 조용히 있던 빈센트 크룩드가 벽을 따라 살금살금 출구로 향했다. 몹시 초조해 보였다. 출구에 거의 다다랐을 때, 문이 벌컥 열렸다. 에드워드가 다시 방 안으로 들어왔다. 그 뒤에는 아이사냥꾼이 서 있었다.

"도망칠 생각이었나, 크룩드? 이제 와서 겁이 난 건 아니겠지? 이 토록 깊이 발 담그고서." 땅딸막한 아처가 음산하게 웃었다.

"아, 아니요. 물론 아닙니다. 전 그냥 정리를 좀 하려고……." 빈센트는 더듬거리며 바닥에 떨어진 의자 다리를 집어 들었다.

"그건 놔둬. 블롯의 신문 1면에 실릴 사진엔 폭행의 증거가 필요하니까."

빈센트 크룩드는 의자 다리를 바닥에 덜그럭 떨구었다. 이마에는 식은땀이 번들거렸다. 그때 문이 다시 열리자 그는 화들짝 놀랐다. 보이가 안으로 들어왔다.

바이올렛은 숨을 들이켰다.

"시계탑은 문제없지? 문은 확실히 잠가 두었고?" 에드워드가 물었다.

"네, 전부 정리됐어요." 보이가 고개를 끄덕였다.

바이올렛의 머리가 빙빙 돌았다. '보이가 정말로 아처 형제의 부하였다니! 하지만 왜?'

어쩌면 자신의 추측대로 보이가 어떻게든 조종당하고 있는 걸지도 몰랐다. 에드워드는 사람의 정신을 주무르는 것이 아주 쉬운 일이라고 했다. 아무래도 아처 형제가 보이의 정신을 조종하고 있는 게 틀림없었다. 그렇지 않고서야 보이가 자기 아빠와 타운을 배신할 리 없었다.

"흠…… 저는 이제 가도 될까요?" 빈센트 크룩드가 더듬거리며 문 쪽으로 한 발짝 더 다가섰다.

"서두르지 말게, 친구. 이제 다음에 무엇을 해야 하는지는 알고 있겠지?"

코너의 아빠는 얼굴을 붉히며 고개를 끄덕였다. "로버트 블롯에게 말해서, 내일 신문에 실리게 해야죠."

"아주 훌륭해, 빈센트." 에드워드가 미소 지었다. "그런데 좀 긴장한 것 같군. 무슨 걱정이라도 있나?"

코너의 아빠는 잠시 머뭇거렸다. "그게…… 보수는 언제쯤……."

"욕심쟁이로군, 크룩드 씨. 자기 아들과 마을을 팔아넘길 만큼." 에드워드가 웃었다. "돈은 일이 끝나면 지급하지. 이제 가서 로버트 블롯을 데려와. 윌리엄과 그 일당이 여기서 무슨 짓을 저질렀는지 전하고, 사진도 잔뜩 찍게 해. 우리는 안경점에 있을 테니, 거기 와서 우리의 부상 상태도 찍으라고 하지."

빈센트는 시뻘게진 얼굴로 고개를 끄덕이곤 문밖으로 허겁지겁 나갔다.

"지켜보고 있을 거야!" 조지가 소리쳤다. 크룩드의 발소리가 나선형 계단을 탁탁 내려가 돌바닥 너머로 멀어졌다.

바이올렛은 카펫에 이마를 대고 엎드린 채 생각을 정리했다.

빈센트 크룩드는 처음부터 아처 형제의 계획을 알고 있었다. 그는 돈을 대가로 아들과 마을이 이용당하도록 내버려 뒀다. 도난, 납치, 날씨, 구조극까지 모두 윌리엄과 타운을 무너뜨리고 퍼펙트를 되찾기 위한 아처 형제의 치밀한 각본이었다.

유일하게 아귀가 맞지 않는 퍼즐 조각은 보이였다. 하지만 지금은 그걸 따질 시간이 없었다. 에드워드와 조지를 막아야 했다.

머리가 지끈거렸다. 바이올렛은 팔꿈치로 몸을 지탱하며 다시 고개를 들었다.

"이거 입어." 에드워드가 검은 후드 재킷을 보이에게 던졌다. "휴고를 아웃스커츠로 데려가서 충전시키고, 계획대로 진행됐다고 전해."

보이가 고개를 끄덕였다.

"그리고 이것도 잊지 마." 에드워드가 작고 빨간 원반 모양 물체를 보이에게 던졌다. 자석처럼 보였다. "당분간은 이동하면서 눈동자풀들을 계속 먹통으로 만들어야 해. 브레인이 네 신호를 포착하면 곤란하니까. 휴고를 처리하고 나면 곧장 안경점으로 와. 거기서 우리와 함께 있다가, 재판 전날 밤에 몰래 시청으로 이동할 거야.

조심해. 이제부터는 누구에게도 들키면 안 돼. 너는 시계탑에 갇혀 있어야 할 몸이니까.”

보이가 들키지 않고 눈동자풀을 훔칠 수 있던 이유였다. 윌리엄의 추측대로 신호를 방해하고 있었던 것이다. 자석으로. 그리고 아웃스커츠. 바이올렛은 기억을 더듬었다. 묘지에서 포윅이 휴고를 아웃스커츠로 데려가라고 보이에게 말했었다.

“그럼 안경점도 다시 우리 것이 되는 건가?” 조지가 입꼬리를 비틀며 말했다.

“당장 오늘 밤 우리 집으로 돌아갈 수 있어, 조지. 윌리엄과 유진 브라운은 감옥에 있고, 내일 신문이 나오면 누구도 우리가 빼앗긴 재산을 되찾는 걸 문제 삼지 못할 거야.”

“그리고 왓처들도 모두 풀어 줄 수 있지.” 조지가 이번엔 환하게 웃었다.

“안타깝지만 아직은 안 돼, 지금 왓처들을 풀면 사람들이 들고일어날 거야. 아직 타운을 제압할 만큼 우리 수가 많지 않아. 먼저 신뢰를 되찾고, 그다음에 천천히 장악해야지. 윌리엄을 먼저 끝장내고, 그다음 중간 지대 놈들을 처리할 거야. 전부 다 가둬 버리면 이 마을은 다시 우리 놀이터가 되는 거지. 예전처럼.”

“윌리엄은 어떻게 할 건데요?” 보이가 물었다.

“그걸 왜 신경 쓰지?” 조지가 으르렁거렸다.

“아니요, 그냥 궁금해서요.” 보이는 살짝 주눅 든 목소리로 대답했다.

“우리가 겪은 고통의 대가를 치르게 할 거야. 우리 모두의 고통에 대한 대가를.” 에드워드는 전등 스위치를 눌렀다. 위원회실은 순식간에 암흑에 잠겼다.

“좋아요.” 보이가 말했다.

바이올렛은 속이 뒤집힐 것 같았다.

CHAPTER 24

흰 눈의 소년

바이올렛은 아처 형제, 보이, 아이사냥꾼이 계단을 내려가 건물 밖으로 나갈 때까지 기다렸다. 그제야 방청석 은신처에서 조심스레 나와 시계탑으로 이어지는 계단을 뛰어 올라갔다.

"아빠?" 바이올렛은 애타는 마음으로 불렀다.

"바이올렛이니?"

"네! 아빠. 괜찮아요?"

"여기서 뭐 하는 거야? 어서 가, 아가. 들키기 전에!"

"아빠를 여기서 꺼내 줘야죠!"

"그냥 가렴, 바이올렛. 여기서 붙잡히면 정말 큰일이야. 엄마한테 가서 상황을 전하고.”

“애나를 챙겨 줘. 안전한지 확인해 줘.” 매들린이 끼어들었다.

“윌리엄 아저씨는 괜찮아요?” 바이올렛이 물었다.

“응, 그냥 머리를 좀 다친 모양이야.”

“아빠 말이 맞았어요. 다 조작이었어요. 도난도 납치도, 전부요. 보이도 아처 형제와 한패예요. 이해가 안 되지만…….”

“알아, 얘야. 하지만 지금은 문제를 풀 때가 아니야. 어서 여기서 나가.”

아래층 정문 쪽에서 덜그럭거리는 소리가 났다. 바이올렛의 심장이 빠르게 쿵쾅거렸다. ‘빈센트 크룩드가 벌써 돌아온 건가?’

“어서 가, 바이올렛.” 메릴이 속삭였다. “여기서 우리랑 같이 갇히면 아무 소용 없어. 나가서 도움을 구해. 아이리스랑 마큘라에게 말해. 사람들이 진실을 알 수 있게.”

“하지만 로버트 블롯이 아처 형제가 꾸며 낸 이야기를 쓸 거예요. 사람들은 그들의 거짓말을 믿을 거예요!”

“모두가 믿진 않을 거야, 바이올렛. 그냥 어서 가서 도움을 구하렴.” 아빠가 재촉했다.

다시 덜그럭거리는 소리가 났다. 바이올렛이 난간 너머로 아래층을 내려다봤다. 공포가 온몸을 사로잡았다.

"아빠." 바이올렛이 속삭였다.

"응?"

"정말 많이 사랑해요."

"나도, 우리 딸. 네가 아는 것보다 훨씬 많이. 이제 가……!"

바이올렛은 감방 문에 손을 얹고, 마음속으로나마 아빠를 꼭 끌어안았다. 그리고 몸을 돌려 재빨리 나선형 계단을 뛰어 내려갔다.

정문의 손잡이가 다시 덜그럭거렸다.

"소리 좀 죽여. 중간 지대에 살 때 이 정도쯤은 훨씬 잘했잖아." 문 너머에서 누군가 속삭였다.

바이올렛은 그 목소리를 알아차렸다.

"쉿, 집중 좀 하자!" 누군가가 날카롭게 대꾸했다.

이번에도 익숙한 목소리였다.

화려한 장식의 손잡이가 천천히 돌아가더니, 문이 안쪽으로 열렸다. 틈 사이로 조심스럽게 두 얼굴이 나타났다.

"여기서 뭐 하는 거야?" 바이올렛이 숨죽여 물었다.

"바이올렛!" 애나가 놀라 주춤거리며 외쳤다.

"우린 널 찾고 있었어." 애나 옆에는 보육원에서 보이의 친구였던 잭이 서 있었다. 잭은 바이올렛을 스쳐 지나 계단 위쪽을 살폈다.

"무슨 일 있었어?"

"지금 당장 나가야 해." 바이올렛이 다급히 말했다. "코너의 아빠가 곧 로버트 블롯 씨를 데리고 돌아올 거야. 신문에 실을 사진을 찍으러. 들키면 끝이야."

"사진을 왜 찍는데?" 애나가 물었다.

"설명은 나중에 듣자, 애나. 바이올렛이 지금 당장 나가야 한대." 잭이 애나의 팔을 잡아끌고 먼저 건물 밖으로 달려나갔다.

바이올렛은 잠시 멈춰 아빠와 사람들이 갇힌 나선형 계단 위쪽을 올려다봤다. 그러고는 둘을 따라 시청 차양을 벗어나 돌계단을 내려갔다.

거리는 고요했고, 다시 비가 내리고 있었다.

잭은 애나를 찻집 출입구 안쪽으로 끌어당겼고, 바이올렛도 그들 뒤로 몸을 숨겼다. 막 숨을 고르는데, 시청 반대편에서 목소리들이 들려왔다.

애나가 깊숙한 문간 뒤에서 살짝 밖을 내다봤다.

"빈센트 크룩드 씨랑 신문 기자야." 애나가 속삭이며 재빨리 몸을 숨겼다.

"절대 들키면 안 돼." 바이올렛이 다급히 말했다. "코너의 아빠는 아처 형제와 한패야. 타운이 큰 위험에 빠졌어."

"우리 엄마는 어디 있어?" 애나가 불안한 목소리로 물었다.

"매들린 아줌마는 괜찮아." 바이올렛은 잠시 생각을 가다듬었다. "그런데 애나, 넌 어떻게 여기까지 온 거야?"

"언니 따라 몰래 나왔어." 애나는 시선을 피하며 말했다. "언니가 시청으로 들어가는 걸 보고 따라가려 했는데 문이 잠겨 있었어. 그래서 기다렸는데, 안에서 끔찍한 소리가 들리는 거야. 무서워서 잭을 찾아갔어. 잭이라면 문을 딸 수 있다는 거 알았거든. 다시 이곳에 도착했을 때 아처 형제랑 아이사냥꾼이 막 떠나고 있었어. 그런데 보이는 왜 그들이랑 같이 있는 거야?"

"애나, 지금쯤 우리 엄마가 엄청 걱정하고 있을 거야." 바이올렛은 일부러 보이 이야기를 피했다.

"아니야, 내가 피곤해서 자고 싶다고 했더니 손님방에 들여보냈어. 어른들은 틈만 나면 우릴 재우려고 하잖아. 그래서 바로 창문으로 빠져나왔지. 생각보다 쉽던데? 우리 집 몰래 나올 때보다 훨씬."

"타운이 큰 위험에 빠졌다는 건 무슨 뜻이야?" 잭이 물었다.

"아처 형제가 다시 권력을 잡으려고 하고 있어. 우리 아빠랑 메릴 아저씨, 매들린 아줌마, 그리고 윌리엄 아저씨를 시계탑에 가둬 버렸어."

바이올렛은 이어서 그날 하루 동안 벌어진 모든 일을 빠짐없이 들려주었다. 쌍둥이가 날씨를 이용해 사람들의 감정을 조종하고 있다는 설명을 듣고 잭은 조금 안도한 기색이었다.

"어쩐지 요즘 계속 끔찍한 기분이었어." 잭이 고개를 저었다. "아처 형제가 그렇게 만들었다는 거지?"

바이올렛은 고개를 끄덕였다. 위원회 긴급회의가 함정이었고, 아처 형제가 스스로를 폭행하며 자작극을 벌였다는 사실까지 모두 말했다.

"그러니까, 진짜로 자기 몸을 두들겨 팼다는 거야?" 잭이 믿기지 않는다는 듯이 물었다.

"응. 진짜 소름 끼쳤어." 바이올렛이 말했다. "윌리엄 아저씨랑 우리 아빠, 중간 지대 사람들이 그들을 공격하고 타운을 장악하려 했다고 꾸미려는 거야."

"하지만 타운을 차지하려는 건 그들이잖아!" 애나가 씩씩거렸다.

"맞아, 애나. 그래서 우리가 막아야 해." 바이올렛이 말했다. "그들은 퍼펙트를 되돌리고, 우리 모두를 다시 중간 지대에 가두려는 거야."

"그럴 수는 없어." 애나는 몸을 떨었다. "난 우리 가족이랑 또 떨어지기 싫어. 다시 보육원으로 돌아가기 싫다고!"

"사람들이 그렇게 쉽게 속지는 않을 거야, 애나." 잭이 애나를 달랬다.

"이미 속고 있어, 잭." 바이올렛이 말했다. "아처 형제는 우리 감정을 조종해서 우리에게 불리하게 이용하고 있어. 타운이 더 이상 안전하지 않다고 모두 믿게 만들었잖아. 이제 보이까지 쌍둥이를 돕고 있으니, 사람들은 윌리엄에 대한 거짓말도 다 믿게 될 거야."

"보이가 그들을 도울 리 없어." 잭의 목소리에 분노가 섞였다.

"내가 직접 봤어. 보이는 정말로 그들 편에 있어. 하지만…… 어쩌면 아처 형제가 보이의 마음도 조종하고 있는 걸지도 몰라." 바이올렛은 문득 포윅이 떠올라서 주머니에서 사진을 꺼냈다.

"이 사람도 분명 연루되어 있어." 바이올렛이 사진을 가리켰다. "보이랑 함께 있는 걸 직접 봤어. 그리고 아이사냥꾼에게 나를 감방에 넣으라고 지시한 것도 바로 이 사람이야. 잭, 혹시 이 여자 기억나?"

바이올렛은 사진을 건네며 잭의 표정을 유심히 살폈다.

“보육원 직원이었나 봐. 사진 뒤에 은퇴 기념일이라고 적혀 있으니까.” 바이올렛이 말을 이었다. “그 아래는 보이가 쓴 것 같아. 보이의 글씨체야. 그런데 무슨 뜻인지는 모르겠어. ‘내가 둘?’이라니.”

잭의 얼굴이 서서히 창백해졌다. 마치 유령을 본 사람처럼.

“왜 그래?” 바이올렛이 숨죽여 물었다.

“보이가 왜 이렇게 썼는지 알 것 같아.” 잭이 나직하게 말했다.

잭은 떨리는 손으로 사진을 다시 바이올렛에게 건넸다.

“무섭잖아.” 애나가 잭의 소매를 잡아당겼다.

“사진을 다시 봐. 아주 자세히.” 잭이 말했다.

바이올렛은 다시 사진을 들여다봤지만 무엇을 보라는 건지 알 수 없었다.

“혹시 네가 찍힌 거야?” 바이올렛이 물었다.

“아니.” 잭은 고개를 저으며 사진 한 귀퉁이를 가리켰다. “이 중에 아는 얼굴 있어?”

잭이 가리킨 곳에는 한 소년과 소녀가 바짝 붙어 표정 없이 정면을 응시하고 있었다. 그리고 그들 뒤, 거의 눈에 띄지 않게, 또 다른 작은 아이가 숨어 있었다.

바이올렛은 소녀의 등에 업혀 고개를 빼꼼 내민 아이를 유심히 바라보았다. 그리고 시선을 옮겨, 포윅의 품에 안긴 아이를 다시 보았다.

"보이 말이 맞아." 잭이 숨죽여 속삭였다. "둘이야."

CHAPTER 25

마큘라의 비밀

"무슨 말인지 모르겠어." 바이올렛이 사진 속 똑같이 생긴 두 아이를 번갈아 보며 말했다.

"보이는 쌍둥이였어!" 애나가 흥분해서 외쳤다.

"쌍둥이?" 바이올렛은 고개를 저었다. "보이는 나한테 그런 말 한 적 없는데…… 잭, 혹시 알고 있었어?"

"아니." 잭은 사진에서 눈을 떼지 않고 대답했다. "형제 이야기를 하는 걸 들어 본 적도 없고, 만난 적도 없어. 어쩌면 보이도 몰랐을 수도 있어. 내가 부모님하고 떨어져 보육원에 온 게 일곱 살 때였는데, 그때 보이는 이미 그곳에서 오륙 년을 보냈거든. 어쩌면 내가 가기 전에 형제가 떠났을지도 몰라."

"사진 뒷면에 은퇴 기념일이라고 적혀 있잖아. 그리고 묘지에서도 포윅이 보이를 키웠다는 말을 했어. 아니, 아마도 보이의 형제를. 그럼 포윅이 보육원을 떠나면서 그 아이를 데려간 거 아닐까?"
바이올렛은 생각을 따라가며 중얼거렸다.

바이올렛은 다시 사진을 들여다봤다. 두 아이는 똑같이 생겼다. 그런데, 묘하게…….

"보이의 쌍둥이는 눈동자가 하얘!" 애나가 바이올렛의 생각을 읽은 듯 외쳤다.

틀린 말은 아니었지만, 바이올렛이라면 그 눈을 하얗다고 표현하지는 않을 것 같았다. 보이의 형제는 얼음처럼 푸른 눈을 지니고 있었다. 거의 검은색에 가까운 보이의 눈과는 분명한 대조였다.

그들의 아버지, 윌리엄 아처는 서로 다른 색 눈동자를 지니고 있었다. 바이올렛은 왓처들을 피해 그의 집에 숨어들었을 때 처음 마주한 눈빛을 기억하고 있었다. 한쪽은 검은색에 가깝게 짙었고, 다른 한쪽은 겨울 아침처럼 시리도록 푸르렀다. 지금은 익숙해졌지만, 처음엔 시선을 떼기 힘들 만큼 인상적이었다.

얼마 전 시청 계단 연설에서 에드워드 아처도 그 눈을 언급했다.

그는 윌리엄을 분열된 영혼이라 부르며, 그 기묘한 눈빛을 광기의 증거처럼 내세웠다.

바이올렛은 늘 보이의 눈이 유난히 검다고 생각해 왔다. 그런데 이제 보이와 똑같은 얼굴을 한 얼음빛 눈을 마주하자 등골이 서늘해졌다. 마치 윌리엄 아처가 둘로 쪼개진 것처럼 느껴졌다.

한 기억이 번개처럼 스쳤다.

첫 폭우가 쏟아지던 밤, 보이가 바이올렛의 집 앞마당에 나타났을 때였다. 그때 눈동자 가장자리에서 연푸른빛을 본 적 있었다. 또 에드워드가 구조극을 연출하기 직전, 감방 철창 너머로 보이가 고개를 내밀었을 때도 눈가에 같은 빛이 스쳤다.

묘지에서 포윅은 보이에게 화를 내며, 누군가 보기 전에 무언가를 다시 끼우라고 명령했다. 그러자 보이는 한동안 자기 눈을 만지작거렸다.

바이올렛은 문득 몇 년 전 핼러윈이 떠올랐다. 엄마는 초록 바지에 빨간 블라우스를 입고 빨간 스카프를 머리에 둘둘 감아 자기 이름처럼 장미로 분장했었다. 꽃잎처럼 붉은색 콘택트렌즈까지 끼고서.

사진 속 쌍둥이는 눈만 빼면 똑같이 생겼다. 아마 지금도 마찬가지일 것이다. 보이의 형제가 검은 콘택트렌즈를 끼고 있다면 누구도 차이를 알아차리지 못할 것이다. 타운 사람 모두가 보이라고 믿을 것이다.

바이올렛의 심장이 터질 듯이 뛰었다.

'최근에 만났던 보이는 정말로 보이가 아니라 보이의 형제였던 걸까?' 그렇다면 보이가 갑자기 이상하게 굴고, 평소에 쓰지 않던 어려운 말을 늘어놓던 이유도 설명이 됐다. 결국 눈동자풀과 루시의 자전거를 훔친 것도, 유령 주택 단지에서 코너와 어울렸던 것도 보이가 아니었던 것이다.

애나가 만났던 보이, 즉 이제껏 결백을 주장하고 보육원 계단 아래 비밀 공간에 숨어 지내다가 형제와 함께 찍힌 사진을 남기고 떠난 보이야말로 진짜 보이였다. '그렇다면 지금 보이는 어디에 있는 걸까?'

바이올렛은 사진 뒷면을 다시 바라보았다.

'내가 둘?'

어쩌면 잭의 말이 옳을지도 모른다. 보이조차 쌍둥이 형제의 존재를 몰랐을지도.

죄책감이 밀려왔다. 줄곧 보이가 거짓말을 한다고 화를 냈다. 더는 친구가 아니라고까지 생각했다. 하지만 좋은 친구가 아니었던 건 바이올렛 자신이었다. 진실을 말하던 보이를 믿어 주지 않았다.

"그럼 아처 형제를 돕는 건 보이가 아니라, 보이의 쌍둥이 형제란 말이야?" 애나가 눈을 반짝이며 물었다.

"그런 것 같아." 바이올렛은 달아오른 얼굴로 답했다. "한동안 보이인 척해 온 거지."

"난 처음부터 보이를 믿었어." 애나가 말했다.

바이올렛은 애나와 잭에게 모든 걸 설명했다. 한밤중 집 앞마당에서, 지하 터널 감방에서 보았던 보이의 눈, 그리고 묘지에서 포윅을 만났을 때 보이가 보였던 행동까지.

"마음이 너무 안 좋아." 바이올렛이 중얼거렸다.

"왜?" 잭이 바이올렛을 똑바로 바라보며 물었다. "이건 좋은 소식이잖아. 보이는 나쁜 애가 아니라는 뜻이니까."

"하지만 난 보이가 나한테 거짓말하는 줄 알고 화가 났었어." 바이올렛이 털어놓았다.

"우리 모두 화가 나 있었잖아." 애나가 바이올렛을 꼭 안았다. "아처 형제가 그렇게 만든 거야. 언니 잘못 아니야."

"그래도 난 비가 오기 전부터 보이를 믿지 못했어. 너무 혼란스러웠어. 그때 보이가 어떤 기분이었을지 상상도 안 돼."

"보이가 쌍둥이였을 줄 네가 어떻게 알았겠어?" 잭이 단호하게 말했다.

잭 말이 맞았다. 알 수 있을 리 없었다. 하지만 적어도 한 사람은 알고 있었다.

바이올렛은 피가 끓어오르는 걸 느꼈다.

"마큘라 아줌마는 알았겠지." 바이올렛이 이를 악물고 말했다. "왜 진실을 말하지 않았을까? 지금 모두가 보이를 나쁜 애라고 믿고 있는데, 마큘라 아줌마라면 바로잡을 수 있었잖아."

"보이가 요즘 마큘라 아줌마가 좀 이상하다고 했었는데." 잭은 고개를 갸웃했다. "말 못 할 사정이 있었는지도 몰라."

"응, 나한테도 그렇게 말했어." 바이올렛이 조용히 답했다.

잠시 셋 사이에 침묵이 흘렀다.

"그럼 그냥 마큘라 아줌마한테 직접 물어보자." 애나가 말했다. "왜 쌍둥이 얘기를 아무한테도 안 했는지. 어쩌면 보이가 지금 어디 있는지 알지도 몰라. 우리 엄마가 그랬어. 어떤 사람에 대해 뭔가 알고 싶으면 직접 물어보라고. 퍼펙트 시절에 엄마는 남들 얘기를 그대로 믿었대. 사실인지 아닌지 확인하지도 않고. 다시는 그러지 않을 거래. 그건 나쁜 일이니까."

잭은 미소를 지으며 애나의 머리를 쓰다듬었다.

"애나 말이 맞아. 마큘라 아줌마한테 직접 물어봐야 해. 보이를 찾으면 아처 형제가 사기꾼이라는 걸 증명할 수 있어. 아줌마라면 보이가 어디 있는지 알 수도 있고, 아니면 적어도 쌍둥이 얘기를 해 줄 거야."

"하지만 마큘라 아줌마가 그 애의 존재를 숨기고 싶어 하면 어떡해?" 바이올렛이 초조하게 물었다. "보이한테조차 형제가 있다는 말을 안 했다면, 아무한테도 말하지 않았을 수도 있어."

"어쨌든 비밀은 이미 드러났잖아." 잭이 어깨를 으쓱했다.

"하긴…… 맞아." 바이올렛은 고개를 끄덕이며 찻집 출입구에서 나섰다.

"어디 가려고?" 애나가 걱정 어린 눈으로 물었다.

"마큘라 아줌마를 만나러."

애나는 들뜬 얼굴로 폴짝 뛰었고, 셋은 은신처를 벗어났다. 현명한 선택인지는 확신할 수 없었지만, 지금 가장 중요한 건 보이를 찾는 일이었다. 그리고 마큘라는 그들을 도울 수 있는 유일한 사람이었다.

비가 내리는 타운은 유난히 조용했다. 세 사람은 포가튼 로드를 지나 장터를 가로질러 위켐 테라스로 접어들었다.

잭은 깊게 숨을 들이마신 뒤, 떨리는 손으로 위켐 테라스 135번지의 문을 두드렸다.

비는 여전히 사람들의 감정에 영향을 미치고 있는 듯했지만, 새로운 진실로 무장한 세 아이는 크게 휘둘리지 않고 감정을 다스릴 수 있었다.

바이올렛과 애나는 잭 옆에 붙어 섰다.

유령 주택 단지에서 처음 만났을 때부터, 바이올렛은 줄곧 마큘라를 동경해 왔다.

보이의 엄마는 무척 아름다웠다. 바이올렛이 이제껏 만나 본 사람 중에서도 손에 꼽을 만큼. 한때 허리 아래까지 흘러내리던 검은 머리칼은 이제 어깨 길이였고, 여름 풀잎 같은 녹색 눈동자는 창백하고 투명한 피부와 대조되어 선명하게 빛났다. 사람들은 마큘라를 볼 때마다 감탄하곤 했다. 바이올렛의 아빠도 마큘라가 말을 시작하면 방 안의 공기가 달라진다고 했다.

마큘라는 똑똑하기도 했다. 항상 당당하고 똑 부러지게 말했는데, 비어트리스처럼 잘난 척하는 느낌은 없었다. 언젠가 보이가 이렇게 말했다. 엄마는 지금까지 본 것들을 전부 기억한다고. 과학자인 아빠조차 다 외우지 못한 주기율표의 모든 원소 이름을 술술 읊는다고.

마큘라는 화가이기도 했다. 유령 주택 단지에서 살던 방 벽에 걸려 있던 그림들은 모두 마큘라의 작품이었다. 자유를 담은 듯 생동감 넘치는 그림들. 마치 캔버스 너머로 새로운 세상이 펼쳐지는 것 같았다.

문이 삐걱 열리며 마큘라가 얼굴을 내밀자, 바이올렛은 퍼뜩 현실로 돌아왔다.

"너희 셋이 이 밤중에 웬일이니?" 마큘라는 한 걸음 물러서며 아이들을 안으로 들였다.

보이의 집에는 따로 현관 복도가 없어서 아이들은 곧장 따뜻한 부엌으로 들어섰다. 커다란 크림색 난로가 공간을 훈훈하게 데우고 있었다.

"그게……." 잭이 안으로 들어서며 어색한 표정으로 바이올렛을 힐끗 봤다.

"어, 이야기 좀 할 수 있을까 해서요." 바이올렛이 대신 말했다.

보이의 집은 바이올렛이 처음 왔을 때와는 완전히 달라져 있었다. 윌리엄이 혼자 살던 그때는 집 안 곳곳이 먼지 쌓인 물건들로 가득했었다.

마큘라는 색을 사랑했다. 모든 문과 방이 서로 다른 색으로 칠해져 있었다. 보이의 방은 노란 벽에 주황색 문이었고, 지금 그들이 있는 부엌은 보라색 벽에 연두색 문이었다.

"무슨 이야기를 하러 온 거니?" 마큘라는 호기심 어린 눈으로 세 아이를 바라보았다.

바이올렛은 적절한 말을 찾으려 머릿속을 뒤졌다. 아빠는 항상 말하기 전에 생각하라고 했다.

"보이한테 쌍둥이 형제가 있나요?" 애나가 불쑥 내뱉었다.

바이올렛은 재빨리 애나의 입을 손으로 막았다.

마큘라는 뺨이 붉어지며 시선을 바닥으로 떨궜다. 바이올렛의 심장이 빠르게 뛰었다.

"그걸 물으러 온 거니?" 잠시 후 마큘라가 말했다. 목소리는 놀라울 만큼 차분했다.

애나가 고개를 끄덕였다.

바이올렛은 머리가 핑핑 도는 것 같았다. 생각의 갈피를 잡을 수 없었다.

"너희 둘은 왜 아무 말이 없니?" 마큘라가 나무 식탁에 몸을 기대며 말했다.

“아, 그게…… 저희는 그런 식으로 물으려던 게 아니었어요.” 바이올렛이 더듬거렸다.

“하지만 물으려던 건 맞지?”

바이올렛이 고개를 끄덕였다.

“너희 모두 앉는 게 좋겠구나.” 마큘라가 한숨을 쉬었다.

CHAPTER 26

우려하는 시민

모두 식탁에 앉았다. 마큘라 옆에는 애나가, 맞은편에는 잭과 바이올렛이 앉았다. 마큘라는 한동안 입을 열지 않았다. 보이가 걱정했던 것처럼, 그늘지고 연약해 보였다.

"보이의 쌍둥이에 대해 어떻게 알게 됐는지 말해 줄래?" 마큘라가 말했다.

바이올렛은 잭과 눈빛을 나눈 뒤, 주머니에서 사진을 꺼내 마큘라에게 건넸다.

"보육원에서 이걸 찾았어요. 보이가 두고 간 것 같아요. 한동안 계단 아래 벽장에 숨어 있었나 봐요."

"우리 비밀 장소예요." 애나가 끼어들었다.

"애나, 그 비밀 장소에서 보이를 마지막으로 본 게 언제였니?" 마큘라가 다급히 물었다. "지금 어디 있는지 아니?"

"아니요." 잭이 고개를 저었다. "그래서 찾아온 거예요. 아줌마라면 알고 계실까 해서요."

마큘라는 사진을 내려다보며 엄지로 쓰다듬었다.

"아니." 마큘라는 한숨을 내쉬었다. "나도 줄곧 찾고 있었어. 지금까지는 허사였지."

사진을 바라보던 마큘라의 차분한 목소리가 마침내 평정을 잃고 흔들렸다.

"내 아들. 이 나이 때 사진은 거의 본 적이 없어. 그 애 인생의 너무 많은 부분을 놓쳐 버렸구나."

"보이의 형제도 여기 있어요." 애나가 사진 위로 몸을 기울여 가리켰다. "그래서 우리가 쌍둥이라는 걸 알게 된 거예요."

"오." 마큘라는 입을 가린 채 짧게 숨을 들이켰다. "왜 내가 이 아이들을 지켜 주지 못했을까. 나 때문에 둘 다 얼마나 힘들었을까."

"아니에요." 바이올렛이 말했다. "보이는 아줌마를 정말 사랑해요. 우리 엄마도 그랬어요. 자식을 지키기 위해 떠나보내는 건 엄청난 용기가 필요하대요. 엄마가 할 수 있는 가장 힘든 선택이라고요."

마큘라의 뺨을 따라 눈물이 흘러내렸다.

"고마워." 마큘라가 숨을 고르며 바이올렛의 손을 꼭 잡았다. "칭찬 받을 자격은 없어. 아이들을 지키고 싶었지만, 내 뜻대로 되진 않았거든. 특히 톰이 고통받았지."

"톰이요?" 바이올렛이 물었다. "그 애 이름이에요?"

마큘라는 고개를 끄덕였다.

"왜 톰 이야기를 아무한테도 안 했어요?" 애나가 직설적으로 물었다.

바이올렛이 애나에게 날카로운 눈빛을 보냈다.

"괜찮다, 바이올렛." 마큘라가 말했다. "애나, 나도 말하고 싶었어. 하지만 보이를 다시 처음 만났을 때, 나는 충격이 커서 제정신이 아니었어. 그날 밤은 모든 일이 너무 빠르게 벌어졌지. 보이가 형제 얘기를 꺼내지 않길래 내심 그 아이에게 무슨 일이 생겼을지도 모른다고 짐작했어. 윌리엄과 단둘이 있게 되자마자 얘기했고, 그때부터 우리는 톰을 찾아왔어."

마큘라는 잠시 숨을 고르고 말을 이었다. "보이에게 말하지 못한 건, 그 애가 톰에 대해 단 한마디도 하지 않았기 때문이야. 그게 너무 걱정됐어. 그래서 뭐라도 알아낼 때까지 기다리고 싶었지. 그러던 중 프리실라 포윅이라는 여자한테서 편지를 받았어. 내 다른 아들을 데리고 있다고. 윌리엄과 상의 끝에, 톰을 찾기 전까지는 보이에게 아무 말도 하지 않기로 했어. 보이가 너무 큰 충격을 받을 것 같았거든. 최대한 평소처럼 대하려고 했지만…… 실은 톰을 찾는 일에 온 정신이 팔려 있었지. 그리고 이제는 두 아들을 모두 찾아야만 해."

"프리실라 포윅!" 바이올렛이 불쑥 고개를 내밀며 사진 속 여자를 가리켰다. "이 사람이 포윅이에요. 그 애를 데려간 여자, 맞죠?"

보이의 엄마는 다시 사진을 내려다봤다. 뺨이 붉게 달아올랐다.

"직접 만난 적은 없어. 이 여자가 프리실라 포윅이란 거지?"

"네, 같은 사람인 것 같아요." 바이올렛이 말했다. "보육원에서 일했던 간호사예요. 저는 묘지에서 이 여자가 톰과 함께 있는 걸 봤어요. 그땐 그 애가 보이인 줄 알았지만요. 톰을 자기가 키웠다는 식으로 말하더라고요."

"그렇다면 이 모든 일에 이 여자가 얽혀 있다는 거네? 바이올렛, 직접 만난 적도 있니?" 마큘라가 떨리는 목소리로 물었다.

"네. 지하 터널에서요. 이 여자가 아이사냥꾼을 시켜 저를 지하 감옥에 가두게 했어요."

마큘라의 얼굴에 혼란이 깃들었다. 바이올렛은 처음부터 차근차근 설명하기 시작했다. 보이가 나쁜 짓을 저지른다고 의심했던 일, 보이를 따라 묘지에 갔다가 파이프를 통해 하얀 방에 떨어진 일, 간호사에게 붙잡혀 코너와 비어트리스가 갇힌 감방에 던져진 일, 그리고 보이라고 믿었던 톰이 에드워드와 함께 가짜 구조극을 벌인 일까지.

"에드워드가 이 모든 일의 배후라는 거지?" 마큘라의 뺨이 다시 붉게 달아올랐다. "역시 그럴 줄 알았어. 그러고도 남을 인간이니까. 그가 늘어놓은 거짓말들…… 윌리엄에 대한 그 끔찍한 말들……. 생각만 해도 속이 뒤집혀. 그런데도 타운 주민들은 그 인간을 믿지."

"에드워드가 믿게 만드는 거예요." 애나가 당차게 말했다. "구름을 부려서."

"구름?"

마큘라가 얼떨떨한 표정을 지었다.

바이올렛은 남은 이야기를 모두 털어놓았다. 날씨에 얽힌 비밀부터 조금 전 시청에서 벌어진 일까지.

"윌리엄도 잡혀 있다는 거지? 짐작은 했어. 그이가 우릴 두고 도망칠 리 없으니까." 마큘라의 목소리에 분노가 서렸다. "그 형제는 왜 끝까지 우리 가족을 파괴하려 드는 거지? 이번엔 잠자코 넘어가지 않을 거야."

마큘라는 자리에서 일어나 이리저리 서성였다. 남편의 버릇과 꼭 닮은 모습이었다. 보이도 그랬다. 생각이 막힐 때 걸어 다니면 아이디어가 떠오른다며. 바이올렛은 애써 보이를 떠올리지 않으려 했다. 부엌에 어색한 침묵이 내려앉았다.

이윽고 보이의 엄마는 다시 자리에 앉아 이마를 찌푸렸다.

"난 톰이 나쁜 아이라고 생각 안 해. 그럴 리 없어. 피는 못 속이는 법이잖아. 바이올렛, 너 그 애와 직접 이야기를 나눠 봤니? 내 생각엔 그 여자가 톰에게 억지로 나쁜 일을 시키는 것 같아. 그 여자가 톰을 사랑한다고 느꼈니? 자기 자식처럼 대해 주고 있었니?"

"그게……." 바이올렛은 뭐라고 답해야 할지 몰랐다. "사랑한다는 느낌은 없었어요."

"내가 보기엔 별로 좋아하지도 않는 것 같았어요." 애나가 야무지게 덧붙였다.

"만약 톰이 잘 지내고 있다면, 비록 친부모가 아니더라도 톰을 사

267

랑해 주는 가족이 있다면, 나는 그걸로 괜찮았을 거야. 나는 그 아이들이 행복하기만을 바랐으니까.”

마큘라의 눈가에 눈물이 맺혔다.

“하지만 그 아이의 행동은…… 행복한 아이의 행동이 아니야. 사랑받고 자란 아이의 모습도 아니고. 그 여자를 다시 만나기만 하면…… 내가…… 내가…….”

마큘라 다시 자리에서 일어나 부엌을 이리저리 서성였다.

“톰과 직접 얘기하고 싶어. 우리가 진짜 가족이고, 마음 깊이 사랑한다고 말해 주고 싶어. 어쩌면 그 아이도 우리를 도와줄 수 있을지 몰라. 지금 톰이 아처 형제와 함께 안경점에 있다고 했지?”

“지금 거기 가면 안 될 것 같아요.” 바이올렛이 다급히 말했다. “우리가 진실을 알고 있다는 걸 아처 형제에게 들키면 안 돼요. 그리고 톰은 믿을 수 없어요.”

마큘라는 말없이 자신의 두 손을 내려다보았다.

“톰이 아줌마 아들이라는 건 알아요.” 바이올렛은 혹시라도 상처를 주었을까 봐 조심스럽게 말을 이었다. “그리고 저도, 톰이 나쁜 아이는 아니라고 생각해요. 적어도 진짜로는요…….” 바이올렛은 잠시 망설이다가 덧붙였다. “톰은 지시받은 대로라면 저를 납치했어야 했는데 그러지 않았어요. 그래서 간호사한테 꾸지람을 들었고요. 묘지에서는 저랑 애나가 숨어 있는 걸 보고도 모른 척했어요. 바로 고자질할 수 있었는데도요. 그리고…… 톰은 새도 데리고 다녀요. 반려동물처럼요. 저는 동물을 아끼는 사람이 완전히 나쁜 사람일 수는 없다고 생각해요.”

“고마워, 바이올렛.” 마큘라는 희미하게 미소 지었다. “그렇게 말해 주니 위로가 되는구나. 아마 네가 맞을 거야. 현재로서는 톰을 믿을 수 없겠지.”

“포윅에게서 받은 편지를 볼 수 있을까요?”

바이올렛은 조금 용기를 내어 물었다. “그 안에 도움이 될 만한 단서가 있을지도 몰라요. 우리가 알기로는 포윅이 아처 형제와 한 패니까, 그 여자를 찾으면 보이도 찾을 수 있을 거예요.”

보이의 엄마는 잠시 망설이다가 옅은 하늘색 찬장으로 걸어갔다. 서랍을 열어 갈색 끈으로 묶인 편지 묶음을 꺼낸 뒤, 다시 자리에 앉아 매듭을 풀었다.

식탁 위에 편지 한 장이 떨어지며 펼쳐졌다. 호기심에 이끌린 바이올렛은 목을 빼고 글을 읽어 내려갔다.

내 마음속 소년들에게,

어젯밤에도 너희 꿈을 꾸었어. 둘 다 참 행복해 보이더라. 너희가 보는 세상을 나도 볼 수 있다면 얼마나 좋을까. 둘 다 튼튼하고 건강하기를 진심으로 바라…….

"함부로 읽지 마, 바이올렛!" 애나가 꾸짖듯이 말했다. "남의 편지 잖아."

바이올렛은 얼굴이 화끈 달아올라, 편지를 다시 반으로 접었다.

"괜찮아, 애나." 마큘라는 미소 지었다. "바이올렛은 처음 보는 게 아닌걸."

"편지마다 '내 마음속 소년들에게'로 시작하는 게 좀 이상하다고 생각했어요." 바이올렛이 기억을 더듬으며 말했다. "예전 방에 쌓여 있었잖아요. 아직 한 통 남아 있더라고요. 코너를 수색할 때 발견했 어요."

"그래? 떠나면서 떨어뜨렸나 보다." 마큘라가 답했다. "수천 통을 썼거든. 전부 나의 쌍둥이 아들들에게."

"전 윌리엄이랑 보이에게 쓴 줄 알았어요." 바이올렛이 말했다.

"윌리엄은 여기에 간직하고 있었지." 보이의 엄마는 유령 주택 단지에서 처음 만났을 때처럼, 초록색 보석이 박힌 아름다운 금목걸이를 엄지로 쓰다듬었다. 윌리엄이 오래전에 선물한 목걸이였다. 바이올렛은 한때 그 목걸이의 주인을 만났다는 말 한마디로 윌리엄을 다시 퍼펙트에 맞서 싸우도록 설득할 수 있었다.

"찾았다!" 마큘라가 말했다. "프리실라 포윅이 보낸 편지. 퍼펙트가 무너지고 내가 보이와 함께 이 집에 돌아온 뒤 얼마 지나지 않아서 받았어. 하지만 솔직히 이 안에 도움이 될 만한 게 있을지는 모르겠구나, 바이올렛. 오늘 시청 앞에서 에드워드가 늘어놓은 말과 다를 게 없는 헛소리뿐이거든."

보이의 엄마가 깨끗한 분홍색 종이를 펼쳤다.

"난 그 여자의 글씨조차 눈에 담고 싶지 않아. 대신 읽어 줄래?" 마큘라가 식탁 너머로 편지를 내밀었다.

바이올렛이 받아 들고 소리 내어 읽기 시작했다.

마큘라 아처 부인께,

우려하는 시민으로서 이 편지를 씁니다.

최근 당신의 아들 보이가 분열된 영혼으로 알려진 윌리엄 아처의 피를 물려받았다는 사실을 알게 되었습니다. 잘 아시다시피, 보이에게는 쌍둥이 형제가 있습니다. 그 아이는 제가 정당하게 맡아 보호하고 있습니다. 참고로 저는 그 아이를 '톰'이라 부릅니다.

당신의 남편처럼 분열된 영혼을 지닌 자가 쌍둥이를 낳을 경우, 그 저주가 두 아이에게 반으로 나뉘어 전해진다는 것은 널리 알려진 사실입니다. 각 쌍둥이는 선과 악의 초자연적 힘을 나눠 갖게 되지요. 요컨대, 한 아이는 선이 되고, 다른 아이는 악이 됩니다.

아시다시피 톰은 청백색 눈을 지녔습니다. 천사 같은 아이이며, 온갖 선한 것을 관장하는 능력을 타고났습니다. 하지만 이는 곧 당신 곁에 있는 아이, 보이가 어둠과 악을 지배하는 힘을 타고났다는 뜻이기도 합니다.

저는 걱정하는 마음으로 경고하고자 이 편지를 씁니다. 보이는 머잖아 각성할 것이며, 이미 저주의 징후를 보이고 있을지도 모릅니다.

어두운 행동에 각별히 주의하시기 바랍니다. 그렇지 않으면, 잠든 사이 아들의 손에 죽임을 당할지도 모릅니다.

따뜻한 안부와 최선의 바람을 담아,

프리실라 포윅

추신: 저주의 초기 증상으로는 절도 행위, 거짓말, 가출 등이 있습니다.

"참 이상한 편지네요." 바이올렛이 말했다.

마큘라는 고개를 끄덕였다. "동감이야. 나는 그저 이 여자가 왜 내 아들을 데려갔는지 알고 싶을 뿐이야. 분명 제정신은 아닌 것 같지만."

"아기가 갖고 싶어서 그랬을지도 몰라요." 애나가 말했다. "톰이 마음에 들어서 자기 아들로 삼은 거죠. 근데 전혀 다정하게 대하진 않았어요. 그치, 바이올렛? 우리 반 아이한테도 그런 엄마가 있는데, 우리 엄마 말로는 너무 바빠서 그런 거래요. 포윅도 그런 거 아닐까요?"

"그럴 수도 있겠지, 애나." 마큘라는 한결 누그러진 표정으로 애나를 자기 무릎 위에 앉혀 꼭 안아 주었다.

"우리 엄마, 다시 돌아올 수 있죠?" 애나가 조금 갈라진 목소리로 속삭였다.

"그럼, 애나. 약속할게."

마큘라는 아이의 금발 정수리에 입을 맞췄다.

"그런데 포윅은 왜 분열된 영혼 이야기를 쓴 걸까요?" 바이올렛이 물었다. "아빠 말로는 그저 민간 설화 같은 거라던데요. 사실도 아니고요."

"내 생각에 그 여자는 어떤 이유에서든 내가 보이를 의심하게 만들고 싶었던 것 같아. 아예 실패했다고 말하긴 어렵겠구나. 처음 납치 사건에 보이의 이름이 오르내릴 때, 나도 혹시나 하는 생각을 했거든. 머릿속이 완전히 엉망이었어. 내 아들을 잠시나마 의심했다는 사실만으로도 난 평생 죄책감을 안고 살 거야."

"에드워드가 시청 앞에서 분열된 영혼 이야기를 했어요." 잭이 끼어들었다.

"그래. 윌리엄이 자기 아버지를 살해했다는 말도 늘어놓았지. 나도 들었어." 마큘라의 목소리에 분노가 섞였다. "전부 새빨간 거짓말이야. 그런데 프리실라도 편지에서 분열된 영혼을 운운했잖니. 그래서 그 여자와 에드워드 사이에 뭔가 연결 고리가 있다고 생각했어. 오늘 너희가 그걸 확인해 준 셈이고."

"그럼 포윅은 어떻게 에드워드를 만난 걸까요? 그리고 왜 아처 형제를 돕는 거죠?" 바이올렛이 물었다.

"어쩌면 에드워드가 먼저 보이가 쌍둥이라는 걸 알아냈을지도 몰라요." 애나가 다시 들뜬 목소리로 말했다. "그래서 퍼펙트를 되찾는 데 이용하려고, 포윅을 찾아가 톰을 빌린 거 아닐까요?"

"나도 비슷한 생각을 했단다, 애나." 마큘라는 아이의 머리 위에

턱을 살짝 얹었다. "짐작건대 그 여자는 돈을 받고 있을 거야."

"근데 분열된 영혼이 정확히 뭐예요?" 잭이 혼란스러운 얼굴로 물었다. "저는 오늘 처음 들어 봤어요."

"나도 들어만 봤어. 전에 딱 한 번." 마큘라가 거의 속삭이듯 말했다. "윌리엄 말고는 이 이야기를 누구에게도 한 적 없어. 잊어버리려고 애썼던 것 같아. 지금도 떠올리면 소름이 돋거든."

세 아이는 숨을 죽인 채 마큘라가 다시 입을 열기를 기다렸다.

"오래전, 내가 아직 퍼펙트에서 살고 있을 때였어. 아처 형제에게 속아서 윌리엄이 여덟 달 전에 죽었다고 믿고 있었지. 그때 나는 쌍둥이를 낳은 지 얼마 안 된 때였어. 임신 사실은 나를 도와준 시어머니 아이리스 여사 말고는 아무에게도 알리지 않았어. 에드워드와 조지가 알게 되면, 내 남편에게 그랬듯 아들들에게도 손을 뻗칠 게 분명했으니까."

마큘라는 숨을 고르고 말을 이었다.

"어느 날 밤늦게, 한 남자가 문을 두드렸어. 길을 잃었다면서 가족에게 전화만 좀 쓰게 해 달라는 거야. 말투는 친절했지만 어딘가 위험한 느낌이 들어서 거절하고 문을 닫으려 했지. 그런데 그가 갑자기 집 안으로 들어왔어. 그러더니 내 쌍둥이를 보여 달라고 요구

하더구나.”

바이올렛이 숨을 들이켰다. “쌍둥이에 대해 어떻게 알았을까요?”

“나를 계속 지켜보고 있었다고 했어.” 마큘라의 얼굴이 창백해졌다. “처음 보는 남자였고, 너무 무서웠어. 머릿속엔 어떻게든 쌍둥이를 지켜야 한다는 생각뿐이었지. 아이들은 거실 요람에서 자고 있었어. 해칠까 봐 겁이 났는데, 그는 그저 이상한 미소를 띠고 아이들을 빤히 바라봤어. 끔찍했지. 그는 아이들이 분열된 영혼의 핏줄이라며, 그 특성이 머지않아 드러날 거라고 말했어. 내 비밀을 지켜 주겠지만, 다시 찾아오겠다고도 했지. 그러고는 그대로 떠났어.”

“그래서 어떻게 했어요?” 애나가 눈을 크게 뜨고 물었다.

“그 무렵엔 이미 아처 형제가 퍼펙트에서 무슨 일을 꾸미고 있는지 알고 있었어. 그들 가게에서 동그란 안경을 발견하고 중간 지대의 비밀을 알아냈거든. 그래서 아이들을 보육원에 맡길 생각도 하고 있었지. 차마 떠나보내지 못해 계속 미루고 있었을 뿐이야. 하지만 그 남자가 다녀간 뒤로 더는 미룰 수 없었어. 그날 밤, 아이들을 꽁꽁 싸서 몰래 중간 지대로 갔어. 안경과 쪽지와 함께 보육원 문 앞에 내려놓고는 숨어서 지켜봤어. 누군가 나와 아이들을 데리고 들어갈 때까지.”

마큘라의 목소리가 떨렸다. "내가 평생 해 본 일 중에 가장 힘든 일이었어. 다음 날 아침, 나는 제 발로 아처 형제의 포로가 되었지. 아이리스 여사에게는 작별 인사조차도 하지 않았어. 아무것도 모르시는 편이 안전하다고 생각했거든. 그 이후로 분열된 영혼 얘기는 들은 적 없어. 프리실라 포윅의 편지를 받기 전까지, 그리고 오늘 에드워드에게서 다시 듣기 전까지는."

"그 남자는 누구였을까요?" 바이올렛이 물었다.

"그에 대해서는 아무것도 몰라, 바이올렛. 알고 싶지도 않고. 분명 좋은 사람은 아니었어." 마큘라는 눈을 감았다.

"그런데 에드워드랑 조지는 윌리엄 아저씨를 왜 그렇게 미워하는 거예요?" 애나가 천진하게 물었다. "나도 가끔 우리 언니가 밉지만, 그렇게까지 괴롭히지는 않아요."

"나도 이해할 수 없어. 다만 아이리스 여사 말로는 어릴 때부터 그랬다더라." 마큘라는 고개를 저으며 한숨을 쉬었다.

"아이리스 할머니는 자기가 예전부터 윌리엄만 감쌌기 때문이라고 했어요. 그래서 쌍둥이 형제가 어릴 때부터 줄곧 시샘했대요." 바이올렛이 말했다. "애초에 왜 윌리엄 아저씨만 감싸셨는지는 모르겠지만요."

“나도 답을 얻지 못했어, 바이올렛. 물어볼 때마다 은근슬쩍 피하셨지. 우리가 아이리스 아처를 완전히 이해하는 날은 아마 오지 않을 거야.”

“보이를 찾는 데 그분의 도움을 받을 수 있을까요?” 잭이 물었다.

“그분도 나만큼이나 아는 게 없어. 오늘 내가 톰에게 보이의 행방을 물어볼 때 일부러 사람들 주의를 돌려 주셨지. 에드워드가 톰을 보이인 척 내세우고 나타났을 때 말이야.”

“들었어요.” 바이올렛이 고개를 끄덕였다. “톰이 ‘절대 못 찾을걸요.’라고 했죠? 그럼 보이가 어디 있는지 알고 있다는 뜻이잖아요. 포윅도, 에드워드도 톰에게 아웃스커츠라는 곳으로 돌아가라고 했어요. 어쩌면 보이를 거기에 가둬 둔 걸지도 몰라요.”

“아웃스커츠라니, 난 들어본 적도 없어.” 마큘라가 말했다.

“공동묘지에 있는 무덤을 통해서 가는 것 같아요.” 애나가 신이 나서 말했다. “우리가 직접 봤어요. 무덤 입구가 열리더니 보이……아니, 톰이 계단을 따라 땅속으로 내려갔어요. 기억나지, 바이올렛?”

“응.” 바이올렛이 고개를 끄덕였다. “다들 사라진 뒤에 입구를 다시 열어 보려고 했는데 결국 못 열었지.”

"가능성은 있어. 타운 곳곳에 그런 지하 통로가 많거든." 마큘라가 말했다. "어릴 때 안경점 지하 터널에서 윌리엄이랑 놀던 기억이나. 그땐 아이리스 여사가 그 가게 주인이었지. 우리는 그 아래에서 숨겨진 보물을 찾는 척하며 놀았어. 다른 통로들도 찾아보려고 했지만 끝내 발견하지는 못했어. 그래도 더 많은 통로가 있다는 소문은 늘 있었지."

"그럼 지금 당장 가 보자." 잭이 벌떡 일어서며 말했다.

"잭, 우리 말 못 들었어? 입구를 어떻게 여는지 모른다니까." 애나가 말했다.

"가서 알아내면 되지. 지금으로선 그게 유일한 단서잖아."

"잭 말이 맞아." 바이올렛도 자리에서 일어났다. "이렇게 앉아서 얘기만 하는 건 시간 낭비야."

"좋아." 마큘라가 말했다. "나도 같이 가겠어."

"하지만 몰래 돌아다니는 건 어른보다 아이들이 훨씬 잘해요. 어른들은 크고 느리잖아요." 애나가 말했다.

"밤중에 너희끼리만 돌아다니게 둘 수는 없어." 마큘라가 고개를 저었다. "엄마의 본능이야. 내가 짐이 되지는 않을게. 옷만 갈아입고 오마."

보이의 엄마가 방을 나서자, 바이올렛은 잭과 애나를 돌아봤다.

"마큘라 아줌마는 같이 가면 안 될 것 같아. 혹시 포윅을 마주치기라도 하면 어떡해? 아까 포윅 얘기할 때 아줌마가 얼마나 치를 떠는지 봤잖아. 일이 틀어질 위험을 감수할 수 없어. 문제가 생기면 아처 형제는 우리가 자기들 계획을 알고 있다는 걸 눈치챌 거고, 그러면 보이를 영영 못 찾을지도 몰라."

"바이올렛 말이 맞아." 잭이 애나를 똑바로 보며 말했다.

"왜 나를 그렇게 봐?" 애나가 얼굴을 찌푸렸다.

"우리가 몰래 나가는 동안 네가 마큘라 아줌마를 붙잡아 둬야 하거든."

"왜 맨날 나만 남아야 하는데?" 애나가 반쯤 울먹였다.

"그게 네 특기잖아. 보육원에서 보모들 상대로 하던 것처럼, 화장실 가고 싶다고 말해."

"그건 내가 어렸을 때나 통했지, 잭. 이제는 혼자서도 화장실 잘 가거든!"

"제발, 애나." 바이올렛이 문 쪽을 불안하게 힐끔거리며 말했다. "보이를 위해서야. 보이는 네 도움이 정말 필요해."

"알겠어." 애나가 한숨을 푹 내쉬었다. "하지만 다음번에는 나도 꼭 같이 갈 거야."

작은 소녀는 토라진 채 몸을 돌려 부엌을 나섰고, 그 사이 잭과 바이올렛은 집을 빠져나와 칠흑 같은 밤 속으로 사라졌다.

CHAPTER 27

위로

잭을 뒤따라 유령 주택 단지 입구로 다가가며 바이올렛은 부르르 떨었다. 추위 탓인지 부슬비 탓인지는 알 수 없었다.

"조심해야 해." 바이올렛이 속삭였다. "검은 까마귀가 보이면 톰이 근처에 있다는 신호일 수 있어."

"조심하고 있거든?" 잭이 입구를 통과하며 어깨너머로 바이올렛을 흘겨봤다.

"왜 짜증을 내고 그래." 바이올렛이 쏘아붙였다. 둘은 함께 녹지 둘레길을 빠져나갔다.

잭은 묘지로 이어지는 언덕 자락에서 잠시 멈춰 섰다.

"미안해." 잭이 한숨을 내쉬며 손을 말아 쥐었다. 주먹이 미세하게 떨렸다. "비 때문인 건 알겠는데, 당장 폭발할 것 같은 기분이야."

"괘, 괜찮아." 바이올렛이 더듬거리며 말했다. "나도 그래, 잭. 그냥 진짜 감정이 아니라는 걸 자꾸 되새겨. 무덤 안으로 내려가서 비를 피하면 좀 나아질 거야."

잭은 고개를 끄덕였다. 둘은 말없이 언덕을 올라 철문을 삐걱 밀고 공동묘지 안으로 들어섰다.

"저기 봐, 잭." 바이올렛이 조금 떨어진 무덤을 가리키며 속삭였다. 짙고 하얀 김이 피어오르고 있었다. "저 무덤에서 내가 파이프를 통해 하얀 방으로 떨어졌어. 저 안개가 비구름이 되어서 사람들의 정신을 조종하는 거야. 보이지?"

잭이 고개를 끄덕였다. "그럼 우리가 찾는 터널 입구도 저기야?"

"아니." 바이올렛은 기억을 더듬으며 잡초가 무성한 길을 조심스럽게 올라갔다.

둘은 어둠 속에서 부서진 십자가와 덩굴에 뒤덮인 무덤들 사이를 지나, 마침내 톰과 포윅, 아이사냥꾼이 차례로 사라졌던 무덤가에서 멈춰 섰다.

"아웃스커츠로 가는 터널은 분명 이 밑에 있어." 바이올렛이 잭을 돌아보며 말했다. "입구를 여는 방법만 알아내면 돼."

무덤은 커다란 직사각형 석관처럼 보였다. 두 사람은 단서를 찾기 위해 주위를 천천히 돌았다. 바이올렛이 몸을 숙여 표면을 살펴보고 있을 때, 잭이 웃음을 터뜨렸다.

바이올렛이 화들짝 고개를 들었다. 묘지에서 웃음소리는 어울리지 않았다.

"잭, 어디 있어?" 바이올렛이 두리번거리며 속삭였다.

"여기!" 잭이 무덤 반대편에서 불쑥 나타났다.

바이올렛은 숨을 들이켜며 비틀거렸다.

"놀랐잖아, 잭!" 바이올렛이 날카롭게 쏘아붙였다.

"이리 와서 이것 좀 봐." 잭이 다시 몸을 수그렸다.

바이올렛은 그쪽으로 다가갔다. 잭은 쪼그려 앉아 무덤 벽에 새겨진 시를 읽고 있었다.

오 운명이여, 잔혹한 하늘의 권능이여,

어찌하여 우리의 잔혹한 삶을 이토록 희롱하는가?

— 퀸투스 호라티우스 플라쿠스

"이름 참 거창하다." 바이올렛이 코웃음 쳤다. "우리 엄마 아빠가 나한테 호라티우스 같은 이름을 붙였으면 진짜 원망했을 거야!"

"영어식으로는 호레이스야." 잭이 말했다. "고대 로마 시인."

"호레이스? 그게 더 별로인데. 근데 그건 어떻게 알아, 잭? 설마 모범생이었어?"

"보육원에 오래된 책이 많았거든. 그걸 전부 읽었을 뿐이야. 나는 그의 문체를 좋아해."

잭은 보이와는 너무도 달랐다.

"아, 그래?" 바이올렛은 뭐라고 대답해야 할지 몰라 얼버무렸다. "혹시 모험 이야기도 쓴 사람이야? 난 모험담을 좋아하거든."

"로마 시인이라니까, 바이올렛." 잭이 약간 짜증 섞인 목소리로 말했다.

"나도 시 좋아해." 바이올렛이 잭의 말투가 거슬려 딱딱하게 말했다. "운명이라는 개념을 의인화했잖아. 모든 시인이 그렇게 쓸 수 있는 건 아니거든."

"어쨌든." 잭이 바이올렛의 대꾸를 무시한 채 말을 이었다. "여기 희롱(GAME)이라는 단어를 좀 봐. 다른 단어들이랑 달라. 나머지는 안으로 파여 있는데, 이 단어만 밖으로 튀어나와 있어. 아마 이

걸……."

잭이 그 단어를 조심스럽게 눌렀다. 희미한 딸깍 소리와 함께 G, A, M, E 네 글자가 새겨진 작은 돌 조각이 안쪽으로 밀려 들어갔다.

돌이 긁히는 듯한 익숙한 소리가 울려 퍼졌다. 바이올렛과 잭은 입을 벌린 채 지켜봤다. 가로로 긴 석판이 아래로 내려가며 지하로 이어지는 계단이 드러났다.

"대박." 잭이 일어서며 말했다.

"누가 이 소릴 듣지 않으면 좋겠다." 바이올렛이 속삭였다.

잭은 크게 숨을 들이키고는 불안한 눈빛으로 물었다. "들어가야 겠지?"

바이올렛은 고개를 끄덕였다. 두 사람은 나란히 계단을 내려가기 시작했다. 바이올렛의 등허리를 타고 공포의 전율이 흘렀다. '엄마 는 늘 남의 무덤을 함부로 밟으면 안 된다고 했는데, 아예 무덤 안 으로 들어가는 걸 보면 뭐라고 할까.'

잭은 계단 중간쯤에서 잠시 멈추더니, 벽 안쪽에서 돌출된 작은 직사각형 돌 조각을 다시 눌렀다. GAME이라는 단어가 새겨진 부 분이 분명했다. 딸깍 소리와 함께 또다시 돌이 긁히는 소리가 울렸 다. 무덤 앞판이 땅에서 위로 솟아오르며 닫혔고, 통로는 완전한 암흑 속에 잠겼다.

"우리 불도 안 가져왔잖아." 바이올렛이 다급히 말했다. 남은 계단을 휘청이며 내려가 평평한 바닥에 발을 디뎠을 때였다.

"눈이 적응할 때까지 조금만 기다려." 잭이 속삭였다. "보육원에서는 밤에 불 없이도 책을 읽었어. 눈이 어둠에 익숙해지거든."

몇 분 뒤, 잭의 말대로 시야가 조금씩 트이며 주변이 드러나기 시작했다.

터널 벽은 흙을 거칠게 파낸 굴처럼 울퉁불퉁했다. 바닥에는 낡은 석판이 깔려 있었고, 머리 위로는 불 꺼진 전구들이 줄지어 매달려 있었다. 전혀 낯설지 않았다.

"곧장 가면 되겠지?" 바이올렛이 속삭였다.

"다른 길은 없는 것 같아." 바로 뒤에서 잭이 헐떡이듯 대답했다. 조용히 통로를 걷는 동안 잭의 긴장감이 전해졌다. 어둠이 좀 더 눈에 익자 발걸음도 빨라졌다.

잠시 후, 바이올렛은 왼쪽에 난 공간을 발견하고 재빨리 안으로 들어갔다. 돌로 된 방에는 상자들이 잔뜩 쌓여 있었고, 맞은편 벽 높은 곳에서는 거대한 프로펠러가 돌아가고 있었다.

"여기가 그 가스를 보관하는 곳이야." 바이올렛이 흥분을 누르며 속삭였다. "바로 이 밖에서 포윅한테 잡혔었어. 코너랑 비어트리스가 갇혀 있던 감방도 여기서 멀지 않아."

"가자, 바이올렛." 잭이 바이올렛을 끌어당기며 말했다. "시간이 없어."

두 사람은 서둘러 다시 앞으로 나아갔다. 감방이 있는 공간에 가까워졌을 때, 터널에 매달린 전구들이 깜빡이며 커졌다.

바이올렛은 당황해서 잭의 팔을 움켜잡았다. 둘은 눈에 보이는 유일한 은신처로 달려가 몸을 숨겼다. 아치형 입구와 검은 쇠창살 문을 통과해 캄캄한 감방의 한구석으로.

바이올렛은 숨을 죽였다.

먼발치에서 발소리가 울려 퍼졌다. 점점 가까워지던 소리는 아치 입구 바로 앞까지 다가왔다. 바이올렛이 몸을 바짝 굽힌 채 뛰쳐나갈 준비를 했다. 그러나 발소리는 그들을 스치듯 지나갔다.

몇 분 후, 사방이 다시 암흑에 잠겼다. 둘은 한동안 더 기다렸다가 후들거리는 다리를 끌고 감방을 빠져나와 터널로 돌아왔다.

"누구였을까?" 바이올렛이 속삭였다.

잭은 고개를 저으며 입술에 손가락을 갖다 댔다. "아직 근처에 있을지도 몰라."

그들은 다시 앞으로 나아갔고, 곧 바람 한 줄기가 바이올렛의 머리칼을 스쳤다. 밖이 가까워졌다고 확신한 순간, 눈앞에는 막다른 벽이 있었다.

'설마. 그렇다면 이 바람은 어디서 불어오는 거지?' 바이올렛은 고개를 뒤로 젖혀 위를 올려다봤다.

"잭." 바이올렛은 잭의 스웨터를 붙잡고 위쪽을 가리켰다.

머리 위로 수직 통로가 뻗어 있었다. 돌을 원통 모양으로 쌓아 올린 벽 너머로, 둥근 구멍이 밤하늘을 액자처럼 담고 있었다. 흰 달의 가장자리가 간신히 보였다.

"마른 우물 바닥에 있는 것 같아." 잭이 숨을 헐떡이며 말했다.

바이올렛의 심장이 세차게 뛰었다. 정말 그렇게 보였다.

"그…… 그럼 어떻게 나가지?" 바이올렛이 물었다.

숨이 가빠지고 가슴이 조여들었다. 아주 작은 소음도 누군가의 발소리처럼 들렸다. 두 사람은 좁은 공간을 앞뒤로 서성거리며 두리번거렸다. 사다리든 밧줄이든, 밖으로 올라갈 수 있게 도와줄 무언가를 찾아서.

"터널로 들어오려면 GAME이라는 단어를 눌러야 했잖아. 혹시 여기서 나가는 방법도 일종의 게임일지도 몰라." 잭이 중얼거렸다.

"퍼즐처럼?" 바이올렛이 물었다. "난 그런 거 잘 못하는데."

"난 보육원에서 퍼즐 고수였어." 잭이 으스대며 벽을 살폈다.

어쩌면 잭 말처럼 어떤 게임일지도 몰랐다. 바이올렛은 탈출을 도울 레버나 버튼이 있지 않을까 싶어, 거칠게 깎인 돌벽을 손으로 더듬었다.

한참을 그러다 보니 불안과 피로가 한꺼번에 밀려왔다. 바이올렛은 생각을 정리하려고 벽에 등을 기대고 미끄러지듯 돌바닥에 주저앉았다. 그때 무언가가 시야에 걸렸다.

바이올렛은 엎드려 기어갔다. 바닥 판석 한쪽 모서리에 알파벳 W가 새겨져 있었다. 옆의 돌을 살피며 흙을 털어 내자, 같은 위치에 X가 드러났다.

바이올렛은 바닥 전체를 살피며 흙을 털어 내고 숨겨진 글자들을 하나씩 찾아냈다. 글자가 새겨진 판석들은 바이올렛의 무게가 실릴 때마다 미세하게 내려앉았다.

"알파벳이야, 잭." 바이올렛이 속삭였다. "알파벳 바닥이야. 봐, 돌마다 철자가 하나씩 새겨져 있어. 버튼처럼 눌리기도 하고."

잭이 바이올렛 옆에 재빨리 무릎을 꿇었다.

"단어를 만들어 내야 하는 거겠지." 잭이 들뜬 목소리로 말했다.

잭이 G, A, M, E를 차례로 눌렀다. 하지만 아무 일도 일어나지 않았다.

"출구도 입구랑 같은 단어가 열쇠일 줄 알았는데." 잭이 실망한 듯 속삭였다.

"그럼 ARCHER는 어때?" 바이올렛이 바닥에 글자를 눌러 가며 말했다.

"아니야." 잭은 바이올렛이 마치기도 전에 고개를 저었다.

"이 터널을 만든 건 아처 가문이 아니야. 이 통로들은 훨씬 오래 됐을 거야."

"그럼 아까 입구에 새겨진 문구, 정확히 뭐였지? 기억나?" 바이올렛이 숨 가쁘게 물었다.

"잔혹한 삶이 어쩌고 했는데, 그럼 LIFE(삶)? 아니면 CRUEL(잔혹한)?" 잭이 둘 다 시도했지만, 역시 아무 반응도 없었다.

"그럼 그 시인 이름은? 그 어처구니 없이 긴 이름." 바이올렛은 점점 초조해졌다.

"Q, U, I, N, T, U, S, H, O, R, A, T, I, U, S, F, L, A, C, C, U, S." 잭이 모두 눌렀지만, 변화는 없었다.

"그렇다면 영어식 이름인 HORACE?" 그러나 이번에도 아무 일도 일어나지 않았다.

두 사람은 한참이나 단어를 떠올리며 머리를 쥐어짰다. 마침내 바이올렛은 완전히 지쳐 벽에 등을 기댔다.

"어쩌면 이 돌바닥은 열쇠가 아닐지도 몰라." 바이올렛이 한숨을 쉬었다. "다른 방법이 있는 걸지도. 그냥 기어 올라가야 한다든가."

"그건 아닌 것 같아!" 잭은 고개를 젖혀 동그란 하늘 조각을 올려다봤다. 동이 트면서 조금씩 밝아지고 있었다. "이 바닥은 분명 이유가 있어서 이렇게 만들어진 거야."

"난 이제 포기하고 싶어." 그 순간 바이올렛의 머릿속에 단어 하나가 번뜩 떠올랐다. '설마하니 그렇게 단순할 리가.'

바이올렛은 허탕 짚는 셈치고 바닥을 기어가 U를 찾아 힘주어 눌렀다. 이어서 P를 찾아 눌렀다.

바닥이 살짝 흔들리더니, 이내 엘리베이터처럼 우물 벽을 따라 빠르게 위로 올라가기 시작했다.

"UP(위로)." 바이올렛이 안도하며 속삭였다. "이 정도면 나도 퍼즐 고수 아니야?"

CHAPTER 28

염탐

발판이 멈추자, 바이올렛과 잭은 곧장 바깥 공기 속으로 뛰어들어 근처의 커다랗고 뒤틀린 나무 뒤로 몸을 숨겼다. 나무 옆으로 난 오솔길은 휘어지며 멀리 숲속으로 이어졌다. 하늘에는 구름 한 점 없었다.

맞은편 길 건너에는 오래된 듯한 초가집이 서 있었다. 희게 칠한 거친 벽에 창틀과 문은 밝은 노란색이었다. 집 앞과 옆으로는 잘 가꿔진 장미 화단이 펼쳐져 있었고, 그 가장자리를 노란 나무 울타리가 둘러싸고 있었다.

둘이 숨은 자리 뒤쪽으로는 넓게 갈아엎은 밭이 이어졌고, 그 너머로 노란색 문이 달린 석조 마구간 두 채가 나란히 서 있었다.

근처 길가에는 흙먼지로 뒤덮인 표지판 하나가 서 있었다. 잭이 조심스레 다가가 이끼 섞인 때를 문질러 닦아 냈다. 그러자 도드라진 검은색 글자가 모습을 드러냈다.

아웃스커츠

"역시." 바이올렛이 닳은 글자를 읽으며 말했다. "에드워드랑 포윅이 언급한 곳이 바로 여기야. 보이는 이 어딘가에 있을 거야."

"그렇다면 포윅도 여기 있을 가능성이 커." 잭이 속삭였다. "그러니까 조용히 움직여야 해."

"마구간부터 살펴보자." 바이올렛이 밭 너머를 가리켰다. "집에는 누군가 자고 있을지도 모르니까, 더 쉬운 곳부터."

잭이 고개를 끄덕였다. 두 사람은 누가 볼세라 몸을 잔뜩 낮춘 채 밭 가장자리를 따라 나아갔다. 발밑이 조금 질퍽거렸지만, 마구간을 향해 빠르게 이동했다.

바이올렛이 잭보다 먼저 마구간으로 이어지는 짧은 시멘트 보도에 올라섰다.

“여기부터 보자.” 바이올렛은 첫 번째 노란 문 안으로 살그머니 들어섰다.

마구간 안은 어두웠다. 터널에서처럼 눈이 어둠에 적응하는 데 잠시 시간이 필요했다.

마구간은 보통 가축과 짚더미가 있는 곳이라고 알고 있었다. 그런데 이곳의 맨 안쪽 벽에는 작은 화면 세 개가 나란히 고정돼 있었다. 공간 한복판에는 화면을 마주 보도록 놓인 검은 가죽 의자가 있었고, 그 옆 작은 탁자 위에 검은 물체가 놓여 있었다.

“여긴 뭐 하는 곳이지?” 바이올렛이 속삭였다.

잭은 어깨를 으쓱하며 화면 쪽으로 걸어갔다. 바이올렛은 가죽 의자에 다가가 앉아, 탁자 위의 전자 기기를 살폈다.

전자 기기에는 작은 조이스틱과 함께 초록색 버튼 세 개가 달려 있었다.

“무슨 조종 장치 같아.” 바이올렛이 말했다. “저 화면들의 리모컨인가?”

“버튼마다 이름이 적혀 있어.” 잭이 바이올렛 쪽으로 돌아오며 지적했다.

바이올렛은 기기를 두루 살폈다. 잭 말대로, 각 버튼 위치에 라벨

스티커가 붙어 있었다. 첫 번째 라벨에는 '데니스', 두 번째에는 '휴고', 세 번째에는 '드니즈'라고 적혀 있었다.

"휴고!" 바이올렛이 다급하게 속삭였다. "아이사냥꾼 이름이야."

두 사람은 버튼을 바라보다가, 다시 서로를 마주봤다.

"이 버튼들로 뭘 작동하는 걸까?" 바이올렛이 나지막이 물었다.

"모르겠어." 잭이 불안한 표정으로 어깨를 으쓱했다.

"눌러 볼까?"

"혹시 경보 장치 같은 거면 어떡해? 우리가 여기 있다는 걸 아처 형제에게 알려 주는 거라면?"

"어쩌면 카메라일 수도 있어. 휴고가 어디 있는지 보여 줄지도 몰라. 어쩌면 보이랑 같이 있을 수도 있잖아."

"좋아, 그럼 한 번 눌렀다가 바로 다시 꺼." 잭이 당부했다.

바이올렛은 고개를 끄덕이고, 떨리는 손으로 휴고의 이름이 적힌 초록색 버튼을 눌렀다.

벽에 달린 가운데 화면이 켜지며 영상이 나타났다. 바이올렛의 심장이 쿵쾅거렸다. 버튼 위에 얹은 손가락도 덩달아 떨렸다.

화면에는 그들이 있는 곳과 똑같이 생긴 마구간 내부가 비치고 있었다. 문에서부터 천천히 내부를 훑더니, 이내 돌벽에 묶인 남자의 옆모습이 화면에 들어왔다. 마치 공포 영화의 한 장면 같았다.

"우리가 뭘 보고 있는 거야?" 바이올렛이 화면에서 시선을 떼지 못한 채 떨리는 목소리로 물었다. "끝까, 잭?"

길고 느린 신음이 울려 퍼졌다. 아주 가까운 곳에서 들려오는 듯했다. 바이올렛은 소름이 돋아 왼손으로 가죽 의자 팔걸이를 꽉 움켜쥐었다.

"잭, 이게 뭐야?" 이번에는 고개를 돌리며 다시 물었다.

잭이 없었다.

가슴이 철렁 내려앉는 순간, 잭이 갑자기 나타났다. 바로 눈앞의 텔레비전 화면 안에서.

잭의 얼굴은 갓 세탁한 침대 시트처럼 하얗게 질려 있었다.

"바이올렛." 잭이 속삭였다.

소리는 화면에서가 아니라 근처에서 들려오는 듯했다.

목덜미가 쭈뼛 일어섰다.

"바이올렛, 이리 좀 와 봐." 잭이 이를 악문 채 말했다.

"어디 있는데?" 바이올렛은 허공을 향해 물었다.

"옆 칸이야."

바이올렛은 마른 침을 삼키며 밖으로 나가 두 번째 노란 문 안으로 들어갔다. 마구간 한가운데 잭이 서 있었다. 휴고를 마주 본 채.

아이사냥꾼은 가죽 띠 같은 것에 묶여 돌벽에 고정돼 있었고, 그의 양옆에는 또 다른 괴물 둘이 같은 상태로 벽에 묶여 있었다.

바이올렛은 속이 뒤틀리고 다리에 힘이 풀려 잭의 팔을 붙잡았다. 혹시 꿈일지도 모른다는 생각에 눈을 감고 숨을 고른 뒤, 천천히 다시 떴다.

눈앞에는 여전히 세 괴물이 있었다. 모두 바닥에 발을 붙이고 선 자세였다. 검은 가죽 띠가 그들의 어깨를 가로질러 돌벽에 몸을 고정시키고 있었다. 마치 롤러코스터 출발을 기다리는 모습 같았다. 둘은 고개를 떨군 채 잠든 듯했지만, 휴고만은 눈을 뜨고 잭을 똑바로 노려보고 있었다.

아이사냥꾼이 그르렁거리며 몸부림쳤다. 결박에서 빠져나오려는 것 같았다.

"초록 버튼이야, 잭. 내…… 내가 휴고를 깨운 것 같아!" 바이올렛이 외치며 다시 옆 칸으로 달려갔다.

바이올렛은 아이사냥꾼의 이름이 적힌 버튼을 세게 눌렀다. 화면이 곧바로 꺼졌다.

"다시 잠들었어." 벽을 타고 잭의 떨리는 목소리가 들려왔다.

바이올렛은 안도의 한숨을 내쉰 뒤 다시 잭이 있는 곳으로 돌아갔다.

잭은 여전히 아이사냥꾼 앞에 얼어붙은 채 서 있었다.

"이게 대체 뭐야?" 잭은 숨을 몰아쉬며 물었다. "사람이 아니잖아. 전혀."

그제야 바이올렛은 잭이 휴고를 제대로 본 적이 없다는 걸 떠올렸다.

"나도 정확히는 몰라." 바이올렛이 곁으로 다가가며 말했다.

"반은 사람, 반은 기계 같아. 금속 골격 같은 걸 두르고 있어. 그래서 움직일 수 있나 봐." 바이올렛이 휴고의 팔다리를 따라 이어진 강철 막대를 가리켰다. "피부도 이상해. 털 조각들이 여기저기 덧대져 있고."

"그럼 옆 칸의 리모컨으로 이 괴물들을 켰다 껐다 하는 걸까?" 잭이 속삭이며 휴고에게 더 가까이 다가갔다.

"화면에서 네가 보였어, 잭. 마치 휴고의 눈을 통해 널 보는 것처럼." 바이올렛이 떨리는 목소리로 말했다.

"휴고의 눈은 눈동자풀이야." 잭이 속삭였다. 잭은 어느새 휴고의 반쯤 뜯긴 코 앞까지 다가가 있었다. "그래서 네가 옆 칸 화면에서 날 볼 수 있었나 봐. 휴고의 눈알이 화면과 연결된 거야.”

“타운의 브레인과 비슷하게 작동하나 봐!” 바이올렛이 흥분해서 말했다. “윌리엄이 그랬어. 타운 곳곳 화단에 있는 눈동자풀들이 본 걸 신호로 보내면, 브레인이 그걸 다시 영상으로 바꾼다고. 전기 자석인가 뭐라던데. 그래서 보안 시스템으로 딱이었다고 했어. 물론 톰이 훔쳐 가기 전까지는.”

“전자기 신호.” 잭이 고개를 끄덕이며 말했다. “학교에서 배웠어. 우리 눈도 시신경을 통해 뇌로 신호를 보내거든.”

“진짜 모범생이구나.” 바이올렛이 고개를 절레절레 흔들었다. “나도 학교에서 좀 배운 것 같은데, 무디 선생님 수업은 너무 지루해서 눈을 뜨고 있기조차 힘들어.”

“난 배우는 게 좋아.” 잭은 여전히 휴고를 살피며 말했다. 잭은 정말 보이와는 너무 달랐다. “에드워드가 휴고를 충전하라고 그랬지?” 잭은 아이사냥꾼 주위를 돌며 말을 이었다. “배터리 같은 것으로 움직이나 봐.”

“하지만 에드워드는 매들린 아줌마한테 휴고가 좀비라는 식으로 말했어.” 바이올렛이 눈을 크게 뜨고 말했다.

“좀비는 소설에나 나오는 거 아니야?” 잭이 말했다. “이 막대

랑 전선들 봐. 전부 기계 같아. 어쩌면 로봇 좀비 같은 존재일지
도⋯⋯."

잭이 계속 휴고를 살피는 동안, 바이올렛은 나머지 두 괴물에게
로 시선을 옮겼다.

데니스와 드니즈는 휴고와 많이 닮아 있었다. 둘 다 몸 곳곳에 꿰
맨 자국이 있고, 이상한 털 조각들이 여기저기 덧대져 있었다.

데니스는 냄새까지 휴고와 비슷했다. 피부는 창백한 회색빛에 노
란색과 보라색 반점이 얼룩덜룩했고, 왼쪽 뺨에는 커다란 분홍색
털 조각이 덧대져 있었다.

드니즈는 길고 헝클어진 머리카락 때문에 여자처럼 보였지만, 확
실하지는 않았다. 초록빛 두피 곳곳의 땜빵을 금발 인형의 머리칼
같은 것이 메우고 있었다.

희미한 삐 소리 때문에 바이올렛은 귀를 기울였다. 드니즈의 어
깨 옆 벽에 나사로 고정된 모니터가 눈에 들어왔다. 작은 화면에는
숫자들이 빠르게 깜박였고, 병원에서 환자를 관찰하는 장치처럼 푸
른 선 한 줄이 들쭉날쭉 오르내렸다. 그 아래에는 또 다른 검은 장
치가 벽에 고정돼 있고, 거기서 빨간색과 검은색 케이블이 뻗어 나
와 드니즈의 팔뚝 위쪽에 박힌 비슷한 장치로 이어지고 있었다.

“배터리야.” 뒤에서 잭이 말했다. “세 좀비 모두 달고 있어. 모양이 자동차 배터리랑 비슷해 보여.”

“진짜 배터리로 움직이는 거 맞나 봐.” 바이올렛이 속삭이며 드니즈의 모니터 한구석을 가리켰다. 숫자가 천천히 깜박이고 있었다. “85퍼센트래. 충전이 거의 다 됐어.”

“그러네.” 잭이 다시 다가와 들여다봤다.

바이올렛은 출구 쪽으로 걸음을 옮겼다.

“가자.” 괴물들로부터 빨리 벗어나고 싶은 마음이 앞섰다. “보이도 찾아야 하고, 이것들이 완전히 충전되기 전에 떠나고 싶어.”

잭은 주변을 한번 둘러본 뒤 고개를 끄덕였다. “동감이야.”

둘은 노란 문을 열고 밖으로 나섰다.

“그럼 저 집은?” 바이올렛이 길 건너편 초가집을 가리켰다.

“네 말대로 누군가 자고 있을지도 몰라. 사람 사는 집처럼 보이잖아.” 잭이 답했다.

“그렇다면 더 조용히 움직이는 수밖에.” 바이올렛이 속삭이며 앞장섰다.

CHAPTER 29

포윅의 기괴한 취미

바이올렛은 작은 노란 대문을 밀어서 열고, 초가집 현관으로 이어지는 붉은 벽돌길로 들어섰다.

"일단 창문부터 확인해 보자. 안에 누가 있는지 볼 수도 있으니까." 뒤에서 잭이 말했다.

"알았어. 나는 앞쪽을 볼 테니까 너는 뒤쪽을 확인해 줘. 몇 분 뒤에 여기서 다시 만나자."

잭은 고개를 끄덕이고 사라졌다. 바이올렛은 몸을 낮추고 앞으로 다가가, 앞쪽 창문 두 개를 하나씩 들여다봤다. 얇은 흰 레이스 커튼이 드리워져 있어 안이 또렷이 보이진 않았지만, 안쪽에서 인기

척은 느껴지지 않았다.

바이올렛은 살금살금 현관문 앞으로 돌아갔다. 잭도 돌아왔다.

"어느 방에서 누가 코를 골고 있어." 잭이 숨을 헐떡이며 속삭였다. "다른 소리는 안 들렸어. 그리고 집 뒤쪽에 트레일러가 하나 붙어 있더라."

"보이가 거기 있을까?" 바이올렛이 물었다.

"확인해 보려고 했는데 문이 잠겨 있더라. 그런데 집 안을 통해서 들어갈 수 있을 것 같아. 하지만 정말 조심해야 해. 코 고는 사람을 깨우면 안 되니까."

바이올렛은 조심스럽게 현관문 손잡이를 돌렸다.

"열려 있어." 바이올렛은 입 모양으로 말하며 안으로 미끄러지듯 들어갔다.

크림색 복도가 드러났다. 오른쪽 방에서 따뜻한 불빛이 새어 나와 좁은 공간을 적시며 바닥의 검붉은 타일 무늬를 드러냈다. 낮은 천장에는 성당을 떠올리게 하는 스테인드글라스 조명이 매달려 있었다.

안쪽으로 몇 걸음 더 들어가자 왼쪽에 또 다른 방이 하나 보였고, 짧은 복도 끝 정면에는 계단 한 칸 위로 철제 쌍여닫이문이 있었다.

병원 수술실에서나 볼 법한 문이었다. 아늑한 나머지 공간과 전혀 어울리지 않았다.

"저게 트레일러로 이어지는 문일 거야." 잭이 입 모양으로 말했다.

하지만 바이올렛은 반쯤 열린 오른쪽 방 안으로 발을 들였다. 연하늘색 벽과 나무 들보가 드러난 천장이 눈에 들어왔다. 맨 안쪽 벽의 크림색 난로가 공간을 따뜻하게 데우고 있었다. 난로 주위에는 갖가지 인형들이 옹기종기 모여 앉아 있었다. 문 옆에는 낮은 나무 탁자가 놓여 있었고, 그 위에는 플라스틱 장난감 음식들이 차려져 있었다.

"여긴 좀 소름 돋는다." 잭이 속삭이며 복도로 물러났다.

바이올렛도 오싹한 느낌에 몸을 부르르 떨며 잭을 따라나섰다. 잭은 다음 방 앞에서 걸음을 멈췄다.

"이 방에 사람이 있어. 코 고는 소리가 여기서 나는 거야." 잭이 나지막이 속삭이고는 살금살금 안으로 들어갔다.

바이올렛도 최대한 소리를 죽이며 따라 들어갔다.

방의 벽은 분홍색이었고, 창가에는 연하늘색 아이스크림콘 무늬 커튼이 드리워져 있었다. 짙은 나무 바닥 위에는 자그마한 침대들이 줄지어 놓여 있는데, 모두 노란색 침구에 각기 다른 인형이 누워 있었다. 인형들은 하나같이 어딘가 망가져 있었다. 팔에 붕대를 감은 해진 곰 인형, 대머리에 붕대를 두른 여자 인형, 팔에 작은 링거가 연결된 토끼 인형까지. 방은 마치 기묘한 장난감 병원 같았다.

그때 방 한쪽에서 크게 코 고는 소리가 터져 나왔다. 바이올렛은 심장이 철렁 내려앉았다.

고개를 돌리자 저편 벽에 커다란 침대가 보였다. 침대 끄트머리 봉에는 남색 망토가 걸려 있었다. 다른 작은 침대들처럼 노란 이불로 덮여 있는 침대에 곤히 자는 사람은 다름 아닌 포윅이었다. 바이올렛은 잭의 팔을 잡아끌며 눈짓으로 복도를 가리켰다.

다시 복도로 나왔을 때 바이올렛이 속삭였다. "가자. 보이는 여기 없는 것 같아."

잭은 고개를 저었다. "트레일러 안을 확인해야겠어. 뭔가 느낌이 와."

잭은 은빛 쌍여닫이문을 향해 걸어갔다. 바이올렛은 조마조마한 마음으로 그 뒤를 따랐다. 포윅이 자신을 지켜보고 있을 것만 같아서 몇 번이나 뒤돌아봤다.

잭이 문 한쪽을 밀어 열자 싸늘한 공기가 피부를 훑었다. 둘은 부르르 떨며 안으로 들어섰다.

하얀 타일 바닥과 스테인리스 벽으로 둘러싸인 공간이었다. 초가집의 아늑한 분위기와는 완전히 딴판이었다. 벽면을 따라 반짝이는 철제 작업대들이 놓여 있고, 그 위에는 치과에서 볼 법한 날붙이 도구들이 흩어져 있었다.

벽면에는 수많은 그림이 동그란 자석으로 붙어 있었다. 바이올렛은 가까이 다가가 책에서 찢어 낸 듯한 그림들을 들여다봤다. 흰 가운을 입은 의사들이 전장에서 다친 병사들의 팔다리를 꿰매는 장면이었다. 다른 그림들은 근육 하나하나까지 세밀하게 묘사된 인체 해부도였다.

바이올렛은 고개를 저으며 뒤로 물러서다가 무언가에 부딪혔다. 돌아본 순간, 애써 비명을 억눌러야 했다.

길쭉한 철제 테이블 위에 시체 한 구가 누워 있었다. 옷은 너덜너덜하고 머리카락에는 흙이 엉겨 붙어 더러웠다. 반쯤 뜯겨 나간 잿빛 피부 곳곳에는 파란 털 조각이 덧대져 있었다. 그 옆의 더 작은 철제 테이블에는 바늘 세트와 다리 하나 없는 파란 곰 인형, 그리고 눈동자풀 두 개가 화분째 놓여 있었다. 큰 테이블 아래 선반에는 용접된 강철 막대 여러 개와 전선 뭉치가 어지러이 쌓여 있었다.

시체는 아직 완성되지 않은 휴고의 또 다른 버전처럼 보였다. 바이올렛은 몸서리치며 한 걸음 물러섰다.

"저 간호사가 정말 이런 좀비 괴물들을 만들고 있는 거야? 미쳤어!" 잭이 숨을 죽여 속삭였다.

"그런 것 같아." 바이올렛이 답했다. "톰한테 휴고가 자기 작품이라고 말했으니까."

"그 괴물들로 대체 뭘 하려는 걸까?" 잭이 믿기지 않는다는 듯 물었다.

"나…… 나도 모르겠어, 잭. 그냥 나가자. 여기 있기 싫어."

"저쪽으로 가자." 잭이 반대편의 또 다른 문을 가리켰다. "트레일러로 이어질 것 같아."

바이올렛은 서둘러 차가운 철문을 밀쳐 열었다.

낡아 빠진 주황색 카펫이 깔린 좁은 공간이 나타났다. 낮은 천장까지 판지 상자들이 빽빽하게 쌓여 있었다.

"여기가 트레일러 안인가 봐." 잭이 상자 사이를 팔꿈치로 비집고 들어가며 말했다.

그때 위쪽의 상자 하나가 떨어지며 봉제 인형들이 와르르 쏟아져 나왔다. 바이올렛이 보라색 곰 인형 하나를 집어 들었다.

"포윅이 좀비들을 만드는 데 이 인형들을 쓰는 걸까?" 바이올렛이 곰 인형을 꼭 끌어안으며 물었다. "저 방에 파란 곰 인형이 있었잖아. 그 시체에도 파란 털 조각이 붙어 있었고."

"다시 떠올리고 싶지도 않아, 바이올렛." 잭이 출구 쪽으로 몸을 옮기며 말했다.

잭이 흰색 플라스틱 문 잠금장치를 만지작거리고 있을 때, 어떤 소리가 귀에 걸렸다.

"쉿." 바이올렛이 속삭였다. 심장이 쿵쾅거렸다. "들어 봐!"

잭도 가만히 귀를 기울였다.

"아무 소리도 안 들리는데." 잭이 말했다. "우리 이제 나가야 해."

"아니야, 잘 들어 봐." 바이올렛이 고집했다.

그때 소리가 다시 들렸다. 둔탁한 쿵 소리, 이어서 낮게 웅얼거리는 소리.

잭도 동작을 멈추고 고개를 들었다. 또 한 번 쿵 소리가 좁은 공간을 울렸고, 웅얼거림은 점점 다급해졌다. 순간, 트레일러 안쪽의 판지 상자 하나가 덜컥 들썩였다.

"저기야." 바이올렛이 소리가 난 쪽으로 몸을 밀고 들어갔다.

상자는 길쭉한 수납 의자 위에 놓여 있었다. 바이올렛이 상자를 치우고 의자 덮개를 들어 올렸다. 수납공간 안에는 체크무늬 담요에

싸인 커다란 무언가가 꿈틀거렸다. 바이올렛은 담요를 확 젖혔다.

"보이!" 바이올렛이 헐떡이며 외쳤다.

CHAPTER 30

위장

보이의 얼굴은 평소보다도 더 창백했다. 며칠 못 잔 사람처럼 눈 밑이 퀭하고 볼도 눈에 띄게 홀쭉해 보였다.

바이올렛이 보이의 입에 재갈처럼 물린 노란 손수건을 빼냈다.

"나…… 날, 찾았구나!" 보이가 더듬거리며 수납 의자에서 기어 나오려고 허우적거렸다.

"잠깐, 다리가 묶여 있어." 바이올렛이 보이를 제지한 뒤 발목에 감긴 밧줄의 매듭을 풀었다.

곧이어 잭이 거들어, 보이를 수납공간에서 완전히 끌어냈다.

"다리에 감각이 없어……." 보이는 일어서려 애쓰며 중얼거렸다.

잭과 바이올렛이 보이를 부축해 비좁은 통로를 비집고 문 쪽으로 데려갔다.

"어…… 어떻게……?"

"지금은 설명할 시간이 없어. 일단 나가야 해. 타운으로 돌아가서 전부 말해 줄게." 잭이 보이의 말을 막았다.

"잠깐만." 바이올렛은 급히 곰 인형들을 한아름 주워 체크무늬 담요로 둘둘 쌌다.

바이올렛은 그 커다란 덩어리를 수납공간에 밀어 넣고 덮개를 닫은 뒤, 의자 위에 상자를 다시 올려 놓았다.

"포윅이 확인하러 올지도 모르잖아." 바이올렛이 설명하며 씩 웃었다. 보이도 반쯤 떨떠름하게 웃어 보였다. 잠시 어색한 침묵이 흘렀다. 바이올렛의 볼이 살짝 달아올랐을 때, 잭이 트레일러 문을 조심스럽게 열었다. 세 사람은 차례로 철제 계단을 내려갔다.

"아, 신선한 바깥 공기! 안에서 숨 막혀 죽는 줄 알았어." 보이가 절뚝거리며 말했다. "그…… 날 닮은 남자애가 물도 주고 화장실도 가게 해 주더니, 몇 시간째 안 왔어. 그런데 날 어떻게 찾은 거야?"

"바이올렛이 에드워드랑 포윅이 아웃스커츠를 언급한 걸 듣고, 네가 여기 있을지도 모른다고 추측했어." 잭이 대답했다.

"네 어릴 적 사진을 찾았어."

"에드워드?" 보이가 놀라서 끼어들었다. "그 인간이 이 일과 무슨 상관이 있어?"

"그럼 그를 못 봤다는 거야?" 바이올렛이 물었다.

보이는 대답하지 않았다.

"그동안 무슨 일이 있었는지 전부 모르는 거지?" 잭이 말했다. "에드워드가 돌아왔어. 하지만 그 얘긴 나중에 하자. 지금은 여기서 벗어나는 게 먼저야. 간호사가 언제 깰지 몰라."

"간호사? 남색 망토를 걸치고, 나인 척하는 애랑 한패인 그 미친 여자 말이야?" 보이가 물었다.

잭이 고개를 끄덕였다.

"톰은 네 형제야, 보이." 바이올렛이 조심스럽게 말했다.

"난 형제가 없어." 보이가 날카롭게 대꾸했다.

바이올렛은 귀가 화끈거렸다. 보이가 자신에게 화를 내는 것 같았다.

해가 떠오르고 있었다. 세 사람이 뒷마당을 가로질러 초가집 앞쪽으로 막 돌아나간 순간, 문이 쾅 닫히는 소리가 났다.

포윅이 현관문으로 나왔다. 바구니와 정원용 가위를 들고 있었다. 포윅은 장미 화단으로 걸어가 휘파람을 불며 꽃을 자르기 시작했고, 잘라 낸 꽃들을 바구니에 담았다.

바이올렛과 잭, 보이는 그대로 얼어붙었다. 포윅이 뒤를 돌아보기라도 하면 모두 들키는 상황이었다.

보이는 말없이 뒤를 가리켰고, 잭과 바이올렛은 고개를 끄덕였다. 그리고 동시에 뒤돌아 숨을 곳을 찾아 달렸다. 잭은 재빨리 트레일러 뒤로 돌아갔지만, 바이올렛은 돌부리에 발이 걸려 잔디 위로 고꾸라졌다. 다쳤던 발목에 날카로운 통증이 번졌다.

"어머, 이게 누구야? 어떤 못된 애송이가 내 아침 일과를 방해하려는 거지?" 뒤에서 이죽거리는 목소리가 들려왔다.

한발 앞서가던 보이가 우뚝 멈췄다. 잠시 망설이더니 돌아서서 바이올렛의 등에 발을 턱 올렸다.

"그만 좀 넘어져, 이 게으른 것아." 보이가 으르렁거렸다.

바이올렛은 발목의 욱신거림도 잊은 채 얼어붙었다. '대체 이게 무슨?'

"에드워드가 애를 잡아 오라고 했어요." 보이가 트레일러를 가리키며 외쳤다. "저 안에 막 처넣으려던 참이었죠."

"그게 브라운네 딸이니?" 포윅이 다가오며 물었다.

바이올렛은 고개를 숙인 채 잔디만 바라봤다. 온몸이 팽팽하게 긴장됐다.

"네, 걔예요. 또 말썽을 부리고 있다고 하더라고요. 퍼펙트 때처럼요. 에드워드가 진저리가 난 모양이에요."

"이상하네. 윌리엄을 처리하고 나서야 본격적으로 움직일 줄 알았는데. 어디 얼굴 좀 보자." 간호사가 바이올렛의 머리카락을 움켜쥐고 뒤로 확 젖혔다. 바이올렛은 여자의 털투성이 콧구멍을 마주해야 했다.

지독한 입 냄새가 코를 찔렀다.

"이 조그만 게 어떻게 그렇게 말썽을 부릴 수 있지? 내가 널 어떻게 해 주고 싶은지 알아?" 포윅이 으르렁거리며 바이올렛의 머리를 사납게 놓았다. 바이올렛은 앞으로 고꾸라져 거의 풀을 씹을 뻔했다. "그래, 트레일러에 처넣어. 이 애를 어떻게 할지는 에드워드가 결정하겠지. 어쩌면 휴고의 장난감이 될지도 모르겠네!"

보이가 고개를 끄덕이고 바이올렛을 땅에서 일으켜 세웠다. 트레일러 뒤쪽으로 돌아서려는 순간, 포윅이 불러 세웠다.

"잠깐."

바이올렛의 몸이 우뚝 굳었다.

"왜요?" 보이가 대꾸했다. 목소리는 놀랍도록 차분했다.

"곰 인형 한 상자 가져와. 오늘 아침에 휴고를 좀 수선해야겠어. 내가 함부로 다루지 말라고 경고했잖아, 이 망할 녀석아. 네가 보스의 계획에 그렇게 필수적인 존재만 아니었어도 널 예비 부품으로써 버렸을 거야. 불쌍한 내 인형들을 고문하느니 말이야. 내 병원은 환자들로 꽉 찼거든."

보이는 재빨리 고개를 끄덕인 뒤 바이올렛을 거칠게 끌고 트레일러 계단을 올라갔다.

안으로 들어서자 잭이 상자 더미 뒤에 몸을 숨긴 채 창밖을 내다보고 있었다.

"그 여자, 다시 집으로 들어갔어." 잭이 살피며 속삭였다.

"조금만 기다렸다가 다시 움직이자." 보이는 상자 하나를 집어 들며 말했다.

"지금 뭐 하는 거야?" 바이올렛이 물었다.

"곰 인형들 가져오랬잖아. 시키는 대로 하지 않으면 의심을 사지 않겠어, 바이올렛?" 보이가 날 선 말투로 대꾸했다.

"그래, 나한테 화내고 싶으면 화내. 내가 신경이나 쓸 것 같아? 널 구하겠다고 목숨을 걸고 여기까지 왔는데!"

"날 구해? 네가 처음부터 내 말을 믿었으면 이런 일도 없었어. 너나 나나 여기 없었을 거라고!" 보이가 씩씩거렸다.

"그만들 해." 잭이 둘 사이에 끼어들며 말했다. "누가 잘못했는지는 지금 중요하지 않아. 난 그냥 그 여자나 괴물들한테 안 들키고 여기서 빠져나가고 싶을 뿐이야."

"쟤 잘못이야."

"와, 진짜 유치하다, 바이올렛." 보이가 쏘아붙였다.

"그만!" 잭이 다시 보이를 노려봤다. "포워 간호사한테 상자 주고, 뒤틀린 나무로 가. 이 집 바로 건너편에 있어. 거기서 만나자."

보이는 조금 붉어진 얼굴을 끄덕였다. 그리고 철제 계단을 내려가 깔끔한 잔디밭을 가로질러 집 모퉁이를 돌아 사라졌다.

바이올렛과 잭은 장미 덤불 사이로 달려가 울타리를 훌쩍 넘고, 길 건너 뒤틀린 나무 뒤에 가서 숨었다.

몇 분쯤 숨죽여 기다리자, 보이가 집 옆에서 나타나더니 곧장 그들 쪽으로 다가왔다.

그 순간 바이올렛의 머릿속에 불쾌한 생각 하나가 스쳤다.

'혹시 이게 함정이라면? 이 애가 보이가 아니라 사실은 톰이라면?'

심장이 세차게 뛰었다. 바이올렛은 도리질하며 그 생각을 떨쳐

냈다. 또다시 보이를 의심할 수는 없었다.

보이가 가까워지자, 잭이 바이올렛의 손을 잡고 나무 뒤에서 나와 돌우물 같은 터널 입구의 발판 위로 올라섰다.

“여기야.” 잭이 보이를 향해 손짓했다.

보이는 속도를 높여 발판 위로 훌쩍 뛰어올랐다.

바이올렛은 머리를 빠르게 굴리며 중얼거렸다. “UP으로 올라왔으니까…… 그럼 내려갈 땐…… DOWN!”

바이올렛은 다급히 D, O, W, N을 차례로 눌렀다. 발판이 우물 통로를 따라 천천히 내려가기 시작하자 바이올렛은 안도의 숨을 내쉬었다. 아이들이 땅속으로 실려 내려가는 동안, 아웃스커츠의 풍경은 점점 그들 시야에서 사라졌다.

트리뷴의 찬가

발판은 바닥에 이르러 뚝 멈췄다. 잭이 가장 먼저 일어나 보이를 일으켜 세웠고, 바이올렛도 허둥지둥 몸을 일으켰다. 셋은 곧장 터널을 질주했다. 코너와 비어트리스가 갇혀 있던 감방과 스프레이 캔 창고를 지나, 마침내 묘지로 올라가는 계단 앞에 다다랐다.

보이는 기운이 빠진 듯 벽에 몸을 기대고 있었다. 바이올렛은 친구가 한동안 제대로 먹지 못했으리라 짐작했다.

잭이 계단을 단숨에 뛰어올라 어둠 속을 더듬었다. 이윽고 사방이 흔들리더니, 무덤 앞판이 땅속으로 밀려 들어가며 아침 햇살이 터널 아래로 스며들었다.

밖은 여전히 비가 내리고 있었다. 아웃스커츠에서는 하늘에 구름 한 점 없었는데, 이곳에서는 빗줄기가 오히려 더 굵어져 있었다.

바이올렛은 잭을 따라 계단을 뛰어 올라간 뒤 보이를 돌아봤다. 손을 내밀까 망설였지만, 보이는 고개를 돌린 채 묵묵히 올라왔다. 잭이 무덤을 닫았고, 세 사람은 말없이 언덕을 내려와 유령 주택 단지를 가로질렀다. 출렁다리에 올라섰을 때, 바이올렛이 걸음을 멈췄다.

"저 소리 들려?" 숨을 고르며 말했다.

"무슨 소리?" 잭이 뒤돌아보며 물었다.

"타운 쪽에서 무슨 일이 벌어지는 것 같아." 바이올렛은 사람들의 고함이 들린다고 확신했다.

"일단 마큘라 아줌마한테 가자." 잭이 말했다.

세 사람은 조심스럽게 다리를 건너 위켐 테라스로 접어들어 135번지 앞에서 멈췄다. 보이가 문을 두드렸지만 안에서는 반응이 없었다. 손잡이를 돌려 보니 잠겨 있었다.

"여기서 기다려." 보이가 집 모퉁이를 돌아 사라졌다.

잠시 뒤, 안에서 문이 열렸다.

"뒷문 근처에 예비 열쇠가 있거든. 엄마는 집에 없어!"

"찾아야 해." 바이올렛이 말하며 집 안으로 들어섰다.

보이는 또다시 바이올렛을 무시하고 부엌 찬장을 뒤적이며 먹을 것을 찾았다. 바이올렛과 잭은 식탁에 앉았다. 그들 앞에 호외로 발행된 〈타운 트리뷴〉 한 부가 놓여 있었다. 로버트 블롯이 밤새 한숨도 안 자고 기사를 써 내려간 게 분명했다.

바이올렛은 첫 머리기사를 보는 순간 숨이 턱 막혔다.

세기의 재판

윌리엄 아처, 위험한 사기극에 합당한 대가를 치를 것

거짓말로 가득 찬 기사에는 윌리엄, 보이, 유진, 매들린, 메릴이 내일 오전 아홉 시, 시청 계단에서 공개 재판을 받게 될 거라는 내용이 상세히 적혀 있었다. 바이올렛은 애써 침착하려 했다. 아빠와 모두를 구할 시간은 고작 하루뿐이었다.

바이올렛은 다음 기사로 시선을 옮겼다.

그늘진 가족사: 아처 형제, 동생의 분노로부터 타운을 구하다

이 기사에서는 윌리엄이 자신과 정신 이상 중간 지대 출신들을 위해 퍼펙트 지지자들에게 보복하고 타운을 장악하려 했으며, 그 음모가 어떻게 영웅적인 아처 형제들에 의해 좌절됐는지를 장황하게 늘어놓고 있었다.

그 밖에도 '브라운의 참패', '마르크스의 수작', '넌의 성급한 행동', '분열된 사나이' 같은 자극적인 문구가 지면 곳곳을 채우고 있었다. 빠짐없이 거짓말투성이였다. 로버트 블롯은 분명 이 상황을 즐기고 있었다.

바이올렛은 속이 메스꺼워졌다. 퍼펙트 지지자들이 이 기사들을 그대로 믿는다면 중간 지대 출신 타운 주민들은 모두 큰 위험에 처할 터였다.

"이대로라면 정말 에드워드가 순식간에 퍼펙트를 되찾을 거야." 바이올렛이 신문을 들어 올리며 말했다.

"무슨 말이야?" 잭이 입에 음식을 가득 문 채 물었다. 잭도 어느새 보이와 함께 부엌 찬장을 뒤지고 있었다.

"재판 날짜가 정해졌어. 내일 아침이래. 신문이 아처 형제들의 거짓말로 가득해!"

보이가 다가와 바이올렛의 손에서 신문을 낚아챘다.

"무슨 일인데?" 보이는 지면을 훑어보다가 우뚝 굳었다. "우리 아빠가 타운을 장악하려 했다고?"

"신문은 믿지 마, 보이." 바이올렛이 애써 미소 지었다.

"웃을 일이 아니잖아, 바이올렛. 가볍게 넘기지 마." 보이가 샌드위치를 씹으며 날카롭게 말했다.

바이올렛은 입을 다물었다. 잭이 보이가 잡혀 있는 동안 타운에서 무슨 일이 있었는지 설명했다.

이야기가 끝나갈 무렵, 바이올렛이 끼어들었다. "아이리스 할머니를 만나러 가야 해. 마큘라 아줌마도 거기 있을 거야."

"그전에 아빠부터 구해야지." 보이가 말했다.

"우리 아빠도 거기 같이 갇혀 있거든?"

"이건 무슨 경쟁이 아니야, 바이올렛!"

"너희 둘 진짜 왜 이래?" 잭이 쏘아붙였다. "친구잖아. 친구답게 좀 굴어!"

"친구라면 친구가 하는 말을 믿어 줘야지!" 보이는 바이올렛을 보지 않고 말했다.

"친구랑 똑같이 생긴 사람이 친구 행세를 하고 다니면 믿기 어렵지." 바이올렛이 분을 참지 못하고 맞받았다.

"잭은 잘만 믿어 줬는데? 안 그래?"

잭은 등을 돌리고 다시 부엌 찬장을 뒤지는 척했다.

"그야 잭은 톰한테서 계속 거짓말을 듣지 않았으니까." 바이올렛의 얼굴이 분노로 달아올랐다. "지금 너, 진짜 보이가 맞기는 해? 내가 어떻게 알겠어?"

분노를 쏟아 내던 바이올릿은 멈칫했다. 해서는 안 되는 말을 해 버렸다는 자각이 들었다. 보이가 굳은 얼굴로 자기 손을 내려다봤다.

"그래, 어쩌면 아닐지도 몰라." 보이가 중얼거렸다. "이제 난 아무도 아닐지도." 상처와 혼란이 섞인 목소리였다.

"이제 아이리스 할머니한테 가자." 잭이 재빨리 말했다.

보이와 바이올렛은 동시에 눈길을 돌리며 고개를 끄덕였다. 둘 다 이 어색한 공기를 깨고 싶었다.

"모자 같은 거라도 써." 바이올렛이 중얼거리듯 말했다. "혹시 누가 볼지도 모르니까. 다들 잔뜩 화가 나 있어. 신문까지 저렇게 나왔으니 더 위험해."

보이는 말없이 일어나 부엌을 나섰다. 곧 계단을 오르는 발소리가 들렸다. 잠시 뒤 보이는 옷을 갈아입고 다시 부엌으로 돌아왔다.

모자와 후드 티셔츠까지 걸친 모습이었다.

바이올렛도 자리에서 일어섰다. 마음 한구석이 조금은 가벼워진 느낌이었다. 적어도 보이가 자신의 말을 들어줬으니까.

"가자, 그럼." 바이올렛은 현관문을 열고 스산하고 축축한 아침 공기를 맞았다.

세 사람은 장터를 가로질러 포가튼 로드를 향해 빠르게 걸었다. 곳곳에 사람들이 모여 낮은 목소리로 수군거리고 있었다. 불쾌할 만큼 날 선 분위기가 감돌았다.

바이올렛은 고개를 숙인 채, 이 감정은 날씨 탓일 뿐이라고 연신 되뇌었다.

래그 레인 끄트머리에 이르렀을 때, 무언가 와장창 깨지는 소리가 났다. 이어서 누군가가 외쳤다. "중간 지대 출신들은 물러가라!"

보이가 냅다 그쪽으로 달려갔다. 바이올렛은 얼른 뒤쫓았다. 잭은 막 마주친 보육원 출신 아이에게 무슨 일이 벌어지고 있는지 묻느라 잠시 뒤처졌다.

"제발 멈춰!" 바이올렛은 숨을 헐떡이며 보이에게 다가섰다. "할머니 댁으로 가야 해. 넌 지금 여기서 눈에 띄면 안 돼. 타운 사람들은 다 너한테 화가 나 있어."

“욕먹을 사람은 내가 아니야, 바이올렛.”

보이는 아처스 애비뉴 모퉁이에서 걸음을 멈추고 말했다.

그때 먹구름이 터지듯 비가 쏟아지며 부슬비가 폭우로 바뀌었다.

“톰이란 거 알아. 하지만 사람들은 모르잖아! 다들 잘못 알고 너랑 네 아빠를 미워하고 있어.”

바이올렛이 거세진 비바람을 뚫고 소리쳤다.

또 한 번 요란한 소리가 거리를 울렸다. 보이가 에드워드 스트리트로 내달렸다. 바이올렛도 뒤따랐다. 메릴 마르크스의 장난감 가게 앞에서 작은 무리가 웃고 떠들고 있었다.

가게 창문은 모조리 깨져 있었고, 밝은 초록색 문에는 검은 글씨가 스프레이로 휘갈겨져 있었다.

다시 중간 지대로 꺼져, 마르크스!

바이올렛은 근처에서 웃고 있는 여자를 노려봤다.

“왜 이런 짓을 하는 거예요? 하나도 재미없어요!”

“너 동조자구나! 딱 보니까 알겠네. 너 브라운네 딸이지? 네 엄마는 퍼펙트 지지자 아니야? 뭐, 상관없어. 어쨌든 넌 저쪽 편이잖아.

너희 때문에 이 동네가 엉망이 됐어. 중간 지대 출신들은 우리를 내버려 두고 자기들끼리 살면 안 될까? 예전처럼 말이야. 퍼펙트는 한때 정말 아름답고 평화로웠는데, 지금 이 꼴 좀 봐!"

"퍼펙트는 아처 형제가 통제하던 곳이었어요." 바이올렛이 분노를 누르지 못하고 쏘아붙였다. "당신들은 세뇌당한 거예요. 어떻게 그런 곳으로 돌아가고 싶어 할 수 있어요?"

"그땐 이런 기분이었던 적 없어. 우린 지금도 중간 지대 출신들한테 끊임없이 위협받고 있어. 그 더러운 손으로 우리 물건과 아이들까지 낚아채 가잖아. 미치광이들! 나아지라고 중간 지대에 보냈더니 아처 형제의 호의를 이렇게 되갚아? 다시 가둬야 마땅해!"

여자는 말을 마치며 치를 떨었다.

그때 하늘에서 천둥이 쾅 울리며 빗줄기가 더욱 거세졌다.

"일단 안으로 들어가야 해. 밖은 안전하지 않아!" 잭이 뒤늦게 쫓아와 숨을 몰아쉬었다.

보이의 얼굴은 분노로 거의 보라색이 되어 있었다.

"할머니 댁으로 가야 해." 바이올렛이 단호하게 말했다.

두 사람은 보이의 팔을 붙잡고 적의로 들끓는 거리를 재빨리 빠져나갔다.

CHAPTER 32

좋은 통증

"바이올렛! 내 손자 찾았니?" 아이리스가 현관문을 열며 외쳤다.

바이올렛은 잭과 보이를 손짓해 부르고 그들과 함께 집 안으로 들어갔다. 안전한 공간에 들어서자 보이는 후드를 내리고 모자를 벗었다.

"아이고, 천만다행이다." 아이리스는 보이를 한참 끌어안았다가 물러나 손자의 얼굴을 제대로 들여다봤다. "얼굴이 왜 이렇게 상했니, 내 강아지. 어서 들어오렴, 들어와. 뭐라도 만들어 줄게."

아이리스를 따라 따뜻한 부엌으로 들어서자 마큘라와 로즈, 애나가 식탁에서 일어났다. 로즈는 곧장 달려와 딸을 끌어안았고, 마큘라와 애나도 감격에 겨운 얼굴로 보이와 잭을 맞았다.

"정말 애간장이 녹는 줄 알았어, 딸." 로즈가 떨리는 목소리로 말했다.

"난 괜찮아요, 엄마." 바이올렛이 대답했다.

보이는 마큘라의 품을 지나쳐 애나부터 끌어안았다. 엄마에겐 짧게 고개만 끄덕인 뒤 식탁에 앉았다. 마큘라의 얼굴이 굳었다.

부엌 안에 어색한 침묵이 내려앉았다.

"무슨 일이 있었던 거니, 보이?" 마큘라가 조심스럽게 물으며 정적을 깼다.

"톰한테 끌려갔었어요."

"저희가 아웃스커츠에서 찾았어요. 아까……," 바이올렛이 설명하려 했다.

"내 얘긴 내가 할 수 있어." 보이가 쏘아붙였다.

부엌이 쥐 죽은 듯 고요해졌다.

보이는 벌겋게 달아오른 얼굴로 벌떡 일어나 부엌을 박차고 나갔다. 마큘라가 뒤따라가려 했지만 아이리스가 며느리의 팔을 붙잡고 막아섰다.

아이리스는 고개를 저었다. "시간을 좀 줘."

보이의 엄마는 말없이 다시 자리에 앉았다.

"자초지종을 말해 주겠니?" 아이리스가 샌드위치를 만들며 부드럽게 재촉했다.

잭이 이야기를 시작했다. 바이올렛은 보이가 걱정되어서 이야기에 온전히 집중할 수가 없었다. 그때 아이리스가 바이올렛을 툭 건드렸다.

"이거 보이에게 갖다주렴." 아이리스가 막 만든 샌드위치를 건네며 속삭였다. "지금은 단짝 친구가 필요할 때야."

"하지만 지금은 절 미워하고 있어요." 바이올렛이 속삭였다.

"그런 척하는 거야. 자존심 때문이지. 이거 갖다주렴. 너희 둘 다 곧 괜찮아질 거야."

바이올렛이 식탁에서 일어나자 마큘라가 팔꿈치를 붙잡았다.

"나 대신 미안하다고 전해 주렴." 보이의 엄마가 속삭였다. 눈빛이 슬펐다.

바이올렛은 고개를 끄덕이고 부엌을 나섰다.

보이는 계단 맨 아래 칸에 앉아 두 손에 머리를 파묻고 있었다. 바이올렛은 난간을 돌아 보이 앞에 섰다.

"큼큼. 옆에 앉아도 돼?" 바이올렛이 헛기침을 하며 어색하게 말했다.

"마음대로 해." 보이가 퉁명스럽게 말했다.

울컥 짜증이 치밀었지만, 바이올렛은 감정을 다스리고 그 옆에 앉았다.

"물어봐." 보이가 말했다.

"뭘?"

"내가 나라는 걸 증명할 수 있는 질문. 그전까진 날 안 믿을 거잖아. 자, 어서!"

"난 널 믿어, 보이. 네가 너라는 거 알아."

"아니, 안 믿잖아. 시치미 떼지 말고 당장 물어봐!" 보이는 그 어느 때보다 화가 나 있었다.

"알겠어. 음…… 우리가 처음 만난 게 어디였지?"

"네 방. 내가 안경을 건네주고 난 다음이었지. 근데 엄밀히 따지자면 아처 형제의 안경점이었어. 너는 첫 안경을 맞추고 있었고 나는 왓처들한테 쫓기고 있었지."

"봐, 너라는 거 알았다니까." 바이올렛은 씩 웃었지만, 속으로는 앞서 친구를 의심했던 일이 계속 마음에 걸렸다.

"이제야 겨우 믿었을 수도 있지."

두 사람 사이에 불편한 침묵이 흘렀다.

"정말 미안해." 몇 분쯤 지나 바이올렛이 속삭이듯 말했다.

보이는 후드 티셔츠의 끈을 만지작거렸다.

"너무 혼란스럽고 화가 났었어. 네가 코너랑 있는 걸 똑똑히 봤는데, 넌 자꾸 아니라고 하니까. 뭘 믿어야 할지 모르겠더라고. 내 말은…… 너한테 쌍둥이 형제가 있을 줄 내가 어떻게 알았겠어?"

"어떻게 내가 그런 짓을 할 거라고 생각할 수 있어?" 보이의 목소리에는 깊은 상처가 배어 있었다. "어떻게 내가 코너든 비어트리스든 누구든 납치할 거라고 생각할 수 있냐고, 바이올렛?"

"모르겠어." 바이올렛은 나지막이 대답했다. "분명 널 봤다고 생각했고, 타운 곳곳에서 이상한 일들이 계속 벌어졌잖아. 뭐 하나 말이 되는 게 없었어."

"하지만 넌 날 잘 알잖아, 바이올렛. 적어도 난 그렇게 생각했어." 보이의 목소리가 점점 힘을 잃었다.

"네가 아무것도 말해 주지 않았잖아. 내가 물어보면 아무 문제 없다고만 했지!"

"날 믿어 달라고 했잖아."

"그래, 근데 그럴 이유를 안 줬잖아!"

눈물이 뺨을 타고 흘러내렸다. 바이올렛은 고개를 돌렸다. 거실 벽난로 위의 시계가 째깍거리는 소리 사이로 집 밖의 소음이 희미하게 스며들었다.

부엌문이 열리며 마큘라가 복도로 나왔다.

"둘이 싸우는 소리가 들려서……." 마큘라가 조심스러운 표정으로 말을 건넸다.

"싸운 거 아니에요." 보이가 대꾸했다.

"애초에 내 탓이지. 정말 미안하다."

"왜 나한테 형제가 있다는 말을 안 해 줬어요?" 보이는 고개를 숙이고 발끝만 바라보며 물었다. "그 사진을 보고서야 알았어요."

"말하고 싶었어. 줄곧. 하지만 섣불리 말하지 않는 게 널 지키는 거라고 생각했어. 먼저 톰에게 무슨 일이 있었는지 알아내고 싶었어. 지금 생각하면 분명한 실수였지."

"나를 좀 그만 보호하려고 하면 안 돼요? 난 이미 12년 동안 나를 스스로 지켜왔어요!"

마큘라가 고개를 푹 떨궜다. 바이올렛은 보이의 말이 품은 가시를 느낄 수 있었다.

"알아." 마큘라가 속삭였다. 눈가에 눈물이 맺혔다. "정말 미안해, 아들."

"톰은……," 보이는 그 이름을 내뱉는 것만으로도 얼굴을 와락 찡그렸다. "그런 애가 어떻게 내 형제일 수 있어요? 사람들을 해코지하고, 날 나쁜 놈으로 몰아간 애가 진짜 나랑 같은 배에서 나왔어요? 그 애는 내 절친마저 나에게 등 돌리게 만들었어요."

"아니, 아니야, 보이. 난 널 걱정했었어." 바이올렛이 바로잡았다. "널 미워한 게 아니라 돕고 싶었을 뿐이야."

"그 아이는 아마 아주 힘들게 자랐을 거야, 보이." 마큘라의 목소리는 차분했다. "너희 둘을 떠나보낸 건 내가 잘못한 거야."

"그럴 수도 있죠." 보이가 꺼질 듯한 목소리로 말했다.

"이제 너희 둘만 있게 해 줄게." 마큘라는 아들을 향해 부드럽게 고개를 끄덕이고는 자리를 떴다.

"엄마."

마큘라가 부엌문 손잡이에 손을 얹었을 때 보이가 불렀다.

"응?"

"엄마는 잘못하지 않았어요."

"사랑한다, 아들." 애틋한 미소를 머금은 마큘라가 문을 밀고 안으로 사라졌다.

둘은 잠시 더 말없이 앉아 있었다. 바이올렛이 무슨 말을 할까 머리를 쥐어짜다가 포기하고 자리를 뜨려던 찰나, 보이가 다시 입을 열었다.

"날 찾아 줘서 고마워." 보이가 속삭이듯 말했다.

"잭이 도와준 덕분이야." 바이올렛은 달리 무슨 말을 해야 할지 몰랐다.

"나라면 더 빨리 찾았을 거야." 보이는 비죽 웃었다. "정말이지 굶어 죽을 뻔했다고."

"뭐, 살 좀 빼야 했잖아." 바이올렛이 조심스럽게 농담했다.

보이가 바이올렛의 어깨를 툭 쳤고, 그 바람에 반대편 팔꿈치가 난간에 부딪혔다.

"아야, 왜 때려?"

"날 너무 늦게 구하러 온 벌이야." 보이가 웃으며 말했다.

바이올렛은 팔꿈치를 움켜쥐었다. 조금 욱신거렸지만, 기분 좋은 통증이었다. 잃어버린 줄만 알았던 친구를 되찾았다는 신호 같은 통증.

CHAPTER 33

목격자

바이올렛은 부엌문을 밀고 들어갔고, 보이가 약간 머쓱한 기색으로 뒤따라 들어왔다. 로즈와 마큘라, 아이리스, 잭, 애나는 두 사람을 못 본 척하며 대화를 이어갔다.

아이리스가 바이올렛과 눈이 마주치자 윙크를 보냈다. 바이올렛은 엄마 옆자리에 앉았다.

"자, 어서 먹어." 아이리스가 바이올렛과 보이에게 샌드위치를 권했다.

보이는 할머니를 올려다보며 미소 지었다. 아이리스가 손자의 어깨를 꼭 쥐었다.

"그런데 왜 재판까지 하는 거예요?" 잭이 식탁 위 〈타운 트리뷴〉을 내려다보며 물었다. "쌍둥이가 그냥 왓처들을 풀어 주고 마을을 장악하면 될 텐데."

"에드워드가 조지한테 그랬어. 왓처들을 풀기 전에 사람들의 신뢰를 되찾아야 한다고." 바이올렛이 기억을 더듬으며 말했다. "왓처들은 정말 포악했잖아. 사람들이 그걸 잊진 않았을 거야. 너무 빨리 풀어 주면 퍼펙트 지지자들조차 자기들의 거짓말에 속지 않을까 봐 섣불리 움직이지 않는 것 같아."

"퍼펙트에서 겪었던 전투를 피하고 싶은 거겠지." 아이리스가 고개를 절레절레했다. "왓처들을 부리더라도 타운 사람들이 똘똘 뭉치면 막을 수 없다는 걸 자기들도 알아. 그래서 우리를 갈라놓으려는 거야. 안타깝게도 그 수작이 먹히고 있지."

"분할 통치." 로즈가 매들린의 말을 떠올리며 중얼거렸다.

"내 두 아들에겐 사악한 면이 있어. 제 아버지를 꼭 닮았지. 퍼펙트에서 당한 굴욕이 그 마음보에 독을 더했을 거다. 권력에 굶주려 모든 걸 통제하고 싶어 하는 녀석들이야. 윌리엄을 파괴하는 데서 더 큰 쾌감을 느낄 거다. 조카인 톰을 이용해서 말이야. 가엾은 아이."

"난 톰이 불쌍하지 않아요." 보이가 딱 잘라 말했다. "그 녀석은 내 정체를 훔쳐 끔찍한 짓들을 하고 있어요."

"그래도, 형제잖아." 애나가 눈을 크게 뜨고 말했다.

"난 형제 같은 거 없어도 돼! 그 얘긴 그만하면 안 돼? 아빠를 구할 방법부터 찾아야 해. 그래야 여길 떠날 수 있어."

"형제는 선택할 수 없는 거 아니야?" 애나가 혼란스러운 표정으로 말했다.

"그다음은, 보이?" 아이리스가 엄격한 말투로 끼어들었다. "에드워드랑 조지에게 타운을 넘겨 주고, 제2의 퍼펙트를 만들게 내버려 둘 거니?"

"전 이제 타운 따윈 신경 안 써요. 저 밖에는 저나 아빠를 진심으로 걱정하는 사람도 없잖아요. 걱정했다면 그렇게 쉽게 우릴 미워하진 않았을 거예요."

"그건 사실이 아니야, 보이. 사람들은 널 미워하는 게 아니야." 바이올렛이 애원하듯 말했다. "아처 형제가 사람들을 화나고 두렵게 만들었고, 그 모든 게 너와 네 아빠, 중간 지대 출신들 때문이라고 믿게 만든 거야. 손가락질할 대상을 준 거지."

"어쨌거나 난 더 이상 억울하게 욕먹기 싫어. 이곳이 망하든 말든, 아빠랑 엄마랑 그냥 떠나고 싶어."

“허, 고맙다.” 바이올렛이 퉁명스레 말하며 시선을 돌렸다.

“그래, 고마워.” 애나는 울먹였다. “언제까지나 내 친구일 거라며. 그런데 그냥 떠난다고?”

“그럼 우리가 목숨 걸고 널 구출한 건 헛수고였던 거네?” 잭이 딱딱하게 말했다.

“진심으로 하는 말이 아니잖니, 보이.” 마큘라가 아들의 눈을 바라보며 나지막이 말했다. “네가 상처받았다는 건 알아, 아들. 하지만 여긴 좋은 사람들로 가득한 좋은 곳이야. 너도 잘 알잖아.”

보이는 고개를 떨군 채 샌드위치만 우적거렸다.

“우리는 윌리엄과 친구들도 구하고, 타운도 구할 수 있어.” 마큘라가 말을 이었다. “너희는 이미 한 번 해냈잖아. 왜 다시 못 하겠어? 힘을 합치면 에드워드와 조지를 물리칠 수 있어!”

“하지만 마큘라, 어떻게?” 로즈가 불안한 눈빛으로 물었다. “보이 말도 일리가 있어. 우리 모두 굳이 싸우지 않고 이곳을 떠나는 게 나을지도 몰라. 이제 사람들은 상상력을 빼앗긴 것도 아니잖아. 스스로 생각할 능력이 있는데도 그 끔찍한 인간들을 선택하다니…….”

“아니에요, 엄마. 사람들은 스스로 생각하고 있는 게 아니에요.” 바이올렛이 고개를 저었다. “아빠가 말했잖아요. 사람들은 두려움에 사로잡히면 이상한 선택을 하게 된다고요."

"우리가 비를 멈출 수 있어!" 애나가 흥분한 목소리로 말했다. "그 파이프를 막으면 되잖아! 그러면 기분도 나아지고 머리도 맑아지지 않을까?"

"훌륭한 생각이야, 애나." 바이올렛은 빠르게 말을 이었다. "하지만 비가 멈추면 아처 형제가 바로 눈치챌 거야. 구름은 그대로 두어야 해. 그 대신 그 안에 다른 걸 넣을 수 있지 않을까? 웃음 가스 같은 거. 분명 그 스프레이 캔 창고 어딘가에 있을 거야."

아이리스가 고개를 끄덕였다. "그래, 우리도 에드워드랑 조지처럼 사람들의 감정을 바꿀 수는 있지. 하지만 핵심은 그들의 생각을 바꾸는 거야. 그건 좀 더 까다로운 일이지."

그때 보이가 갑자기 고개를 들었다.

"제가 진실을 말하면 어떨까요?" 보이가 조용히 말했다. "진실을 알게 되면, 생각이 달라지지 않을까요?"

"진실?" 로즈가 씁쓸하게 웃었다. "요즘은 아무도 그런 데 귀를 기울이지 않아."

"그래도 보이 말이 맞아요." 바이올렛이 말했다. "아빠도 진실을 말하면 잘못될 일은 없다고 했어요. 우리도 원래 보이를 찾아서 사람들한테 진실을 알리려고 했어요. 어떻게든 보이와 톰을 동시에 보여 주면, 보이는 진실을 전할 수 있어요."

"하지만 사람들이 두 아이를 어떻게 구분하겠니, 바이올렛?" 엄마가 물었다. "오히려 더 혼란스러워지지 않을까?"

"이제 사람들은 아처 형제를 믿잖아요. 그들이 진실을 말하면요?" 애나가 어깨를 으쓱했다.

"에드워드랑 조지는 절대 그러지 않을 거야, 애나." 잭이 웃으며 애나의 머리를 쓰다듬었다.

"애나가 좋은 실마리를 준 거 같아." 마큘라가 천천히 말했다. "그들이 진실을 말하도록 유도해서, 그 자백을 브레인으로 내보내는 거야. 윌리엄의 최신 발명품이 그의 못된 형들을 쓰러뜨린다면 아주 통쾌하지 않겠어?"

"브레인…… 바로 그거예요, 마큘라 아줌마!" 바이올렛이 외쳤다. "눈동자풀 화단 앞에서 진실을 인정하게 만드는 거예요. 그러면 브레인으로 모두가 볼 수 있어요!"

"하지만 그 녀석들을 어떻게 화단으로 꾀어내지?" 아이리스가 말했다. "좀 까다로울 것 같은데."

"휴고!" 잭이 벌떡 일어났다. "휴고의 눈은 눈동자풀이잖아요. 어떻게든 휴고가 보는 앞에서 아처 형제가 진실을 말하면 돼요. 그들은 휴고를 의심하지 않을 거예요!"

"그 괴물 눈이 눈동자풀이었어? 어쩐지." 보이가 몸서리쳤다.

"맞아." 바이올렛이 고개를 끄덕였다. "휴고의 눈은 포윅의 집 근처 마구간에 있는 화면에 연결돼 있어. 난 휴고가 보는 걸 전부 그 화면으로 봤어."

"브레인의 모든 화면을 휴고 눈에서 나오는 전자기 주파수에 맞추고, 아처 형제가 휴고 앞에서 진실을 말하게만 하면 돼. 그 장면을 브레인에 띄우는 거야. 그걸 누가 보게만 하면 돼." 보이가 진지하게 말했다.

바이올렛은 미소 지으며 자리에서 일어섰다. "모두에게 보여 주면 어때?"

"그래, 재판이야." 마큘라가 흥분한 목소리로 말을 받았다. "모두가 재판을 보러 시청 밖에 모일 거야. 어떻게든 아처 형제가 진짜 속셈을 털어놓게 만들고, 그걸 휴고가 목격하게 하면 브레인을 통해 타운 전체가 볼 수 있어. 윌리엄의 굴욕을 에드워드와 조지의 참패로 갚아 주자!"

"정말 세기의 재판이겠는걸!" 아이리스가 웃었다.

“나도 좀 더 머물러야겠네.” 보이가 미소 지었다.

CHAPTER 34

바꿔치기

마큘라가 집에 들러 윌리엄의 공구함을 털어 왔고, 이제 보이는 할머니의 부엌 식탁에서 신호 송신기를 분주히 만지작거리고 있었다. 바이올렛은 종이 한 장을 앞에 두고 그 옆에 앉아, 구름을 만들어 내던 하얀 방의 구조를 자세히 떠올리려 애쓰는 중이었다. 오늘 밤에 이어질 계획에 앞서 몇 시간이나마 눈을 붙인 덕분에 컨디션은 나쁘지 않았다.

"아빠 곁에서 지겹게 지켜본 보람이 있네." 보이가 작고 검은 장치를 만지작거리며 미소 지었다. "이제 오늘 밤 다시 아웃스커츠로 가서 충전 중인 휴고에게 이 새 송신기를 눈에 달기만 하면 돼. 그럼 브레인의 모든 수신기와 주파수가 맞춰지고, 모든 화면에 휴고가 보는 장면이 그대로 나올 거야!"

"잭이 제일 똑똑한 줄 알았는데." 바이올렛이 농담했다.

"아마 그럴걸? 잭은 보육원에 있을 때도 늘 책만 봤어. 머릿속에 백과사전 하나쯤은 들어 있을 거야." 보이는 다시 송신기로 시선을 돌렸다.

밖에서 사람들이 옥신각신하는 소리가 스쳐 지나가자 바이올렛은 괜히 신경이 곤두섰다.

잭은 내일 재판에 도움을 줄 옛 보육원 친구들에게 계획을 전하러 나가 있었다. 로즈, 마큘라, 아이리스, 애나는 브레인으로 향했다. 보이가 휴고의 눈에 달 송신기의 코드를 알려 줬고, 그들은 모든 화면에 그 코드를 입력하고 있었다.

"그런데 톰에겐 어떻게 잡힌 거야?" 바이올렛이 물었다. 내내 궁금했던 일이었다.

보이는 잠시 침묵하다 입을 열었다.

"난 보육원에 숨어 있었어. 사람들이 내가 하지도 않은 일로 막 몰아세우니까. 매들린도 납치 사건 얘기를 꺼냈고, 급기야 브레인에서 내가 눈동자풀을 훔치는 영상까지 나왔지. 내가 아니라고 말해 봤자 아무도 믿지 않을 걸 알았어. 나도 너무 혼란스러웠어. 아니, 대체 그게 누구냔 말이야? 어쨌든 계단 밑 벽장에 숨어 있었는데, 누가 노크를 하더라. 애나인 줄 알았는데……,"

"톰이었어?" 바이올렛이 끼어들었다.

보이는 고개를 끄덕였다.

"어땠어? 무섭진 않았어? 너랑 똑같이 생긴 얼굴을 보는 게 이상했을 텐데."

"이상하긴 했지. 하지만 그때쯤엔 이미 어렴풋이 짐작하고 있었어. 그 계단 밑 벽장에 보육원 사진이 잔뜩 있었는데, 뒤져 보다가 걔랑 나랑 함께 찍힌 사진을 발견했거든. 그제야 뭔가 이해가 됐지. 마음 깊은 곳에서 이미 알고 있던 것처럼."

"얘기는 해 봤어?"

"거의 못 했어. 주로 톰이 혼자 이상한 소리를 늘어놨지. 자기가 선택받은 존재라느니 뭐라느니. 엄마 아빠가 자길 부족하다고 여겨서 버렸는데 자기가 증명해 보이겠다는 식으로 말했어."

"뭘 증명해?"

"모르겠어. 그 분열된 영혼 얘기도 했는데, 진짜로 믿는 것 같더라고……. 그러다 벽장에서 기어 나왔을 때 휴고를 맞닥뜨렸어. 아마 그 괴물한테 머리를 맞고 기절한 것 같아. 그다음에 기억나는 건 비좁은 공간과 캄캄한 어둠뿐이야.”

그 순간 현관문을 두드리는 소리에 바이올렛은 화들짝 놀랐다. 보이가 재빨리 숨자, 바이올렛은 문을 열러 갔다.

“잭!” 비에 흠뻑 젖은 채 성큼 들어오는 잭을 보고 바이올렛은 안도했다.

“사람들이 가게 간판을 뜯어 내고 있어. 벽에는 중간 지대 사람들 욕을 쓰고.” 잭이 헐떡이며 말했다. “빗줄기도 아까보다 훨씬 더 세졌어. 기분이 정말 끔찍했어. 이게 다 가짜 구름 때문이라고 중얼거리지 않으면 버틸 수가 없더라. 송신기는 준비됐어?”

“응.”

보이가 부엌문 뒤에서 나타나며 검은 장치를 들어 보였다. “이걸 휴고의 눈에 연결하기만 하면 돼. 다들 자기 몫을 제대로 해냈다면, 브레인은 휴고가 보는 모든 걸 그대로 보여 줄 거야.”

“하지만 지금 타운 분위기가 너무 험악해.” 잭이 고개를 절레절레 저었다. “사람들이 과연 브레인을 보려고나 할까? 진실을 받아들일 여유가 있을까? 밖은 완전히 아수라장이야.”

“빗물에 행복 가스를 섞으면 사람들의 분노가 가라앉을 거야.” 바이올렛이 말했다. "에드워드가 연설하던 날, 사람들이 얼마나 편안하고 행복해했는지 기억하지? 다시 그런 상태로 만들면 상황을 차분하게 받아들일 수 있을 거야."

"그런데 마음에 걸리는 게 있어." 잭이 이마를 찌푸렸다. "재판을 기다리면서 시청 앞에 모인 사람들이 브레인 화면으로 위원회실에서 벌어지는 일을 볼 수는 있겠지. 하지만 소리는 어떻게 듣지? 우리가 조지랑 에드워드를 꾀어 진실을 말하게 만든다 해도 말이야."

보이와 바이올렛은 동시에 굳어 잭을 바라봤다. 계획에 너무 몰두한 나머지 그런 기본적인 문제는 미처 생각하지 못했던 것이다.

잭 말이 맞았다. 밖에 모인 사람들은 휴고의 눈을 통해 아처 형제의 자백을 볼 수는 있지만 들을 수는 없었다. 그럼 이 모든 계획은 무용지물이었다.

바이올렛은 목구멍이 타들어 가는 느낌이 들어 마른침을 삼켰다.

그때 집 현관문이 다시 열렸다. 보이는 재빨리 몸을 숨겼다. 마큘라, 아이리스, 로즈, 애나가 들어오자 바이올렛은 부엌에서 내다보며 안도했다.

"거리가 정말 난장판이야. 이 계획이 통할 리 없어. 우린 끝장이야. 끝장이라고, 바이올렛." 로즈가 울상을 지으며 말했다. 보이는 식탁으로 돌아왔다.

"엄마, 비 때문에 그런 거예요. 걱정 마요. 다 잘 될 거예요." 바이올렛이 대답했지만, 자신도 점점 불안해지고 있었다.

"구름에 니트로스 옥시토신을 넣는 게 모든 일의 핵심이야." 아이리스가 숨을 고르며 말했다. "사람들이 이성에 귀 기울이려면 먼저 차분해져야 해. 밖이 완전히 아수라장이거든."

"모든 수신기를 다시 코딩해 놨어, 보이." 마큘라가 미소 지었다. "브레인에서 이것도 찾아왔어. 쓸모 있을 것 같은데?"

마큘라가 무전기 한 쌍을 들어 보였다. 눈동자풀이 사라진 걸 확인한 밤, 윌리엄과 보이가 연락하는 데 썼던 바로 그 무전기였다.

"휴고의 눈에 송신기를 달고 나면 이걸로 알려 주렴. 그럼 내가 브레인에서 제대로 작동하는지 확인할게."

"좋은 생각이에요, 엄마!" 보이는 애써 씩씩한 척하며 말했다. "그런데 아직 문제가 하나 더……;"

"문제 없을 것 같아." 잭이 말을 끊었다.

모두의 시선이 잭에게 쏠렸다. 잭은 앞으로 걸어 나와 마큘라에게서 무전기 하나를 받아 들고 버튼을 이것저것 눌러 보기 시작했다.

"아이리스 할머니, 옛날에 쓰시던 라디오 있어요?"

"있긴 한데……." 보이의 할머니가 미간을 찌푸렸다. "왜?"

"우린 지금까지 시청 밖에 모인 사람들이 위원회실 안에서 벌어지는 일을 보게 하는 방법만 궁리했죠. 그런데 중요한 걸 하나 놓쳤어요. 사람들이 아처 형제의 자백을 어떻게 듣게 할 것인가 하는 문제요. 보이기만 하고 들리지는 않으면 이 계획은 아무 의미가 없어요. 하지만 이걸 쓰면……."

"무전기, 그렇지!" 아이리스가 중얼거렸다. "정말 명석하구나, 잭! 무전기는 주파수로 작동하잖아. 그럼 내 라디오를 무전기 주파수에 맞출 수만 있다면, 무전기가 듣는 걸 라디오가 그대로 송출할 수 있겠네. 맞지?"

"바로 그거예요." 잭이 의기양양하게 말했다. "누구든 위원회실 안에서 무전기를 들고 있기만 하면, 그 안에서 무슨 일이 벌어지는지 밖에서 라디오로 들을 수 있어요!"

"그런데 라디오를 무전기 주파수에 어떻게 맞추죠?" 바이올렛이 물었다. 이 순간 아빠나 윌리엄이 곁에 있다면 얼마나 좋을까 생각했다.

"내가 할 수 있을 것 같아. 생각보다 간단할 거야." 잭이 자신 있게 말했다. "보육원에 통신 기술에 관한 책이 잔뜩 있어서 여러 번

읽었어.”

“정말?” 바이올렛이 되물었다. 그런 책을 굳이 몇 번이나 읽다니 믿기지 않았다.

“보육원엔 읽을거리가 그다지 많지 않았거든.” 잭은 어깨를 으쓱했다.

“나도 도울 수 있다, 잭.” 아이리스가 말했다. “젊었을 때 라디오 시스템을 좀 만져 봤거든. 사실 나름 발명가라고 할 수 있었지. 너희가 아웃스커츠에 가 있는 동안 내가 할 수 있는 건 해 볼게.”

“좋아요.” 보이는 검은 송신기를 주머니에 챙겨 넣었다. “그럼 우린 이제 출발할까?”

바이올렛이 보이와 잭을 바라봤다.

“우린 전에도 해냈지. 이번에도 해낼 수 있어.” 바이올렛이 용감하게 말했다.

마큘라는 아들을 품에 꼭 끌어안고 정수리에 입을 맞췄다.

“부디 조심하렴.” 마큘라가 속삭였다. “사랑해.”

보이가 얼굴을 붉히자 바이올렛은 그 모습을 놀리려다 참았다. 이제 겨우 다시 사이가 좋아진 참이었으니까.

잭과 바이올렛, 보이는 외투를 집어 들고 현관문으로 향했다. 아이리스, 마큘라, 로즈, 애나가 그들을 따라 복도로 나왔다. 로즈는 불안한 듯 좁은 공간을 서성였다.

"무사히 돌아올 거지, 바이올렛?" 로즈가 딸의 얼굴을 감싸며 말했다. "이렇게 혼자 보내면 안 되는데, 내가 대체 어떤 엄마니?"

"용감한 엄마죠, 로즈." 아이리스가 끼어들며 로즈를 딸에게서 부드럽게 떼어 냈다.

"조심할게요, 엄마. 약속해요." 바이올렛은 미소 지었다. "지난번엔 엄마도 모르는 사이에 왓처들을 상대해야 했잖아요. 그때에 비하면 쉬운 편이에요."

잭은 문을 열고 쏟아지는 빗속으로 나섰다. "자, 가자."

"아, 이거 잊지 마!" 마큘라는 문밖으로 달려 나와 보이의 손에 무전기를 쥐여 주었다. "연락 기다리고 있을게."

❋ ❋ ❋

잭과 보이, 바이올렛은 아웃스커츠의 뒤틀린 나무 뒤에 몸을 숨겼다. 사방이 고요했다. 달빛이 갈아엎은 밭 위를 부드럽게 비추고 마구간 지붕에 은은하게 반사되고 있었다.

포윅의 초가집에는 불이 켜져 있었다. 창문에서 새어 나오는 따뜻한 불빛 덕분에 그림처럼 평온해 보였다. 바이올렛은 포워이 난롯가에서 인형들에게 밥을 먹이는 모습을 상상했다.

평화로운 풍경과 달리 바이올렛의 목은 긴장으로 다시 한번 뻣뻣하게 굳었다.

바이올렛이 마구간을 가리켰다.

"휴고는 저기 있어."

보이가 고개를 끄덕였다. 세 아이는 조용히 밭 가장자리를 따라 움직였다. 노란색 마구간 문에 이르러 살금살금 안으로 들어갔다.

보이는 안쪽 벽에 묶인 휴고와 드니즈, 데니스를 보고 숨을 집어삼켰다. 그들은 잠든 것처럼 고개를 떨군 채였다.

바이올렛이 앞으로 나아가 괴물들의 모니터에 표시된 배터리 잔량을 확인했다. 모두 90퍼센트였다.

보이와 잭은 곧바로 작업을 시작했다. 옆 마구간의 화면과 연결된 기존 송신기를 분리하고, 브레인의 모든 화면과 연결될 새 송신기를 장착해야 했다.

망을 보던 바이올렛이 돌아보니, 보이와 잭은 괴물의 뒤통수에 손을 뻗는 데 애를 먹고 있었다.

"발판을 가져올게." 바이올렛이 검은 가죽 의자를 떠올리며 속삭였다.

바이올렛은 재빨리 옆 칸으로 이동했다.

가죽 의자는 전과 같은 자리에 있었다. 그 옆 탁자에는 여전히 초록색 버튼 세 개가 달린 리모컨이 놓여 있었다.

바이올렛은 의자를 붙잡았다. 그런데 바퀴 하나가 돌바닥 틈에 끼어 꼼짝도 하지 않았다. 옆으로 힘껏 잡아당기자 의자가 옆 탁자를 치며 빠졌다.

바이올렛이 커다란 검은 가죽 의자를 끌고 옆 칸의 문턱을 막 넘어섰을 때, 안쪽에서 소란스러운 소리가 터져 나왔다.

휴고가 깨어나고 말았다. 여전히 벽에 묶여 있기는 했지만, 두 손으로 잭의 목을 단단히 조르고 있었다. 보이는 친구를 풀어 주려고 아이사냥꾼을 미친 듯이 걷어찼다.

겁에 질린 바이올렛은 무작정 괴물에게 달려들어 배를 주먹으로 힘껏 쳤다. 하지만 휴고는 꼼짝도 하지 않았다. 시간이 없었다. 잭의 얼굴이 점점 파랗게 질려 가고 있었다. 보이는 휴고의 손을 붙잡고 억지로 떼어 내려 했고, 입을 크게 벌려 썩은 피부를 물기까지 했다.

그 순간, 바이올렛의 머릿속에 번뜩이는 생각이 스쳤다. 톰은 보이와 똑같이 생겼고…… 아이사냥꾼은 톰의 말을 들었다.

"톰, 휴고를 말려!"

바이올렛이 보이를 똑바로 바라보며 소리쳤다. 보이가 손을 멈추고 바이올렛의 눈빛을 읽었다.

"휴고, 멈춰." 보이가 명령했다. "잭을 내려놔."

휴고는 보이를 보았다가 다시 손아귀에 붙잡힌 잭을 내려다봤다. 그러더니 천천히 힘을 풀어 잭을 바닥에 내동댕이치고 으르렁거렸다. 바이올렛은 잭의 바짓단을 붙잡고 보이와 함께 괴물에게서 끌어냈다.

"잭, 괜찮아?" 둘은 잭의 뺨을 가볍게 두드리며 불렀다.

잭은 신음하며 서서히 정신을 차렸다.

"보이, 어떻게 좀 해 봐!" 바이올렛은 다급하게 휴고를 가리켰다. 아이사냥꾼은 이제 가죽 띠에서 빠져나오려 몸부림치고 있었다.

"멈춰, 휴고. 우리는 네 눈을 좀 고치려는 것뿐이야." 보이가 명령했다.

"무슨 일이야? 어떻게 깨어난 거야?" 괴물이 잠잠해지자 바이올렛은 보이를 바라보며 물었다.

"모르겠어. 네가 발판 가지러 간 사이에 갑자기 눈을 뜨더니 살아

났어."

"네가 송신기를 잘못 만진 거 아니야?"

보이는 혼란스러운 얼굴로 고개를 저었다. "아니. 괴물이 눈을 뜰 때 우린 멀찌감치 있었어."

"아, 이런…… 탁자! 의자 옮기다가 부딪혔어. 실수로 휴고를 켜 버린 것 같아."

바이올렛이 옆 칸으로 달려가 휴고라고 적힌 초록색 버튼을 눌렀다.

다시 돌아왔을 때, 아이사냥꾼은 잠든 모습이었다. 잭은 여전히 바닥에 누워 거칠게 숨을 몰아쉬고 있었다.

"미안해." 바이올렛이 두 친구 옆에 주저앉으며 사과했다.

"괜찮아, 바이올렛." 보이가 말했다. "잭이 무사한 게 어디야. 그리고 이제 휴고를 타운까지 데려갈 방법도 알아냈어. 내가 명령하면 돼!"

"좀 더 쉽게 알아낼 수 있었을 것 같은데." 잭이 콜록이며 몸을 일으켰다.

한숨 돌리자 보이가 말했다. "자, 다시 작업하자!"

보이가 일어나 아이사냥꾼에게 다가갔다. 의자를 밟고 올라서자 훨씬 수월하게 휴고의 눈에 새 송신기를 연결할 수 있었다. 잭의 도움도 필요 없었다.

"됐다!" 보이가 환하게 웃으며 바닥으로 뛰어내렸다.

"좋아. 그럼 이제 갈 수 있는 거지?" 잭이 비틀거리며 일어섰다.

"잠깐, 마쿨라 아줌마한테 연락해서 지금 휴고가 보는 걸 볼 수 있는지 확인해야 해." 바이올렛이 말했다. "의자 갖다 놓으면서 내가 휴고를 켤게."

"아, 깜빡할 뻔했네." 보이가 바지 주머니에서 엄마가 준 무전기를 꺼냈다.

바이올렛은 의자를 옆 칸으로 끌고 가 탁자 옆에 다시 갖다 놓았다. 휴고의 전원을 켠 뒤 잠시 앉아 숨을 고르며 마음을 진정시켰다. 괴물의 손아귀에 붙잡혔던 잭의 모습이 아직도 눈에 선했다.

몸을 일으키려는 순간, 옆 칸에서 잭도 보이도 아닌 목소리가 들려왔다. '마쿨라 아줌마인가?' 바이올렛은 귀를 기울였다.

"톰, 너한테 말하는 거야!" 돌벽을 뚫고 목소리가 새어 들어왔다.

마쿨라가 보이를 톰이라고 부를 리 없었다. 바이올렛은 깊게 숨을 들이마신 뒤, 떨리는 손으로 데니스의 버튼을 눌렀다. 마구간 옆 칸에서 무슨 일이 벌어지고 있는지 확인해야 했다.

정면 벽의 왼쪽 화면이 살아났다. 보이와 잭은 마구간 한가운데 서 문을 향해 서 있고, 그들 앞에는 포윅이 있었다.

CHAPTER 35

불청객

"여기서 뭐 하느냐니까, 톰?" 돌벽 너머로 포윅의 사나운 목소리가 들려왔다. "내일 아침을 위해 시청에 가 있을 줄 알았는데. 그 옆에 있는 애는 누구지?"

바이올렛은 화면 속 포윅에게서 눈을 떼지 못한 채 얼어붙었다.

"어, 그게……." 보이는 친구를 힐끗 보며 말을 더듬었다. "에, 에드워드가 휴고를 고쳐 달라고 해서요. 눈이 좀 흐릿한 것 같다고."

"흐릿해?" 포윅이 그들 곁을 지나 곧장 아이사냥꾼 앞으로 다가갔다. 이제 화면에는 포윅의 옆얼굴만 보였다. "눈에는 아무 문제 없어. 또 그 결함 있는 눈동자풀 때문이 아니라면 말이지. 브라운이 개발한 눈은 이 일에 영 마땅치 않아. 어쨌든 에드워드가 그렇게 벼르던 거사를 앞두고 지금 널 여기로 보냈다니 이상하네. 함께 온 애는 누구야?"

포윅이 데니스의 시야를 등지고 돌아서 보이와 잭을 마주했다.

"대답해, 톰."

"애는…… 잭이에요. 기계 같은 걸 잘 다뤄요. 에드워드가 내일 재판 때문에 바빠서 휴고를 직접 고칠 시간이 없다고 했거든요. 그래서…… 잭을 데려가 도움을 받으랬어요."

"그 남자는 참 자기중심적이야." 포윅이 코웃음을 쳤다. "내일 뭘 얻고 싶은 걸까? 형제에 대한 복수? 큰 틀에서 보면 참으로 시시한 목표지. 마음껏 즐기라고 해. 그래도 곧 큰 그림을 보게 되겠지. 그렇지 않니, 톰?" 포윅이 웃었다.

보이도 따라 웃었다. 하지만 바이올렛의 눈에는 몹시 어색해 보였고, 포윅도 분명 눈치챘을 터였다. 포윅이 보이의 어설픈 변명에 속아 넘어갈 리 없었다.

"그럼 일은 끝난 거야?" 포윅이 물었다.

"어, 네. 이제 된 것 같아요." 보이가 잭을 곁눈질했다. 잭은 어깨를 으쓱하며 억지로 미소 지었다.

"이상하지 않니? 에드워드가 휴고의 눈을 손보라고 나한테 부탁하지 않은 게 말이야. 이 녀석들은 전부 내가 만든 작품인데."

보이는 초조한 듯 몸을 들썩였다.

"그래서 휴고의 눈은 어떻게 고쳤는데?" 포윅이 잭에게 바짝 다가서며 물었다.

포윅이 다시 데니스를 향해 서자, 바이올렛은 그의 광기 어린 눈을 똑똑히 볼 수 있었다.

온몸이 굳었지만 뭔가 해야 했다. 포윅이 모든 걸 알아내면 지금까지의 계획은 모조리 물거품이 되고 말 터였다. 간호사는 잭을 코앞에서 노려보고 있었다.

"저, 저는 그냥…… 배선을 다시 연결했어요." 잭이 더듬거렸다.

"오 그래?" 포윅은 웃음을 터뜨렸다. "그런데 에드워드 아처가 왜 너 같은 애한테 그런 일을 맡겼을까? 너 보육원에 있었지? 길 잃은 양 냄새가 풀풀 나는걸!"

화면 한구석에 휴고가 보였다. 바이올렛은 괴물의 배터리 팩 바로 아래에서 고정 해제라고 적힌 빨간 버튼을 본 기억이 났다. 괴물을 가죽 띠에서 풀어 주는 버튼임이 분명했다.

한 가지 묘안이 스쳤다.

바이올렛은 데니스의 전원을 끄고 살금살금 옆 마구간으로 들어섰다. 포윅은 문을 등진 채 여전히 잭을 몰아붙이고 있었다.

바이올렛이 보이를 향해 수신호를 보냈다. 자신과 휴고를 번갈아 가리켰다. 보이는 이해했다는 듯 고개를 끄덕였다.

심장이 크게 뛰었다. 바이올렛은 포윅의 눈에 띄지 않게 벽을 따라 휴고에게 다가간 뒤, 손을 뻗어 빨간 버튼을 눌렀다.

철커덕 소리와 함께 가죽 띠가 튕겨 올라가며 휴고는 마침내 풀려났다. "명령해!" 아이사냥꾼이 벽에서 떨어져 나오자 바이올렛이 소리쳤다.

"휴고, 공격해!" 보이가 포윅을 가리키며 외쳤다.

포윅이 흠칫 물러서더니 웃음을 터뜨렸다. 휴고가 포윅을 향해 터벅터벅 다가갔다.

"얜 내가 만든 존재야. 휴고는 날 공격하지 않을 거야. 그렇지, 휴고? 휴고……?"

아이사냥꾼은 으르렁거리며 두 손을 치켜들었다. 포윅의 표정이 변했다. 포윅은 돌아서서 허겁지겁 달아나려 했다. 바로 그 순간, 잭이 달려들어 포윅을 바닥에 넘어뜨렸다.

순식간에 다가온 휴고가 포윅의 남색 망토 깃을 움켜쥐고 공중으로 들어 올렸다.

"휴고, 난 네 엄마야, 네 창조자라고!" 포윅이 숨넘어가듯 외쳤다.

"휴고의 창조자는 당신일지 몰라도, 휴고의 친구는 톰이야." 아이 사냥꾼의 손아귀에 단단히 붙잡힌 포윅을 보며 바이올렛이 말했다. "다음부턴 작품들을 좀 더 잘 대우하시지!"

"이제 어떡하지?" 잭이 물었다.

"그 여자를 이리 데려와." 쉰 목소리가 마구간 안에 울려 퍼졌다. 모두가 깜짝 놀라 사방을 둘러보았다.

"나야, 마큘라. 보이, 네가 무전기를 들고 있잖니. 다행히 휴고의 송신기가 제대로 작동하는구나. 포윅을 데리고 오렴, 오버!"

"보이?" 포윅이 신경질적으로 웃었다. "쥐새끼 같은 놈, 트레일러 에서 어떻게 빠져나온 거냐? 친구들이 와서 구해 줬나? 꽤 뭉클하 지만 좀 어리석네. 곧 알게 될 거야."

"혹시 이 여자가 사라진 걸 누가 알아채면 어쩌죠? 오버." 보이가 포윅을 무시한 채 엄마에게 물었다.

"분명 알아챌 거다." 포윅이 으르렁거렸다.

"아무도 찾지 않을 거야." 마큘라는 단호했다. "오늘 밤엔 아무도 그 여자를 찾지 않을 거야. 아처 형제는 내일을 준비하느라 바쁠 테고, 톰도 마찬가지겠지. 그 여자를 데리고 곧장 할머니 댁으로 돌아오렴, 오버.”

“알겠어요, 오버.” 보이는 무전기를 주머니에 넣었다. “일단 여길 떠나자.”

보이의 명령에 따라 아이사냥꾼은 포윅을 번쩍 들어 어깨에 멨다. 그들은 마구간을 빠져나와 밭을 가로질러 우물 갱도 쪽으로 걸어갔다.

“톰이랑 정말 똑 닮았구나.” 포윅이 휴고 등에 거꾸로 매달린 채 보이에게 말했다. “정말로 네 멍청한 엄마 말을 들을 생각이니? 그 여자는 널 그렇게 오랫동안 보육원에 버려뒀잖아. 난 톰이 너무 불쌍해서 도저히 그냥 둘 수가 없었지. 그래서 내 아들처럼 돌본 거야. 너도 함께 데려가고 싶었지만, 두 입이나 먹여 살릴 여유는 없어서……”

“집에서 그 장난감들 먹여 살리느라? 플라스틱 음식이 꽤 비싼가 봐!” 잭이 조롱했다.

“장난감? 어떻게 감히!” 포윅이 분노를 토해 냈다. “내 아기들이야. 너희 보육원 아이들이 망가뜨린 내 아기들! 어린 것들은 보이지도 들리지도 않게 가둬 놔야 해. 그게 내 신조야!”

“적어도 우린 사람이야.” 잭이 분노에 차서 맞받아쳤다.

“사람?” 포윅이 웃었다. “부모 없이 자란 녀석들이 무슨 사람 구실을 하겠어? 너희 가족들은 너흴 되찾길 원했던 척했을지 몰라도, 실은 너희 없이 잘만 지냈지. 지금 너희의 그 한심한 타운 꼴 좀 봐. 완전히 망가졌잖아. 퍼펙트 사람들은 중간 지대 사람들을 원하지 않아. 처음부터 그랬지!”

“보이, 휴고한테 저 여자 입 좀 다물게 시킬 수 없어?” 잭이 쏘아붙였다.

보이의 명령에 따라 아이사냥꾼이 포윅을 기절시켰다.

“나, 휴고가 점점 마음에 들어.” 바이올렛이 씩 웃으며 갱도 발판에 올라섰다.

모두 올라타자 바이올렛은 D, O, W, N을 눌렀다. 돌바닥이 터널로 내려가기 시작했다.

CHAPTER 36

최고의 명약

일행은 터널을 따라가다 상자들이 가득 쌓인 공간에 이르렀다. 보이는 아이사냥꾼에게 아치형 입구에 서 있으라고 명령했다. 포윅은 여전히 의식을 잃은 채 휴고의 어깨에 축 늘어져 있었다. 세 친구는 안으로 들어갔다.

"여기가 아처 형제가 OA 가스를 보관하는 곳이야. 우릴 화나게 만드는 물질." 바이올렛은 크고 빨간 글씨로 OA라고 적힌 판지 상자 더미를 가리켰다. "우리는 니트로스 옥시토신, 아니면 NO라고 적힌 상자를 찾아야 해. 아빠 말로는 그게 행복 가스래. 여기 어딘가에 있을 거야."

보이와 잭, 바이올렛이 작은 공간을 분주히 뒤졌다. 바이올렛은 상자 더미를 헤집었지만, 손에 잡히는 것마다 OA 표시뿐이었다.

"여기!" 다른 쪽에서 보이가 외쳤다.

보이가 판지 상자 안에서 NO라고 적힌 스프레이 캔 하나를 꺼내 들었다.

"잘했어!" 바이올렛이 외쳤다. "조금만 뿌려 봐. 확인해 보게."

보이가 노즐을 누르자 어두운 공간에 투명한 안개가 희미하게 스쳤다. 진지한 표정을 유지하려 애쓰는 게 보였지만 곧 보이의 얼굴이 환해지더니 킥킥 웃기 시작했다.

가스가 코끝을 간질이는가 싶더니, 바이올렛도 덩달아 웃음이 터져 나왔다.

"상자가 몇 개나 있어?" 잭이 물었다.

"한 대여섯 개쯤?" 보이가 웃으며 말했다. "한 상자에 스무 캔쯤 들어 있어."

"그 정도면 충분할 거야." 바이올렛이 기분 좋게 대답했다. "이제 이 가스를 하얀 방으로 넣어 구름에 섞이게만 하면 돼. 그러면 비가 되어 타운에 뿌려질 거야!"

"근데 이미 구름 속엔 분노 가스가 들어 있지 않아?" 보이가 물었다. "우리는 아처 형제가 이미 만든 비를 멈추는 방법은 아직 모르잖아."

"그래도 충분히 많이 넣으면 행복 가스가 분노 가스의 효과를 눌러 줄 거야." 바이올렛이 말했다. "사람들이 지금보다 훨씬 차분해지게만 하면 돼. 그래야 잠시 멈춰 서서 귀 기울일 테니까!"

"그런데 가스를 방 안에 어떻게 넣어?" 잭이 초조하게 물었다.

바이올렛은 지난번에 빠져나왔던 터빈을 가리켰다.

"저 프로펠러가 차가운 공기를 만들어서 짧은 파이프를 통해 하얀 방으로 보내. 프로펠러가 멈출 때마다 날개 사이로 팔을 집어넣어서 행복 가스를 파이프 안으로 뿌리면 하얀 방까지 잘 전달될 거야."

"그리고 구름의 일부가 되겠지."

"맞아, 잭." 바이올렛이 미소 지었다. "머리가 잘 돌아가는 사람이 있어서 다행이야!"

"그건 무슨 뜻이야?" 보이가 웃으며 따졌다.

"아무 뜻도 아니야." 바이올렛은 장난스럽게 말하며 스프레이 캔 하나를 집어 들었다.

"이거 밟고 올라가면 위까지 닿을 거야." 보이가 상자 몇 개를 옮겨 프로펠러 아래 벽에 붙여 놓았다.

바이올렛은 상자 위로 올라가 프로펠러가 멈추기를 기다렸다. 회전이 완전히 멎자, 날개 사이로 팔을 뻗어 노즐을 파이프 안에 대고 가스를 분사했다. 캔이 텅 빌 무렵에는 웃음이 멈추질 않아 상자에서 떨어질 뻔했다.

이어서 보이도 상자를 밟고 올라가 소매로 입을 가린 채, 프로펠러가 다시 움직이기 전에 캔을 파이프 안으로 밀어 넣고 내용물을 분사했다. 잭도 뒤이어 똑같이 했다.

세 친구는 꽤 빠른 속도로 작업을 이어 갔다. 얼마 지나지 않아 니트로스 옥시토신 네 상자 분량이 파이프 안으로 사라졌다. 그쯤 되자 보이와 바이올렛, 잭은 돌바닥 위를 데굴데굴 구르며 웃게 되었다.

"나 숨이, 숨이, 안 쉬어져." 바이올렛이 헐떡였다.

"나도……." 보이는 벽을 붙잡고 겨우 몸을 가누며 웃음기 어린 숨을 헐떡였다.

"생각을, 생각을 못 하겠어." 바이올렛은 다시 한번 웃음을 터뜨렸다.

바이올렛은 힘겹게 일어나 옆에 굴러다니던 캔 하나를 집고 다시 상자 위로 올라가려 했다. 하지만 다리가 풀려 OA 상자 더미에 부딪히는 바람에 스프레이 캔들이 바닥을 요란하게 굴러갔다.

"여기서 나가, 나가야 해……." 잭이 팔꿈치로 몸을 끌고, 여전히 휴고가 얌전히 서 있는 아치형 출입구 쪽으로 웃으며 기어갔다.

바이올렛은 상자 더미에 걸려 휘청거리면서도 잭을 따라갔고, 보이는 발작처럼 웃음을 쏟아 내며 뒤따랐다.

"이거 너, 너무 오래 걸려……." 잭이 웃음 사이로 애써 말을 뱉었다.

"맞아……." 보이가 헐떡이며 말했다. "해 뜨기 전에, 휴고를, 다시…… 시, 시청에 들여보내야 해."

잭은 간신히 몸을 일으켜 앉았다.

"너희, 너희 둘이 먼저 가. 난 여기 남아서…… 계속 뿌릴게."

"그런데, 웃다가…… 웃다가 죽으면 어떡해?" 바이올렛은 애써 진지한 얼굴로 물었다.

세 사람은 다시 한번 나둥그라져 웃었다.

"적어도 화…… 화내다 죽는 거보단 나, 낫지." 잭이 헐떡이며 말했다. "아이리스 할머니가 주, 주파수 꼭 맞춰야 해……."

"잭…… 네가 돌아가." 보이가 킥킥거리며 말했다. "네가 가서 도와줘……. 나, 나는 여기 남아서 가스 뿌릴게.”

잭은 숨을 몰아쉬며 고개를 저었다.

“내가 남을게…….” 바이올렛이 웃음을 참으려 애쓰며 말했다.

“아니, 아니야…….” 잭이 고집했다. “어차피…… 난 지금…… 머리 쓰는 일, 못 해!”

“알겠어…… 너무 늦게 오진 마.” 보이는 웃으며 돌바닥에서 바이올렛을 일으켜 세웠다. “휴고…… 따라와.”

바이올렛은 웃느라 아픈 배를 움켜쥔 채 비틀거리며 터널을 통과했다. 석판이 열려 바깥 묘지가 보일 때까지도 웃음기가 가시지 않았다.

계단을 비틀거리며 올라간 바이올렛이 자갈길에 털썩 주저앉았다. 분노 가스 섞인 안개조차 들뜬 기분을 가라앉히지는 못했다. 보이도 뒤이어 기어 올라와 숨을 골랐다.

“이제 진짜 정신 차려야 해, 보이.” 바이올렛은 흐린 밤하늘을 올려다보며 중얼거렸다.

“알아.” 보이가 킥킥거리며 말했다. “근데 조절이 안 돼.”

비는 그쳤고, 구름이 걷히며 별들이 드러났다.

“저기 봐, 보이!” 바이올렛이 하늘을 가리키며 미소 지었다. 행복 가스 덕분에 한동안 느껴 보지 못했던 후련함과 해방감이 스며들고 있었다.

"저런 별들은 정말 오랜만에 봐." 보이가 말했다. "타운이 퍼펙트였을 때 밤하늘이 얼마나 맑았는지 기억나?"

바이올렛은 잠시 생각에 잠겼다가 이내 친구를 바라봤다.

"우리가 퍼펙트를 무너뜨린 게 잘못이었을까?"

"왜 그런 생각을 해?"

"그땐 다들 더 행복해 보였잖아. 적어도 퍼펙트 사람들은. 중간 지대 사람들과 퍼펙트 사람들은 애초에 친구가 될 수 없는 걸까? 너무 다른 사람들인 걸까?"

"바이올렛." 보이가 한숨을 내쉬었다. "퍼펙트 사람이나 중간 지대 사람 같은 건 없어. 그저 다 같은 사람일 뿐이야. 우리 아빠가 그랬어."

바이올렛은 그동안 절친이 너무나 그리웠음을 실감했다. 보이는 언제나 자신의 기분을 나아지게 하는 법을 알았다.

"아무튼, 이제 가자." 보이는 다시 웃음을 터뜨리며 말했다. "나, 이제 더는 휴고의 코털을 못 올려다 보겠어!"

별이 반짝이는 밤 풍경에 빠져 있던 바이올렛은 그제야 휴고가

여전히 어깨에 포획을 둘러멘 채 그들 곁에 서 있다는 사실을 의식

했다.

　아이사냥꾼의 커다란 콧구멍은 두 사람 머리 위에 둥둥 뜬 우주

선처럼 보였다. 바이올렛은 다시 한번 별을 올려다보며 웃음을 터

뜨렸다.

CHAPTER 37

단순한 진실

바이올렛과 보이, 그리고 간호사 포윅을 둘러멘 휴고가 아이리스의 집으로 돌아왔을 즈음, 타운에는 비가 완전히 멎어 있었다.

보이가 문을 두드렸다.

"세상에나! 어서 들어와, 들어와." 아이리스는 휴고가 쿵쿵거리며 안으로 들어서자 뒷걸음질하며 말했다.

복도에 멈춰선 아이사냥꾼을 보고 마큘라는 입을 벌린 채 굳었다. "이건, 음…… 이건……."

"좀비 로봇이에요." 바이올렛이 웃으며 말했다. "보기엔 별로지만, 꽤 유용하죠."

"그래…… 손님들이 올 줄 알았으니까." 마큘라는 재빨리 계단 아래에서 밧줄 한 뭉치를 집어 들었다. "나가서 이걸 구해 왔어. 보이, 같이 이 여자부터 묶자."

보이와 마큘라는 낡은 밧줄로 포워의 손목과 발목을 단단히 묶었다. 마큘라는 한발 물러서서 작업물을 살폈다.

"나쁘지 않네." 마큘라가 손을 털며 말했다. "이제 계단 밑으로 옮기자."

보이의 지시에 따라 아이사냥꾼은 꽁꽁 묶인 포워을 들어 올려 계단 아래 벽장 안에 내려놓았다. 마큘라가 문을 닫고 단단히 빗장을 질렀다.

"아침까지는 휴고가 보초를 설 거야. 그때 시청으로 데려가야 하니까." 보이는 하품을 하며 말했다.

"잭은 어디 있니?" 아이리스가 아이들을 부엌으로 오라고 손짓하며 물었다.

"마지막 남은 행복 가스를 하얀 방에 넣고 있어요. 사람들이 아침비를 맞고 조금은 차분해져야 할 텐데요." 바이올렛은 창밖을 내다봤다. "재판이 끝날 때까지 다시 비가 안 내리면 어떡하죠?"

"나도 생각해 봤다." 아이리스가 말했다. "구름은 순환 주기로 움직이는 것 같아. 한 번 퍼붓고 나면 다시 쌓이는 데 몇 시간쯤 걸리더구나. 대략 계산해 보니 다음 비는 아마 재판 직전쯤 내릴 거야.”

“맞다! 아빠도 그렇게 말했어요.” 바이올렛은 안도의 한숨을 내쉬었다.

“너희가 없는 동안 할머니도 꽤나 바쁘셨단다.” 마큘라가 미소 지었다.

“그래, 이 늙은 머리도 마침 새 자극이 필요했나 봐. 소리 문제를 해결해 놨다.” 아이리스는 들뜬 얼굴로 부엌 조리대 위에 놓인 나무 라디오로 성큼 다가갔다.

“다시 시연해 볼까요?” 마큘라가 눈을 반짝이며 물었다.

아이리스 아처가 고개를 크게 끄덕이자, 보이의 엄마는 식탁에서 무전기를 집어 들고 부엌을 빠져나갔다.

나무 계단을 올라가는 발소리가 층계참에서 멈췄다. 아이리스는 두 아이를 향해 빙그레 웃은 뒤, 라디오 전원을 켰다.

“테스트, 테스트. 하나, 둘, 셋.” 마큘라의 목소리가 부엌 가득 울려 퍼졌다.

“이제 에드워드와 조지가 죄를 자백하면, 타운 사람 모두가 보고 듣게 될 거야!” 아이리스는 뿌듯한 표정으로 손뼉을 짝 치고 라디오를 껐다.

“정말 대단해요, 할머니.” 보이가 활짝 웃었다.

“이 늙은 과학자도 아직 쓸모가 있지.” 며느리가 부엌으로 돌아오자 아이리스가 말했다. “자, 배고픈 사람?”

아이리스는 수프 두 그릇을 퍼 담고 두툼하고 바삭한 빵을 곁들여 내왔다.

“배고팠을 텐데 어서 먹어.”

“엄마랑 애나는 어디 있어요?” 바이올렛이 물었다.

“둘 다 자고 있단다, 얘야. 아침을 대비해서. 너희도 무척 지쳤을 거야. 쉬어야 해.”

바이올렛은 그제야 자신이 얼마나 피곤한지 실감하며 고개를 끄덕였다. 수프를 거의 다 비우고 눈을 뜨고 있기도 벅찰 즈음, 문 쪽에서 쿵 하는 소리가 났다.

보이가 부엌에 숨자, 아이리스가 천천히 현관으로 나갔다.

“누구세요?” 아이리스가 불렀다.

문 너머에서 웃음소리가 들려왔다.

“열어 줘요, 할머니!” 보이가 외치며 부엌에서 달려나갔다.

바이올렛도 바로 뒤따랐다. 아이리스가 문을 열고 황급히 밖으로 나섰다.

“좀 도와다오!” 아이리스가 어깨너머로 외쳤다.

잭이 자갈밭에 드러누운 채 웃어대고 있었다. 일어서지도, 숨을 제대로 쉬지도 못 하는 지경이었다.

아이리스가 곧장 집 안으로 뛰어 들어가 종이봉투를 들고 다시 나왔다.

“여기 대고 숨 쉬렴.”

잭은 봉투를 입에 대자마자 다시 웃음을 터뜨렸다.

보이와 바이올렛, 마큘라가 정신없이 웃는 아이를 부축해 안으로 들여 식탁 의자에 앉혔다. 잭은 종이봉투를 입에 대고 숨을 고르며 서서히 진정했다. 보이의 엄마가 봉투를 치우자, 잭은 한동안 더 킥킥거리다 결국 식탁에 푹 엎드려 곯아떨어졌다.

“너희 모두 잠 좀 자야 해.” 아이리스가 잭을 내려다보며 말했다. “그래야 내일 제대로 움직이지. 몇 시간 뒤에 깨우마.”

바이올렛은 아이리스가 건네는 담요를 받아 들고 말없이 부엌을 나섰다. 여전히 계단 아래 벽장을 지키는 휴고를 지나 거실 소파에 몸을 던졌다.

잠은 금세 소녀를 덮쳤다.

* * *

바이올렛은 복도에서 들려오는 보이의 낮은 목소리에 잠을 깼다.

소파에서 기어 나와 거실 창밖을 내다봤다. 하늘은 여전히 어두웠고, 별은 보이지 않았다. 또 한차례 폭우를 준비하는 듯한 기색이었다. 바이올렛은 이번 비가 타운을 짓누르는 분노를 조금이나마 누그러뜨려 주길 바랐다.

복도에서는 여전히 속삭임이 오갔다. 보이와 아이리스가 거실 문밖에서 조용히 대화를 나누고 있었다.

"무슨 일 있어?" 바이올렛이 고개를 내밀며 물었다.

보이가 돌아서서 친구를 바라봤다.

"계획 이야기 중이었어." 보이가 속삭였다.

"부엌으로 가자." 아이리스가 말했다. "다른 사람들까지 깨우고 싶진 않으니까."

바이올렛이 거실을 막 나서려는데, 위쪽에서 발소리가 들렸다. 애나가 먼저 계단을 내려오고 마큘라와 로즈가 뒤따랐다. 둘 다 아직 몇 시간은 더 자야 할 얼굴이었다.

"우리도 깨어 있었어요, 어머니." 마큘라가 복도로 들어서며 말했다. "아무도 푹 자진 못한 것 같아요."

여전히 계단 벽장 문을 응시하고 있는 휴고를 지나, 모두 지친 모습으로 식탁에 둘러앉았다.

로즈가 먼저 입을 열었다.

"내 딸이지만 정말 대견해." 로즈가 바이올렛을 바라보며 말했다. "어젯밤에도 대단히 활약했다면서? 보이랑 잭도 마찬가지고."

"좋은 아침이에요." 잭이 식탁 밑에서 기어 나오며 쉰 목소리로 인사했다. "간밤에 너무 피곤해서 담요 몇 장 가지고 눈에 보이는 데로 기어들어 갔어요. 라디오는 제대로 작동해요?"

아이리스가 고개를 끄덕였다. "또렷하게 잘 들려."

잭이 식탁에 앉자 로즈가 미소 지으며 말을 이었다.

"요즘 내가 좀 예민하게 군 거 알아. 아무래도 이 망할 날씨 탓이겠지. 하지만 이제 정신을 추스르고 도움이 되고 싶어. 내 딸한테 자랑스러운 엄마가 되고 싶거든. 퍼펙트 시절에는 아무 도움이 못 됐지만, 이번엔 두 손 놓고 있지 않을 거야."

"난 이미 엄마가 자랑스러워요." 바이올렛이 로즈의 손을 꼭 잡으며 말했다.

"당신은 강해, 로즈." 마큘라가 단호하게 말했다. "우리 여자들은 모두 아주 강해. 그 사실을 절대 잊지 마. 그리고 아이들은 우리의 상상을 뛰어넘을 만큼 강하지. 우리가 그걸 깨닫는 것도 벌써 두 번째야. 이제 오늘의 계획을 다시 짚어 보자. 아처 형제를 이기려면 한 치의 오차도 없어야 해."

"맞아요." 보이가 진지하게 말했다. "우린 재판 시작 직전에 에드워드와 조지를 시청 위원회실로 유인해야 해요. 그다음 그들이 제 입으로 음모를 털어놓게 꾀어내야죠. 그러면 타운 사람들은 브레인 화면을 통해 그 모습을 직접 목격하게 될 거예요."

"휴고의 송신기는 완벽하게 작동하고 있어, 보이." 마큘라는 아들을 향해 고개를 끄덕였다. "몇 시간 전 모두 잠든 뒤에 브레인 화면을 다시 확인했어. 전부 이 집 계단 벽장 문을 또렷하게 비추고 있더구나. 휴고는 여기 온 뒤로 단 한 번도 시선을 떼지 않았지. 위원회실에 들여놓으면 밖에 있는 모두가 휴고의 눈으로 진실을 보게 될 거야. 그리고 아까 밖에서 예전 보육원 아이를 만났는데, 밤 늦게 아처 형제와 톰이 시청으로 들어갔다가 형제만 나오는 걸 봤대. 재판을 위해 톰을 독방에 넣어 둔 것 같아."

"내 아들들은 철저한 녀석들이지. 하지만 우리도 마찬가지야." 아이리스가 무전기를 집어 들었다. "마큘라가 이 무전기를 가지고 위원회실에 있을 거야. 그 안에서 벌어지는 모든 일은, 밖에 있는 내 라디오를 통해 실시간으로 중계되겠지."

"이제 출발하는 게 좋겠어요. 곧 날이 밝을 테니까." 바이올렛이 창밖을 흘끗 보며 말했다.

모두 고개를 끄덕였고, 마큘라 아처가 목을 가다듬으며 자리에서 일어섰다.

"가기 전에 꼭 하고 싶은 말이 있어요." 마큘라는 진지한 얼굴로 손을 뻗어 보이의 손을 꼭 잡았다. "말솜씨는 윌리엄이 더 좋지만, 그가 없으니 내가 한번 해 볼게요. 이 어려운 시기에 우리 가족 곁을 지켜 줘서 진심으로 고맙다는 말을 하고 싶어요. 모두 여론에 휩쓸리지 않고 진실을 찾기 위해 꿋꿋하게 의문을 제기했지요. 이 자리에 있는 한 사람, 한 사람의 놀라운 의지와 열정에 마음 깊이 감사합니다. 이런 이웃들과 함께할 수 있다는 건 정말 행운이죠. 아처 형제에게 보여 줍시다. 아무리 이 마을에 공포와 광기를 퍼뜨릴 수는 있어도 우리를 갈라놓을 수는 없다는 걸요. '그들'과 '우리'는 없어요. 남자, 여자, 아이, 남편, 아내, 중간 지대 출신, 퍼펙트 출신을 떠나서 우리는 그저 모두 다 같은 사람이에요. 바로 그 단순한 진실을 위해 싸워요!"

로즈는 바이올렛의 손을 꼭 잡았다. 다소 가라앉아 있던 방 안에

생기가 살아났다.

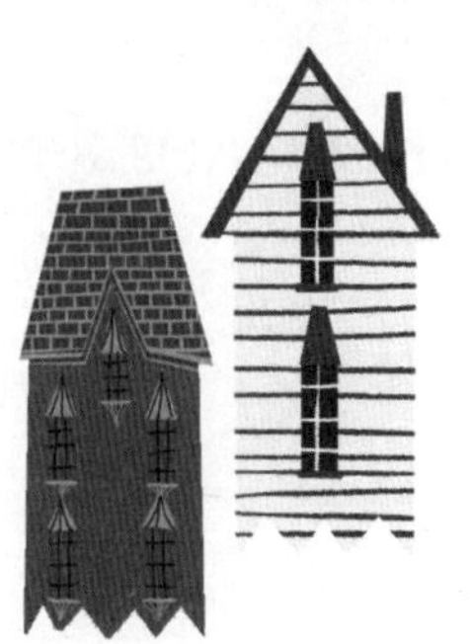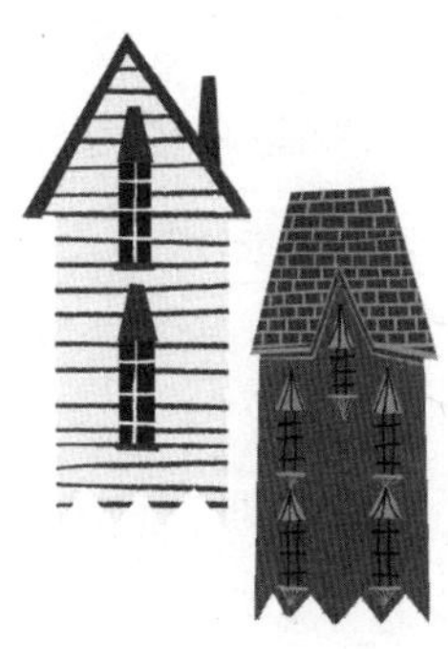

CHAPTER 38

증언

하나의 목표로 뭉친 후드 쓴 무리가 이른 아침 타운 거리를 몰래 지나갔다. 분노에 휩싸였던 주민들 대부분은 잠들어 있었지만, 몇몇 말썽꾼은 여전히 거리를 배회하며 윌리엄의 재판을 기다리고 있었다.

바이올렛과 로즈, 잭, 애나가 시청의 각기 다른 모퉁이에서 망을 보는 사이, 보이는 자물쇠를 땄다. 손놀림은 잭보다 훨씬 능숙했다. 휴고는 충직한 개처럼 보이의 곁을 묵묵히 지키고 있었다.

문에서 조금 떨어진 곳에서 기다리던 마큘라는 바이올렛을 손짓해 불렀다.

"여기서 우린 갈라져야 해." 마큘라가 말했다. "바이올렛, 너와 잭에게 따로 고맙다는 말을 꼭 하고 싶었어. 날 두고 너희끼리 보이를 구하러 간 건 옳은 선택이었어. 난 그 은혜를 평생 잊지 않을 거야. 이제 사람들과 타운을 구하자." 마큘라가 무전기를 건넸다. "여기서 무슨 일이 생기면 이걸로 바로 알려 줘."

"그럴게요." 바이올렛은 진지하게 대답했다.

"됐다." 보이가 속삭였다. 자물쇠가 딸깍 돌아가며 시청 문이 열렸다.

마큘라는 돌아서서 떠나려다 머뭇거렸다.

"톰은 나쁜 아이가 아니야, 바이올렛. 이 모든 일이 끝나면, 보이가 그 사실을 받아들일 수 있도록 네가 도와줬으면 해."

바이올렛은 고개를 끄덕였다. 톰에 대한 감정이 아직 정리된 건 아니었지만, 마큘라만큼은 믿고 싶었다. 보이의 엄마와 할머니가 손을 흔들어 작별한 뒤 조용히 건물 안으로 들어갔다.

보이가 바이올렛을 돌아봤다. "이따가 보자."

"만약 계획이 실패하면?" 바이올렛은 단짝에게만 불안을 드러낼 수 있었다.

"잘 될 거야, 바이올렛."

"그건 내 질문에 대한 답이 아니잖아!"

"네 질문이 바보 같으니까." 보이가 놀렸다.

"바보는 너야." 바이올렛은 피식 웃으며 툴툴거렸다.

"어떻게든 해낼 거야." 보이는 다시 진지해졌다. "우린 좋은 팀이잖아, 바이올렛. 이게 안 되면, 또 다른 방법을 찾으면 돼."

"정말 우리가 좋은 팀이라고 생각해?"

"뭐, 가끔?" 보이가 농담을 던지고는 아이사냥꾼을 데리고 안으로 사라졌다.

❋ ❋ ❋

바이올렛이 브레인에 도착했을 때, 로즈는 밖에서 안절부절못하며 서성이고 있었다. 잭도 돌아와 아이리스의 라디오를 들고 있었다.

바이올렛이 브레인 정문을 열쇠로 열고 좁은 공간 안으로 들어섰다. 로즈와 잭도 뒤따라 들어왔다.

화면들이 너무 밝아서 바이올렛은 잠시 눈을 적응시켜야 했다. 모든 화면에는 같은 영상이 떠 있었다. 시청 위원회실을 위에서 내려다보는 각도였다.

"휴고는 이미 제자리에 있네." 로즈는 침착해 보이려 애쓰며 미소 지었다.

"거긴 다 괜찮아? 오버." 무전기에서 마큘라의 숨죽인 목소리가 흘러나왔다.

바이올렛이 무전기 옆면의 버튼을 누르고 대답하려는데, 로즈가 딸의 어깨너머로 고개를 내밀었다.

"모든 게 완벽해, 마큘라!" 로즈가 말했다.

"이건 여기 둘게." 잭은 나무 라디오를 다리 긴 의자에 올려놓으며 말했다. 윌리엄이 오랫동안 화면을 지켜볼 때 쓰던 의자였다.

"도움이 필요하면 바로 불러. 난 시청 계단 근처에 있다가 사람들이 이쪽으로 오도록 유도할게."

잭이 작은 공간을 떠나자, 로즈는 딸과 눈을 맞췄다. "너에게 자랑스러운 엄마가 되겠다고 했지, 바이올렛. 이번엔 그 약속을 지킬 거야. 네 아빠도 자랑스러워하도록."

온갖 계획에 골몰하느라 바이올렛은 한동안 아빠를 떠올릴 틈이 없었다. 다시금 두려움이 배 속을 휘감았다. 시계탑에 갇힌 아빠가 무사하기를, 바이올렛은 속으로 간절히 빌었다.

❋　　❋　　❋

하나둘 군중이 모이기 시작했다. 로즈와 바이올렛은 번갈아 고개를 내밀어 밖을 살폈다.

"이제 사람이 엄청 많아. 로버트 블룻과 빈센트 크룩드도 같이 시청 계단에 자리 잡았어. 둘이서 쇼를 진행할 모양이야." 아홉 시가 가까워지자 로즈는 재빨리 고개를 안으로 들이며 말했다. "온 주민이 나온 것 같아. 그런데 아직도 다들 화가 나 있어. 네 아빠 말대로 그 OA 가스가 구석구석 스며들었나 봐! 다른 비는 언제쯤 오지?"

바이올렛은 화면을 힐끗 봤다. 휴고는 여전히 방청석에서 위원회실을 내려다보고 있었다. 그 옆에서 초조하게 기다리고 있을 보이와 마쿨라가 떠올랐다. 휴고의 시야에는 이제 위원회실 안을 서성이는 아이리스도 잡히고 있었다.

라디오에서 지직거리는 소리가 나더니, 마쿨라가 다시 한번 상황을 점검했다.

잠시 후, 날카로운 삑 소리가 공기를 가르며 울렸고, 로버트 블룻의 목소리가 거리 전체에 퍼졌다.

"세기의 재판에 오신 것을 환영합니다. 가증스럽고 흉악한 범죄

혐의로 기소된 윌리엄 아처를 심판하는 자리입니다." 블롯이 과장된 어조로 선언했다.

군중이 폭발하듯 소리를 질렀다. 결코 기쁨의 환호는 아니었다. 공기 속에 날 선 긴장감이 감돌았다.

"엄마, 잠깐 나가서 좀 보고 올게요." 바이올렛이 속삭였다.

"조심해, 딸." 로즈는 화면에 시선을 고정한 채 대답했다. 위원회실 한가운데 얼어붙은 듯 서 있는 아이리스 아처가 보였다.

바이올렛은 브레인 문을 살짝 열었다. 모두가 시청 쪽을 바라보는 틈을 타, 후드를 푹 뒤집어쓴 채 인파를 헤치고 나아가 재판 상황이 잘 보일 만한 지점에 섰다.

시청 차양 아래, 신문 기자 로버트 블롯이 마이크와 커다란 스피커 두 대 옆에 서 있었다. 그의 뒤에는 '세기의 재판'이라는 문구 아래 윌리엄 아처의 얼굴이 인쇄된 대형 포스터가 걸려 있었다. '타운 트리뷴 단독 보도'라는 문구가 적힌 빨간 원형 스티커가 윌리엄의 한쪽 눈을 반쯤 가린 채였다.

블롯의 왼쪽에는 빈센트 크룩드를 비롯한 나머지 위원들이 앉아 있었다. 대부분 퍼펙트 지지자들이었다.

"그리고 이제, 우리를 구할 이들이 옵니다!" 블롯이 에드워드 스트리트 쪽으로 몸을 돌렸다.

사람들의 환호 속에서 에드워드와 조지가 의기양양하게 걸어왔다. 군중은 형제의 이름을 연호하며 양쪽으로 갈라져 길을 터 주었다. 곧 아처 형제가 돌계단을 올라 로버트 블룻 곁에 서자, 군중은 다시 한번 격렬하게 환호했다.

빈센트 크룩드가 자리에서 일어나 아처 형제와 차례로 악수했다. 그의 얼굴에는 긴장한 기색이 역력했다.

에드워드가 마이크를 잡자, 다시 귀청을 찌르는 삑 소리가 울려 퍼졌다.

"이 슬프고도 영광스러운 날에 모두 나와 주셔서 감사합니다." 에드워드가 말했다. "슬픈 이유는, 많은 이들이 영웅이라 여겼던 우리의 동생 윌리엄 아처가 끔찍한 죄목들로 재판을 받게 되었기 때문입니다. 아름다운 우리 아이들을 납치한 것을 포함해서 말이죠."

군중은 분노로 들끓었다. "퍼펙트를 되돌려라! 중간 지대로 꺼져라!" 바이올렛 옆에 서 있던 한 여자가 우렁차게 외쳤다.

"그리고 영광스러운 이유는," 에드워드가 손을 들어 군중을 진정시키며 말을 이었다. "바로 오늘이 한때 위대했던 우리 마을을 다시 완벽한 곳으로 되돌리는 출발점이 될 수 있기 때문입니다!"

이번 환호는 더욱 거셌다. 바이올렛은 군중 사이에서 불길한 에너지가 부풀어 오르는 걸 느꼈다.

바이올렛은 몸을 돌려 인파를 헤치고 브레인으로 되돌아갔다. 재빨리 주변을 살핀 뒤 안으로 들어섰다.

"괜찮니, 딸?" 로즈가 화면에서 눈을 떼며 물었다.

"네, 엄마. 그런데 분위기가 너무 험악해요. 빨리 비가 와야 해요. 안 그러면 다들 너무 화가 나서 눈과 귀를 닫아 버릴 거예요!"

로버트 블롯의 목소리가 다시 브레인 안에 울려 퍼졌다. "이제 빈센트 크룩드가 피고인을 데려오겠습니다."

군중들의 원성은 한층 더 커졌다.

바이올렛은 다시 화면으로 시선을 돌렸다. 계획대로 아이리스 아처가 소란을 일으키기 시작한 모양이었다. 노부인은 위원회실 안을 성큼성큼 돌아다니며 두 팔을 허공에 휘두르고 있었다.

"잘 보이니? 오버!"

무전기에서 잡음과 함께 마큘라의 목소리가 튀어나왔다. 배경에서 아이리스가 에드워드와 조지를 부르는 소리가 들렸다.

"네. 오버." 바이올렛은 화면에서 눈을 떼지 않은 채 속삭였다. 빈센트 크룩드가 위원회실로 들어와 아이리스 아처에게 말을 걸기 시작했다.

무전기가 다시 치직거렸다.

"어머니가 빈센트에게 에드워드랑 조지에게 꼭 할 말이 있다고 전하고 있어. 오버." 마큘라의 목소리가 전파를 타고 날카롭게 스며들었다.

바이올렛은 빈센트 크룩드가 당황한 표정으로 위원회실을 나서는 모습을 지켜봤다. 소녀는 화면 가장자리를 두 손으로 꽉 붙들었다. 심장이 귓가에서 쿵쿵 울렸다.

"절차에 약간의 지연이 생겼습니다." 로버트 블롯이 마이크에 대고 말했다. "에드워드와 조지가 잠시 안에 들어가 봐야 한다고 합니다. 보나 마나 그들의 난폭한 동생 윌리엄이 또다시 문제를 일으키고 있겠죠."

군중이 야유를 퍼부었다.

몇 분 뒤, 화면에 아처 형제가 위원회실로 성큼성큼 들어오는 모습이 비쳤다. 땅딸막한 쪽이 분노에 일그러진 얼굴로 어머니의 어깨를 붙잡고 거칠게 흔들었다. 아이리스는 몸을 비틀어 빠져나오며 뭐라고 외쳤다. 키 큰 쪽은 짜증 난 기색으로 문을 박차고 나가 버렸다.

"조지가 윌리엄과 톰을 데리러 갔어. 오버."

마큘라의 목소리가 아주 희미하게 들려왔다.

바이올렛은 초조하게 화면을 지켜봤다.

위원회실 문이 벌컥 열리고 윌리엄이 떠밀리듯 들어왔다. 아이리스는 즉시 막내아들의 곁으로 달려갔고, 뒤이어 조지가 톰과 함께 들어섰다.

"지금이야. 진실을 끌어낼 시간. 방송 준비해. 오버!"

마큘라의 목소리가 지직거리며 울렸다.

"지금이에요." 바이올렛이 엄마에게 말했다.

바이올렛과 로즈는 브레인 밖으로 달려나갔다. 바이올렛은 재빨리 자기 쪽 잠금장치를 풀고 셔터를 걷어 올려 화면들을 드러냈다. 이어 반대편에서 버벅거리는 엄마를 도와 셔터를 마저 올렸다.

"이게 다 뭐야?" 근처에 있던 한 여자가 윽박질렀다. "왜 조지랑 에드워드가 저 화면에 나와? 무슨 속임수야?"

"곧 알게 될 거예요." 바이올렛은 라디오 볼륨을 키우러 달려가며 대꾸했다.

"바이올렛." 엄마가 얼굴엔 다급함이 가득했다. "사람들 소리에 묻혀서 아무것도 안 들려."

"뭐라고요?" 바이올렛은 애써 당황한 기색을 억눌렀다.

다시 화면을 바라봤다. 이제 마큘라와 보이, 휴고까지 위원회실 안에 있었다. 마큘라와 보이가 아처 형제와 정면으로 맞서고 있었 지만, 바깥에서는 그 어떤 말소리도 들리지 않았다.

잭과 애나, 보육원 출신 아이들은 사람들의 시선을 화면으로 끌 어오려 애썼다. 그러나 군중은 여전히 분노에 차 재판을 방해하지 말라며 호통을 쳤다.

그 순간, 하늘이 터지듯 열리며 빗줄기가 쏟아져 내렸다.

거의 동시에 사람들의 얼굴이 누그러지기 시작했다. 가까이에 있 던 몇몇은 미소까지 지었다. 에드워드가 납치된 아이들을 데리고 돌아왔던 날만큼 극적인 변화는 아니었지만, 분명 계획대로 되고 있었다. 군중은 서서히 분노를 가라앉히고 잭과 애나를 비롯한 아 이들이 이끄는 대로 브레인 쪽으로 다가왔다.

"저것 좀 봐! 보이가 둘이야, 보이가 두 명이라고!" 누군가 외쳤 다. "어떻게 된 일이지?"

군중이 우르르 몰려들며 브레인을 둘러쌌다.

"대체 뭐야?" 또 다른 누군가가 외쳤다. "아무것도 안 들려! 왜 보 이가 둘이야?"

“아무도 소리를 못 듣고 있어.” 잭이 헐떡이며 바이올렛 곁으로 달려왔다. “어서 라디오 볼륨 올려! 안 그러면 기회가 날아가!”

“이미 최대로 올렸어.” 바이올렛은 어찌할 바를 몰랐다. “사람들이 너무 시끄러워!”

바로 그때, 로즈가 로버트 블롯을 끌고 인파를 헤치며 나타났다.

“블롯 씨. 전 늘 당신의 기자 정신을 존경해 왔어요. 공정한 보도에 힘쓰시는 분이잖아요.” 바이올렛의 엄마가 그를 구슬렸다.

“아, 고맙습니다만…… 성함이?”

“로즈 브라운, 당신의 아주 열렬한 팬이죠.” 로즈는 태연하게 말하며 로버트 블롯의 팔을 붙잡아 라디오 쪽으로 이끌었다.

“귀를 활짝 열고 화면을 보세요.”

“아니 그게…… 잠깐, 잠깐, 지금 에드워드가 뭐라는 거죠? 방금 에드워드가 저 안에 있는 모두에게 자기가 전부 꾸며낸 거라고 말했어요. 구출도, 전부 다요. 보이에게 쌍둥이 형제가 있다고요? 이게 도대체 무슨 소립니까?” 신문 기자는 로즈를 올려다보며 더듬거렸다.

“잘 들으셨네요.” 로즈가 고개를 끄덕였다. “아처 형제는 사람들의 안전이나 행복을 위해 돌아온 게 아니에요. 기자라면 당장 터프

려야 할 특종 아닌가요?"

"이런 젠장, 날 바보로 만들다니." 로버트 블롯은 이를 갈며 라디오를 낚아챘다. 그러더니 곧장 인파를 팔꿈치로 밀치며 앞으로 나아갔다. 그는 시청 계단을 성큼성큼 올라가, 라디오를 마이크에 바짝 들이댔다.

"이제 끝이에요, 어머니!" 마이크 양옆에 놓인 두 개의 대형 스피커를 통해 에드워드 아처의 목소리가 군중 위로 울려 퍼졌다.

"이제 난 조지와 밖으로 나가 윌리엄과 그 핏줄을 심판할 겁니다. 그리고 마큘라, 당신을 포함해 누구든 다시 우릴 막으려 하면, 왓처들이 풀려났을 때 대가를 치르게 될 거야. 가자, 사람들이 우릴 기다리고 있어."

바이올렛은 절망한 얼굴로 잭을 바라봤다. "안 돼…… 끝났어!"

"싫어, 난 다시 중간 지대로 돌아가기 싫어!" 애나가 달려와 바이올렛의 스웨터를 붙잡고 울먹였다. "보육원으로 돌아가기 싫다고!"

"아직 안 끝났어, 애나." 바이올렛은 재빨리 머리를 굴리며 말했다. "너랑 잭은 사람들이 계속 브레인을 보게 붙잡아 둬. 내가 다시 아처 형제 입을 열게 할 테니까!"

바이올렛은 인파를 헤치고 시청 계단을 뛰어올랐다. 문을 박차고 들어가 나선형 계단을 두 칸씩 뛰어올라, 에드워드와 조지가 막 나서려는 위원회실로 뛰어들었다.

"브라운 양!" 에드워드가 외쳤다. 바이올렛은 그의 둥근 배에 부딪힐 뻔했다. "우리와 함께 즐거운 시간을 보내러 왔니? 유감이지만 좀 늦었는걸!"

"당신들이 무슨 짓을 벌이고 있는지 알아!" 생각할 틈도 없이 바이올렛의 입에서 말이 쏟아져 나왔다. "에드워드, 당신은 타운 사람들 모두에게 거짓말을 하고 있어. 윌리엄은 아무 잘못도 안 했잖아. 전부 당신이 꾸민 짓이야. 보이의 쌍둥이 형제와 함께."

에드워드는 피식 웃었다. 그의 옆에는 톰이 서 있었고, 뒤에서는 조지가 윌리엄을 단단히 붙잡고 있었다. 휴고는 한구석에서 다른 이들과 함께 이 광경을 지켜보고 있었다.

"그 얘긴 이미 끝났다, 바이올렛. 이제 지겹군. 비켜." 에드워드가 으르렁댔다.

바이올렛은 결정적인 말을 끌어내야 했다.

"당신은 엉뚱한 쌍둥이를 데리고 있어." 바이올렛은 문을 가로막고 서서 톰을 가리켰다. "쟤는 보이야. 절대 당신을 위해 거짓말하지 않을걸!"

"아니거든!" 톰이 받아쳤다.

"우릴 속이려 드는 거냐?" 조지가 남은 손으로 톰의 옷깃을 우악스럽게 움켜쥐었다.

"맞아요, 내가 톰이에요!" 보이가 앞으로 나서며 외쳤다. "저 녀석이 나인 척하고 있는 거예요!"

바깥의 군중이 다시 술렁였다.

톰은 고개를 홱 돌려 형제를 노려보았다.

"내 가족을 빼앗고 이제 내 이름까지 훔치겠다는 거야?"

"보이는 네 가족을 빼앗지 않았어, 톰." 마큘라가 아들의 얼굴을 바라보며 나직하게 말했다. "퍼펙트가 무너진 뒤로 네 아버지와 나는 계속 널 찾아다녔어. 포윅이 널 데려가 거짓말을 해 온 거야. 제발 그 여자 말을 믿지 마. 우리는 널 정말 많이 사랑해, 아들아."

"아니야! 거짓말하는 건 당신들이잖아!" 톰이 울분을 터뜨렸다.

"그만!" 에드워드가 외치며 성큼 다가와 바이올렛의 머리를 움켜잡았다. "모두 조용. 한마디만 더 하면 이 아이의 목을 비틀어 버리겠다!"

모두가 얼어붙었다.

바이올렛은 그의 손아귀에서 벗어나려 몸부림쳤다.

"에드워드, 그 애를 놓아 줘. 네가 원하는 건 나잖아. 다른 이들을 끌어들일 필요는 없어." 윌리엄이 호소했다.

"닥쳐. 네 역겨운 영웅 놀이도 이제 지긋지긋해. 너희 둘 중 누가 진짜 보이지? 앞으로 나와. 안 그러면 네 소중한 친구를 끝장낼 테니까. 내 인내심도 이제 바닥이야."

바깥의 군중 속에서 비명이 터져 나왔다. 기이하게도 웃음소리 같은 것이 섞여 있었다. 보이가 한 발짝 내디뎠다. 바이올렛이 가만히 있으라는 눈빛을 쏘았다. 시간이 조금 더 필요했다.

"당신은 타운 곳곳에서 도난 사건을 꾸미고 보이의 쌍둥이인 톰을 시켜 코너와 비어트리스를 납치하게 했지!"

바이올렛이 외쳤다. 사람들의 눈과 귀가 쏠린 지금, 어떻게든 에드워드의 입에서 진실을 이끌어 내야 했다.

"비구름에 독을 넣어서 우리 모두의 감정을 조종하고, 납치된 아이들을 구해 낸 영웅인 척했어. 그러면서 그 모든 일을 윌리엄과 중간 지대 출신들의 복수라고 떠벌렸지! 타운 사람들을 서로 싸우게 만들어 퍼펙트를 되찾고, 다시 모두를 통제하려고!"

"아, 거기까지 알아내다니 꽤 영리하구나, 바이올렛 브라운. 하지만 유감스럽게도 너무 늦었어." 에드워드 아처가 남은 손으로 바이올렛의 목을 세게 조이기 시작했다.

"그만둬, 에드워드!" 윌리엄이 조지에게서 벗어나려고 버둥거리며 외쳤다. "그 아이는 놓아 줘!"

바이올렛은 숨을 들이마시려 애썼지만, 폐가 타들어 가는 것 같았다. 바깥의 군중은 숨죽인 듯 고요했다.

"내…… 내가 톰이야!" 보이의 쌍둥이 형제가 조지의 손아귀를 떨쳐 내고 콘택트렌즈를 빼냈다. 얼음처럼 푸른 눈이 드러났다.

밖에서 일제히 숨을 들이켜는 소리가 터져 나왔다.

"완벽하군." 에드워드가 중얼거리며 바이올렛을 거칠게 내동댕이쳤다.

바이올렛은 위원회실 바닥에 쓰러졌다. 하얀 방에서 다쳤던 발에 다시 한번 날카로운 통증이 번졌다. 마큘라와 아이리스, 보이가 달려와 무릎을 꿇고 바이올렛을 살폈다.

"진작 왓처들을 풀어 줘야 했어, 에드워드." 조지가 윌리엄을 문 쪽으로 떠밀며 내뱉었다. "저놈들을 때려서라도 무릎 꿇리는 게 네 한심한 계획보다 훨씬 수월했을 거야!"

"몇 번을 말해! 아직 왓처들을 풀 때가 아니라고! 밖에 있는 무지렁이들의 신뢰를 먼저 얻어야 해. 안 그러면 퍼펙트 때처럼 또 한

판 붙어야 할 테고, 그 결말이 어땠는지 너도 잘 알고 있잖아!" 에드워드가 다그쳤다. "한 번만이라도 좀 그 커다란 머리로 생각을 해 봐, 조지. 타운 사람들은 멍청하지만 뇌가 없지는 않아. 아무 쓰레기나 막 던져 줄 때가 아니라고. 우리를 믿고 좋아하게 만들어야 해! 자, 이제 밖에 나가면 웃어. 매력 좀 보여 주라고."

그 순간, 밖에서 쾅 소리가 울리며 창문이 덜컹거렸다.

"이번 비에는 그게 너무 많이 들어갔나 봐." 조지가 쯧쯧 혀를 찼다. "사람들 상태가 이상해. 완전히 맛이 간 것 같아. 웃는 건지 우는 건지도 모르겠어. 우리가 저들을 너무 오래 기다리게 했어."

"그럼 어서 나가자." 에드워드가 톰을 잡아끌며 문을 열었다. "윌리엄이 유죄 판결을 받는 순간……."

나선형 계단 아래에서 유쾌한 웅성거림이 들려왔다. 건물 안이 사람들로 가득 찬 듯했다. 에드워드가 당황한 기색으로 뒤로 물러나는 순간, 위원회실 문이 활짝 열렸다.

"감히 내 딸을 건드려?" 로즈 브라운이 차갑게 웃으며 에드워드를 힘껏 밀쳤다.

에드워드가 옆으로 휘청거렸다. 그와 동시에 바이올렛 곁에 있던 보이와 아이리스, 마큘라가 벌떡 일어나 로즈와 함께 에드워드를 붙들었다.

곧이어 수많은 사람들이 위원회실로 쏟아지듯 밀려 들어왔다.

로버트 블롯은 정신없이 카메라 플래시를 터뜨렸고, 에드워드와 조지는 반쯤 웃고 반쯤 우는 군중에게 붙잡혀 눈 깜빡할 사이에 제압당했다.

아이리스와 마큘라는 윌리엄을 끌어안고 그의 가슴에 얼굴을 묻었다. 윌리엄도 두 사람을 힘껏 부둥켜안았다.

"우리가 해냈어, 바이올렛! 타운 사람들이 전부 들었어. 아처 형제 입에서 나오는 진실을!" 잭이 웃으며 바이올렛 옆 바닥에 털썩 주저앉았다.

바이올렛은 그대로 드러누운 채 숨을 몰아쉬었다. 안도감이 파도처럼 온몸을 휩쓸었다.

사람들이 몸을 숙여 바이올렛의 어깨를 두드리며 축하했지만 제대로 반응할 힘조차 없었다. 오랜만에 심장이 안정적으로 뛰는 걸 느끼며 바이올렛은 눈을 감았다.

'이번에도 해냈다. 이번엔 타운을 구해 냈다.'

배 속 깊은 곳에서 어떤 감각이 차오르기 시작했다. 웃음기가 입가를 간질이더니, 이내 참지 못하고 터져 나왔다. 그 기운은 순식간에 번져, 위원회실 전체가 걷잡을 수 없는 웃음에 휩싸였다.

CHAPTER 39

엄마의 사랑

바이올렛은 발의 욱신거림이 한결 가라앉는 걸 느꼈다. 바닥에서 막 몸을 일으키려는 순간, 누군가 바이올렛의 소매를 잡아당겼다.

"둘 다 없어졌어. 그리고 사람들 틈에서 그 여자를 봤어." 애나가 바이올렛을 내려다보며 말했다. 겁에 질린 목소리였다.

"무슨 소리야, 애나?"

바이올렛은 팔꿈치로 상체를 일으키며 물었다.

"그 간호사 말이야, 포윅! 밖에서 사람들 틈에 섞여서 들어오는 걸 봤는데, 지금은 안 보여. 보이도, 톰도, 휴고도! 그 여자가 데려 갔나 봐!"

바이올렛은 벌떡 일어나 창가로 달려갔다.

창밖 거리를 재빨리 훑었다. 시청 주변에는 사람들이 삼삼오오 모여 이야기를 나누고 있었다. 그때 바이올렛의 시선이 휴고의 거대한 몸집에 꽂혔다. 아이사냥꾼은 포윅과 모자를 눌러쓴 톰의 뒤를 터벅터벅 따라가고 있었다. 두 팔에는 후드를 뒤집어쓴 누군가를 안은 채였다.

"보이……!" 바이올렛의 입에서 한숨 섞인 소리가 새어 나왔다.

"잭을 데려왔어!" 애나가 외치며 잭을 끌고 창가로 다가왔다.

"포윅이랑 톰이 보이를 데려갔어." 바이올렛이 다급하게 말했다. "휴고가 보이를 안고 있어. 래그 레인을 지나 포가튼 로드 쪽으로 가고 있어."

바이올렛은 윌리엄과 마큘라를 찾아 주위를 둘러봤지만, 사람들로 빽빽한 위원회실 안에서는 도무지 찾을 수 없었다.

"애나, 도움을 요청해." 바이올렛은 이미 잭의 손을 잡아끌며 문 쪽으로 달리고 있었다. "분명 아웃스커츠로 갈 거야. 우리가 먼저 막아 볼게."

바이올렛과 잭은 사람들 사이를 비집고 계단을 내려가 밖으로 뛰쳐나왔다. 군중을 벗어나자 잭이 앞서 달렸고, 바이올렛은 발의 통증을 무시하며 뒤쫓았다. 두 사람은 에드워드 스트리트를 가로질러 래그 레인을 지나 왼쪽으로 꺾어 포가튼 로드로 들어섰다.

이제는 휴고도, 포윅도, 두 소년도 보이지 않았다.

바이올렛과 잭은 장터로 이어지는 첫 번째 골목으로 접어들었고, 래그 트리 옆을 막 지나가는 포윅 일행을 발견했다.

"내가 여기서 막아 볼 테니, 너는 먼저 가서 위쳄 테라스를 차단해, 잭."

"계획은?" 잭이 재빨리 물었다.

바이올렛은 고개를 저었다. "없어. 일단 부딪혀 보자."

새로 쏟아지는 빗줄기 덕분인지 상황은 이상하리만치 덜 무섭게 느껴졌다.

잭은 고개를 끄덕이더니 슬그머니 장터 쪽으로 빠져나가 길가를 따라 움직였다.

바이올렛은 잭이 시야에서 사라지자 그늘진 곳에서 걸어 나왔다.

"멈춰!" 바이올렛이 목청껏 외쳤다.

톰과 포윅이 동시에 돌아섰다. 래그 트리 근처에 있던 휴고도 우뚝 멈춰 몸을 틀었다. 품 안에는 보이가 축 늘어져 있었다.

"아이고, 놀라라. 에드워드가 왜 항상 널 눈엣가시라고 불렀는지 이제야 알겠구나, 바이올렛 브라운. 하지만 넌 그저 머리에 피도 안 마른 아이일 뿐이지. 네가 대체 뭘 할 수 있겠니?" 포윅이 웃었다.

"톰." 바이올렛이 애원하듯 말했다. "제발, 톰. 보이는 네 형제잖아. 보이를 해코지하지 마. 포윅이 네 가족에 대해 한 말은 전부 거짓말이야."

"내가 무슨 말을 들었는지 네가 어떻게 알아?" 톰이 눈을 부릅뜨며 말했다.

"톰, 저 아이 말은 들을 가치도 없어." 포윅이 사납게 말하며 등을 돌렸다.

"마큘라는 널 사랑해. 윌리엄도 마찬가지고. 그들이 네 가족이야!"

"네가 뭘 안다고!" 톰이 날카롭게 쏘아붙였다.

"잘 알아. 마큘라 아줌마는 너와 보이를 너희 삼촌들에게서 지키려고 보육원에 보낸 거야. 윌리엄 아저씨를 증오하는 그들이 너희 존재를 알게 되면 가만두지 않을 거라는 걸 알았거든. 퍼펙트와 중간 지대의 비밀을 알아낸 뒤, 그곳이라면 너희가 안전할 거라고 판단했대. 마큘라 아줌마는 매일 편지를 썼어. 너랑 보이에게. 수백 통이나. 내가 직접 봤어. 원하면 보여 줄 수 있어. 너희 엄마는 하루도, 단 한 순간도 너희를 생각하지 않은 적이 없어."

톰의 표정이 흔들렸다.

"거짓말이야!" 포윅이 날카롭게 끼어들며 다시 바이올렛을 노려
봤다. "네 엄마는 널 사랑한 적 없어. 널 애처롭게 여긴 사람은 나
뿐이야. 내가 널 구했고, 내가 널 키웠어. 넌 나한테 모든 걸 빚지고
있어, 톰!"

"그건 아니지, 프리실라!" 누군가 뒤에서 외쳤다.

바이올렛이 돌아보니 골목 저편에 마큘라가 서 있었다.

"오, 마큘라. '네 이웃에 대하여 거짓으로 증언하지 말지어다.' 십
계명 중 한 구절이야. 찾아봐! 난 거짓말 따위 안 해." 포윅이 쏘아
붙였다.

마큘라는 장터 쪽으로 성큼성큼 다가왔다. 엄마를 바라보는 톰의
표정이 조금 누그러졌다.

"왜 내 아들을 데려간 거야?" 마큘라가 단도직입적으로 물었다.

"어느 쪽 말이야?" 포윅이 웃으며 휴고의 품에 안긴 보이를 턱짓
했다. "지금은 둘 다 내가 데리고 있거든."

"둘 아이 모두 절대 네가 데려갈 수 없어. 톰은 네가 키웠을지 몰
라도, 뼛속까지 내 아들이야. 톰, 넌 착한 아이란다. 이 여자는 네

가족이 아니야. 제발 우리에게 돌아와 줘…….”

포윅이 신경질적으로 웃었다. “이제 와서 무슨 고상한 소리야, 마큘라. 네가 둘 다 버렸다는 건 잊은 모양이네. 친자식을 자기 손으로 내치는 기분이 어땠지?”

마큘라는 포윅을 무시하고 오직 톰만 바라봤다.

“보육원 문 앞에 갓난아기들을 버리다니. 안경집 하나 덜렁 끼워 넣고서. 그러고도 나한테 왜 데려갔냐고 묻다니! 무슨 엄마가 그런 짓을 해?” 포윅이 독설을 퍼부었다.

“너희를 지키기 위해서였어. 내 인생에서 가장 힘든 선택이었어. 매일 너희를 생각했고, 매일 편지를 썼어. 톰, 난 널 마음 깊이 사랑해. 엄마의 사랑은 강해. 너도 느끼고 있잖아.”

마큘라는 두 팔을 벌리고 톰을 향해 한 걸음 다가갔다.

톰도 마큘라를 따라 한 발짝 앞으로 나섰다.

“저 여자한테 가까이 가지 마. 넌 내 아들이야.” 포윅이 톰을 우악스럽게 잡아끌었다. “그렇게 오랫동안 내팽개쳐 놓고서 이제 와서 뻔뻔하게 널 데려가겠다고? 내가 말했지. 네 엄마는 네 형제를 더 사랑해. 저 여자의 거짓말에 넘어가지 마.”

“그만해.” 마큘라가 분노에 차서 말했다. 래그 트리의 앙상한 가지 아래, 톰과 포윅의 코앞까지 성큼성큼 다가갔다. 내 두 아들을 돌려주고 우리 가족 앞에서 사라져. 지금 떠난다면 더는 쫓지 않겠어. 에드워드와 조지는 이미 잡혔어. 게임은 끝났어."

"어머, 네 엄마가 드디어 싸울 마음이 들었나 보네." 포윅이 비웃었다. "에드워드랑 조지는 미끼일 뿐이야, 자기야. 이 바다엔 훨씬 큰 물고기들이 있거든."

마큘라가 톰에게 손을 뻗었다.

"멈춰!" 포윅이 으르렁거렸다. "한 발짝도 더 움직이지 마!"

"멈춰요, 제발, 엄마를 다치게 할 거예요." 톰이 애원했다. 연푸른 눈에 눈물이 맺혔다.

마큘라는 미소 지으며 두 팔을 벌렸다.

"괜찮아, 톰. 무서워하지 마." 마큘라가 부드럽게 말했다. "이제 집으로 가자, 아들아."

"어림도 없어!" 포윅이 고함쳤다.

포윅이 마큘라의 외투 앞자락을 바짝 움켜쥐고는 옆으로 확 떠밀었다.

마큘라는 비틀거리며 뒤로 넘어지다 래그 트리 줄기에 머리를 세게 부딪쳤다.

“마큘라 아줌마!” 바이올렛이 비명을 지르며 달려갔다.

“그러게 움직이지 말라니까, 멍청한 것.” 포윅이 빈정거렸다.

포윅은 멍하니 서 있는 톰의 손을 거칠게 잡아당겼다.

“이제 와서 마음 약해지지 마.” 포윅은 톰을 위켐 테라스 쪽으로 끌고 갔다. 보이를 품에 안은 휴고가 말없이 그 뒤를 따랐다.

그때 윌리엄과 메릴이 헐레벌떡 장터에 나타났다. 애나가 그 뒤를 따랐다.

“도와줄 사람들 데려왔어!” 애나가 웃으며 바이올렛 쪽으로 달려왔다.

“마큘라.” 윌리엄이 아내 곁에 무릎을 꿇으며 속삭였다. “어떻게 된 거야? 저 여자가 무슨 짓을 한 거야?”

“래그 트리에 머리를 부딪쳤어요.” 바이올렛이 말했다. 손에 피가 묻어 나왔다.

마큘라는 힘겹게 눈을 뜨고 헐떡였다. “윌리엄…… 톰한테 말했어. 우리가 사랑한다고…….”

“잘했어, 마큘라. 정신 놓지 마. 톰 얘기 조금만 더 해 줄래?” 윌리엄이 아내를 달래며 조심스레 안아 올렸다.

“어서 의사한테 데려가야 해, 메릴. 지금 당장.” 윌리엄이 낮게 말하자 장난감 가게 주인이 다가와 함께 부축했다. 그들은 서둘러 포가튼 로드 쪽으로 향했다.

"보이는 어디 있어?" 애나가 주위를 둘러보며 물었다.

순식간에 벌어진 일 때문에 바이올렛은 잠시 보이의 존재를 잊고 있었다. 친구는 아직 휴고가 데리고 있었다.

그런데도 이상할 만큼 겁이 나지 않았다. 땅에서 일어나 포윅을 쫓아가려는데, 잭이 장터를 가로질러 다가오고 있었다. 의식이 조금 돌아온 보이를 끌다시피 부축하고서였다.

"뭐야? 어떻게 데려왔어?" 바이올렛이 놀라서 물었다.

"나도 잘 모르겠어." 잭이 숨을 헐떡였다. "출렁다리에서 그들을 막으려고 했는데, 포윅이 비웃으면서 먼저 날 밀치고 지나갔어. 그때 톰이 아이사냥꾼한테 보이를 나한테 넘겨주라고 속삭이더라. 희한하지? 휴고는 그냥 보이를 넘겨주고 다시 뒤따라갔고. 난 아무것도 안 했어."

"포윅은 뭐라고 했어?" 바이올렛이 혼란스러운 얼굴로 물었다.

"못 본 것 같아." 잭은 믿기지 않는다는 듯 고개를 저었다. "이미 꽤 앞서 있었고, 아직 눈치 못 챈 것 같아. 톰은 분명 포윅한테 된통 깨질 거야. 근데 마지막에 이상한 말을 하더라."

“뭐라고?” 애나가 눈을 동그랗게 떴다.

“이렇게 말했어. ‘엄마한테 전해 줘. 가끔은 느껴진다고.’”

“뭐가 느껴진다는 거야?” 애나가 갸우뚱했다.

“글쎄…….” 잭이 어깨를 으쓱했다.

바이올렛은 빙그레 웃었다. 톰의 말이 무슨 뜻인지 알 것 같았다. 마큘라가 회복하면 꼭 들려주고 싶었다.

네 친구는 장터 한가운데서 잠시 멈춰 섰다. 다시 만난 기쁨과 안도감을 즐기며, 서로 놓친 장면들을 하나씩 맞춰 나갔다. 그 사이 보이도 서서히 정신을 차렸다.

“우리가 또 해냈어.” 애나가 신이 나서 웃었다. “난 겨우 여덟 살인데 벌써 마을을 두 번이나 구했어!”

“우리가?” 보이가 어눌하게 물었다.

바이올렛과 잭은 웃음을 터뜨리며 여전히 멍한 친구를 일으켜 세워 양옆에서 부축했다. 그렇게 네 사람은 포가튼 로드로 이어지는 골목으로 접어들었다. 보슬보슬 내리는 비가 발걸음을 한결 가볍게 만들었다.

래그 레인에 가까워지자, 바이올렛은 사람들이 어딘가 이상하다는 걸 느꼈다. 방금 장터에서 만난 이들은 미소 지으며 축하를 건넸는데, 지금은 누구도 눈을 마주치려 하지 않았다.

"왜 그러지?" 바이올렛이 속삭였다. "다들 내 눈을 피하는 것 같아."

"나도." 이제 혼자 걸을 수 있게 된 보이가 기침하며 말했다. "부끄러워서 그런가? 타운 사람들이 좀전까지 다들 제정신이 아니긴 했잖아."

"그럴지도." 바이올렛은 어깨를 으쓱했다. "하지만 우리도 다 같이 미쳤었잖아."

"너는 원래 좀 미쳐 있었지, 바이올렛." 에드워드 스트리트로 접어들며 보이가 웃었다.

애나와 잭도 웃음을 터뜨렸다. 바이올렛이 막 받아치려는 순간, 시청 계단 근처에 모인 사람들이 눈에 들어왔다. 모두 바닥을 내려다보고 있었다. 기이한 침묵과 함께.

바이올렛은 군중 사이에서 부모님을 발견했다.

"엄마, 아빠!" 바이올렛이 부르며 달려갔다.

두 사람은 곧바로 사람들 사이를 빠져나와 딸에게 다가왔다.

"오, 아가." 아빠는 바이올렛을 끌어안고 딸의 어깨에 얼굴을 묻었다.

아빠가 울고 있었다. 바이올렛은 아빠가 우는 모습을 처음 봤다. 심지어 퍼펙트에서 그 끔찍한 일들을 겪었을 때조차 보지 못했던 모습이었다.

"이리 와." 로즈가 보이의 팔을 붙잡았다. "할머니 댁으로 가자."

"하지만…… 우리가 이겼잖아요." 바이올렛이 어리둥절해서 말했다. "타운을 되찾았잖아요, 맞죠? 아처 형제는 붙잡혔고, 포윅과 톰은 도망쳤지만 다시 아웃스커츠로 가서 잡으면 돼요. 게다가 아직 반쯤 행복한 비가 내리고 있잖아요. 그런데 다들 왜 이렇게 슬퍼 보여요?"

심장이 한층 더 세게 뛰기 시작했다.

보이는 주위를 두리번거리다 다시 바이올렛을 바라봤다. 로즈는 계속 보이의 팔을 놓지 않고 있었다.

"무슨 일이에요?" 바이올렛이 되물었다.

아빠의 어깨너머로 매들린과 메릴, 아이리스가 보였다. 그들은 굳은 얼굴로 윌리엄 아처를 부축해 일으켜 세우고 있었다.

가슴속에 공포가 밀려왔다. 바이올렛은 급히 고개를 돌려 보이를 바라봤다.

보이는 혼란스러운 표정으로 서 있었다. 눈이 벌겋게 충혈된 윌리엄이 군중 사이에서 걸어 나왔다.

"정말 미안하다, 보이." 윌리엄은 흐느끼며 아들을 끌어안았다.

"엄마? 아빠?" 바이올렛은 부모님을 돌아봤다. "행복한 비가 내리고 있잖아요. 제발 슬퍼하지 마요. 무슨 일이에요?"

"어떤 감정은…… 너무 강렬해서 통제할 수 없단다." 윌리엄이 대답했다.

로즈는 바이올렛의 얼굴을 두 손으로 감싸 쥐고 눈을 맞췄다.

"마큘라가…… 떠났어, 바이올렛." 로즈가 속삭였다. "별들에게로 갔어."

CHAPTER 40

까마귀

초여름의 연푸른 하늘 아래, 바이올렛은 저녁 위원회 회의에 가는 아빠를 따라 스플렌디드 로드를 걷고 있었다. 엄마는 새로 시작한 음악 수업에 간 터라, 아직 집에 혼자 있는 게 허락되지 않는 바이올렛은 아빠와 함께 시청으로 향해야 했다.

해가 기울어 가는 오후의 빛 속에서 새들이 지저귀고 있었다. 바이올렛은 들뜬 마음으로 품에 안은 커다란 꽃다발을 내려다보았다. 엄마가 건네준 꽃이었다.

요즘 타운은 평화로웠다. 편안했고, 평범했다.

"여름 방학 기대되니?" 유진이 물었다.

"네. 아무래도 몇 달 동안 무디 선생님 수업이 없으니까요!"

"오, 그거야말로 최고지." 아빠가 웃었다.

"아웃스커츠에서는 아직 아무것도 못 찾았대요?" 바이올렛이 조심스럽게 물었다.

"그래, 아직은." 유진이 고개를 저었다. "오늘 회의에서도 다시 얘기할 거야. 매들린은 그들이 완전히 떠났다고 확신하더구나. 초가집이랑 마구간도 전부 비어 있었고, 휴고의 송신기도 브레인과 연결이 끊겨 있었대. 휴고나 다른 괴물들의 흔적도 전혀 없었고."

"괴물이 아니라 좀비였어요. 휴고를 봤잖아요!"

"자세히 보진 못했지만, 일종의 기계 장치였어. 세상에 좀비 같은 건 없단다."

"그럼 숲으로 이어진 그 길은요? 거기도 확인해 봤대요? 숲속에 숨어 있을지도 모르잖아요."

가끔 바이올렛은 아웃스커츠로 다시 가서 직접 뒤져 보고 싶다는 생각이 들었다. 아이들은 종종 어른들이 놓치는 걸 발견하곤 했다. 하지만 보이 없이 그럴 생각은 없었고, 보이는 아직 그곳에 다시 갈 준비가 되어 있지 않았다.

"샅샅이 뒤졌는데 아무것도 없었대, 딸." 아빠가 한숨을 쉬었다.

"그래도 매들린은 계속 수색하겠다고 했어. 네가 갇혔던 그 하얀 방을 며칠 전에 발견한 것도 말해 줬지? 오늘 저녁에 자세히 보고할 거래. 로버트 블롯이 그 발견에 얼마나 흥분했는지 몰라. 이제 빈센트 크룩드 대신 위원회의 일원이 돼서 기삿거리를 삼진 못하겠지만. 어쨌든 그런 식으로 구름을 만들어 냈다는 건 참 기발하지. 아처 형제 말이야."

"아빠, 아무리 그래도 아처 형제들을 칭찬하면 안 되죠."

"재주를 인정하는 것뿐이야."

"무슨 재주요?"

"잔머리 굴리는 재주."

"아, 보이가 그러는데 윌리엄 아저씨가 눈동자풀들을 다시 피워 냈대요. 한동안은 다시 심을 생각조차 못 했는데, 모두 멀쩡히 복구했대요." 바이올렛이 들뜬 목소리로 말했다. "그래도 에드워드랑 조지가 감옥에 있으니까, 이제 브레인은 필요 없겠죠?"

"조심해서 나쁠 건 없지." 유진은 막 정육점 문을 닫는 해치트에게 손을 흔들었다. "그리고 그게 윌리엄한테도 도움이 될 거야. 일에 몰두하면 다른 생각이 줄어드니까."

바이올렛은 학교로 가는 오르막길 앞에서 걸음을 멈췄다. "엄마가 준 꽃 전달하고 갈게요." 바이올렛이 꽃다발을 들어 보였다.

"그래, 난 늦기 전에 먼저 가야겠다. 이따가 방청석 확인할 테니까, 딴 데로 새지 말고 바로 오렴. 너도 위원회 회의를 나만큼 좋아하잖니!" 아빠가 농담처럼 말했다.

석양이 길을 노랗게 물들이고 있었다. 바이올렛은 학교를 지나 낮은 돌담과 작은 나무문이 보이자 걸음을 늦췄다.

바이올렛은 얼마 전까지 타운에도 공동묘지가 있다는 사실을 몰랐다. 찾아올 일이 없었기 때문이다. 손에 든 꽃다발을 내려다보며, 차라리 이곳을 영영 몰랐으면 좋았겠다는 생각이 스쳤다.

하지만 이 묘지는 유령 주택 단지 너머의 묘지와는 전혀 달랐다. 퀸투스 호라티우스 플라쿠스 같은 이름이 새겨진 석관도 없고, 세월에 금 가고 부서진 거대한 회색 기념비도 없었다.

이곳의 무덤들은 모두 소박한 나무 십자가로 표시된 채 알록달록한 들꽃으로 덮여 있었다. 들꽃은 돌담 안쪽을 따라 길게 이어졌다. 초여름 저녁 공기에는 꿀을 찾아 윙윙대는 벌 소리와 새들의 지저귐이 가득했다. 곳곳에 놓인 나무 벤치에는 가끔 사람들이 혼자 앉아 책을 읽고 있었다. 엄마 말로는 사랑하는 사람과 시간을 보내는 거라고 했다.

바이올렛이 나무문 빗장을 열고 고개를 들었을 때, 앞쪽 무덤가에 책상다리하고 앉아 있는 보이가 보였다. 마치 마큘라와 이야기를 나누는 것처럼 보였다.

"보이!" 바이올렛이 다가가며 불렀다. "너도 위원회 회의 피하려고 왔어?"

보이는 벌떡 일어나 비틀거리며 뒷걸음질했다. 두려움이 깃든 청백색 눈을 보지 못했다면 바이올렛은 웃음을 터뜨렸을 것이다.

바이올렛은 자갈길에 우뚝 멈춰 섰다. 심장이 쿵쿵 뛰었다.

"네가 와 줘서 엄마가 정말 기뻐하셨을 거야, 톰." 바이올렛이 조심스럽게 말했다.

"바이올렛!"

등 뒤에서 누군가가 불렀다.

다급히 돌아보니, 진짜 보이가 낮은 돌담 쪽으로 다가오고 있었다. "회의 가는 길에 너희 아빠 봤어. 네가 여기 있다고 하더라." 보이가 큰 소리로 말했다.

보이의 등장에 당황한 바이올렛이 다시 몸을 돌렸을 때, 톰은 이미 사라진 뒤였다.

"예쁘다." 보이가 바이올렛이 든 꽃다발을 내려다보며 싱긋 미소 지었다.

형제의 존재를 알아차린 기색은 전혀 없었다.

"괜찮아, 바이올렛? 귀신이라도 본 얼굴인데."

"웃기지 마." 바이올렛은 티 나지 않게 묘지 안을 둘러보며 대꾸했다.

톰 이야기는 꺼내지 않기로 했다. 보이는 톰의 이름만 나와도 귀를 닫았다. 지금까지 벌어진 모든 일을 톰의 탓으로 돌리고 있었다. 바이올렛은 톰의 잘못이 아니라고 설득하려 했다. 마큘라는 분명 그러길 바랐을 테니까. 하지만 보이는 좀처럼 마음을 열지 않았다.

보이와 바이올렛은 마큘라의 묘 앞에 섰다. 바이올렛은 무릎을 꿇고 윌리엄이 심은 데이지 사이에 엄마가 준 꽃다발을 조심스레 내려놓았다.

"혹시 엄마의 영혼이 지금 우리 근처에 있을까?" 보이가 물었다.

"글쎄." 바이올렛은 천천히 일어서며 말했다. "아마도? 우리 엄마는 그렇다고 믿더라. 여기저기서 마큘라 아줌마가 우리를 지켜보고 있다는 느낌이 든대."

"나도 그렇게 생각해." 보이는 미소 지었다. 오랜만에 보는 편안한 얼굴이었다. "요즘 나비를 자주 보는데, 아빠는 그게 엄마래. 그리고……."

보이는 말끝을 흐리며 무덤을 내려다봤다.

"그리고?" 바이올렛이 부드럽게 재촉했다.

"아무것도 아니야."

"말하다 마는 건 반칙이야!"

"그게, 엄마가 가끔 나를 따라다니는 것 같아."

"따라다닌다고? 무슨 뜻이야?"

"잘 모르겠어. 이상하게 들리겠지만, 한동안 어떤 새가 계속 보였어. 특히 내가 외롭다고 느낄 때마다 마치 지켜보고 있는 것처럼. 아빠한테 말했더니, 엄마 같다고 하더라."

"어떤 새인데?" 바이올렛이 물었다. 왠지 소름이 오소소 돋았다.

"봐, 또 왔어!" 보이가 환히 웃으며 가리켰다.

돌담 옆 벤치 팔걸이에 새까만 까마귀 한 마리가 앉아 있었다. 석양을 받아 깃털이 청록색으로 반짝였다.

바이올렛은 문득 깨달았다. 그동안 단 한 번도 보이에게 톰의 새 이야기를 하지 않았다는 걸.

"그럴지도." 바이올렛은 오솔길을 따라 다시 걸음을 옮기며 말했다. "하지만 마큘라 아줌마라면 올새나 부엉이 같은 새가 더 어울리지 않아? 좀 더 예쁜 새 말이야.”

“아니.” 보이는 고개를 저었다. “엄마가 새라면, 똑똑하고 신비롭
고 강한 새일 거야. 꼭 까마귀처럼.”